OCTOLOGUE
DEMPOW TOBISHIMA
オクトローグ
酉島伝法作品集成
早川書房

オクトローグ　酉島伝法作品集成

装幀　水戸部 功
本文挿画　西島伝法／加藤直之（「痕の祀り」）

目次

初出一覧

「環刑錮（かんけいこ）」（『ＳＦマガジン』二〇一四年四月号、二〇一四年二月二十五日、早川書房）

「金星の蟲（むし）」（『夏色の想像力』草原ＳＦ文庫、二〇一四年七月）

「痕（あと）の祀（まつ）り」（『ＳＦマガジン』二〇一五年六月号、二〇一五年四月二十五日、早川書房）

「橡（つるばみ）」（『現代詩手帖』二〇一五年五月号、二〇一五年四月二十八日、思潮社）

「ブロッコリー神殿」（『別冊文藝春秋』電子版7号、二〇一六年四月二十日、文藝春秋）

「堕天の塔」（『BLAME! THE ANTHOLOGY』二〇一七年五月九日、早川書房）

「彗星狩り」（『小説すばる』二〇一七年六月号、二〇一七年五月十七日、集英社）

「クリプトプラズム」（書き下ろし、二〇二〇年）

環刑錮（かんけいこ）

1

土中を掘り進んでいたはずが、過ぎ去った日々に戻っている。底なしに堆積したこの土壌こそが記憶なのではないか。だからこれほどまで穢れているのではないか。ここでは誰もがそう疑っていた。

目の前に、背筋の伸びた痩せた体つきの男が立っていた。広い額の下で細めた目を赳志の顎のあたりに据え、口元に深い皺を刻んでいる。父親だった。撫で肩からたよりなくぶらさがった、不釣合いに長い両腕がかすかに揺れている。片袖が大きくめくれ上がっており、肘まで覗いた前腕の異様な細さに、薄い皮膚に浮き出た血管がやけに太く見える。

赳志の喉が、砂利で削がれるように痛む。大声を張り上げているからだ。

だがその言葉は、陪審員たちのざわめきでかき消されてしまう。いまとなっては何を言ったのかも思い出せない。それほど多くの諍いを、この男と繰り返してきたのだ。

「憶えて……いられないほど……幾度も、諍いを繰り返しました」特徴のない声が耳の奥にこもる。井辻という名の若者の声だったが、その抑揚は赳志のものだ。「その度に……肉腫のようなものが生じて、得体のしれない、ひとつながりの捻くれた腫塊に……育っていきました。その塊に内側から衝き動かされて……いたかのようでした」

酔いに鈍った頭で朧気な古い記憶を辿っているといった感じだった。立ち会った母によると、井辻の閉ざされた瞼には、大きな瞳が浅浮き彫りになり、左右に痙攣していたという。

「いったい、なんの話だ。それは比喩なのか。憎しみのことなのか」

男のかさついた声、検察官のひとりだろう。

この対話は、公判で聞かされた被疑者の深層聴取、いわゆるイド掘りの記録の記憶だ。つい四年前までは、井辻のように脳神経網の過剰分岐した己媒者を、被疑者に思紋同調させる口寄せが行われていた。後に本来の人格に戻れなくなる思紋膠着が問題化したため、いまでは模擬脳の自律格がその役割を引き継いでいるという。

「無理にでも、言葉で表すのなら……そうですね、憎しみ……が近いでしょうか」

目と耳がそれぞれ別の情景に開かれている。聞こえてくるのは井辻の声だが、眼前では寝間着姿の父親が苦々しげに口を動かし、すぐに引き結んだ。口数が少なく、たいていは一言呟くだけだったが、そのたった数音節が無秩序に繁茂し、内なる腫塊の餌となる。

「いつも君は荒々しい言葉で一方的に洲本——正赳氏を非難していたようだが」

「端からは、そうとしか見えなかったかもしれませんね。でも、ええ、違いますよ」

そうだ、違う——赳志は井辻の、つまり自らの言葉にうなずく。憎しみの腫塊を育てたのは、父の呟きに他ならなかったからだ。

「そもそも、何が発端でそれほどまで父親を憎むようになったんだ」

「とりたてて……特別な出来事は……思い当たりません」

飲み干した紅茶の底に残された薄切りレモンが脈絡なく目に浮かぶ。ほぐれた果肉が、外れた種を包んで膨らんでいる。かと思うと、頭の長い甲虫の絵を眺めている。色鉛筆の芯をノートに擦りつける音。小学校の低学年の頃だ。好きな昆虫を描く宿題で、わたしはバイオリン虫を選んだ。焦茶の色鉛筆で、縦に割った林檎に似た大きな翅を塗り足していると、父がノートを取り上げてその頁を破り捨てた。対になる頁が外れ、ノートの端の綴じ糸にぶら下がる。父は憤りに顫(ふる)えた大声で言い放った。
ありもしないものを描くんじゃない。

赳志は歯噛みして、父のだぶついた長袖が水草のように揺れるのを見つめていた。

「申し合わせでもしているんじゃないのか。誰もが君と同じようなことを言う。何かきっかけはなかったのか。こう、殴られるといったような」

「いえ、父は決して、手をあげませんでした」

赳志も同時に言う。検察官が気の抜けた溜息を漏らす。

殴られたこともなければ、撫でられたこともなかった。抱かれたことも、背負われたことも、手を握ってもらったことすらなかった。だが男親なら普通のことなのだろう。

「誰もが、いつの間にか……憎むようになるものでしょう、親というものを」

「そうだな。誰もが親を憎むようになる。尊属殺人罪が再び設けられても、環刑錮(かんけいこ)が実用化されても、なお親殺しは増え続けている。せっかく大戦を生き延びた世代だというのに、なあ。やりきれんよ」

検察官が疲弊したように言い、長々と息を吸い込む。

「世間じゃ、腹を痛めて産まないからだとか、教育の問題だとか、エディプス複合だとか、好き勝手なことを言ってるが、君の場合は一括(ひとくく)りにできん。決定的になったのは、洲本氏が環刑錮の実用化研究に主要研究員として関わったからだな。そうなんだろう。君は学生で、終身刑囚の錮化(こか)の反対運動に参加していた」

「憤りがありましたから。でも、知り合いに誘われて、しばらく活動につきあっただけでやめたんです」

「それはどうして」

「彼らが代案として唱えていた思紋の浄化に、うなずけなかったからです」

何が浄化だ。赳志は苦々しく思い出す。それは、個人の神経回路網の総体へ物理的に手を加え、別人に矯正することでしかなかった。だが錮化と浄化の道以外は袋小路だった。刑務所は収容限界を遙か昔に超え、凶悪犯でさえ数年で釈放される状態が、先行きの見えないまま続いていた。まるで誰も彼もが、刑務所に庇護されたがっているかのようだった。

「もちろん父とは言い争いになりました。彼の言うことはなんだって気に入りませんでしたが、まさか自ら進んで開発に携わるなんて」

「正赳氏が元々いたのは、再生医療研究センターだったな。黴寇（ばいこう）の際には貢献した施設だったそうだが」

赳志の生まれるずっと前、今から四十年ほど前の出来事だ。国土は黴寇と呼ばれる微視的な侵攻を受けたとされ、大勢の人々が多岐にわたる症状に悩まされたという。戦時状況は、敵国も定まらないまま七年続いた。幼い赳志にその話をしたのは、ときおり家を訪れる、白い頬髯の印象的な老人だった。それが再生医療研究センターの設立者で、父の恩師の坂部教授だということは、亡くなったときに知った。

「父がセンターに入った頃には、黴寇による症状かどうかを篩（ふる）い分ける研究が中心だったようです」

「何から何まで黴寇のせいだと言われていたからな。皮肉なものだ。再生医療研究センターでは、司法省からの依頼で、親殺しとの関連性を調査していたそうだ。正赳氏もその可能性を疑っていたらしい」

「それは……知りませんでした」

「センターからは、正赳氏含め三人が、国土再生省に所属する研究所に移った。他のふたりの研究員によると、環刑錮（かんけいこ）への危惧から開発に加わったそうだが」

「それで何ができたというのでしょう」

どうしてあんなものに関わるのだと詰め寄ったとき、父は目を逸らし、逃げきったはずのものに追いつかれたからだ、と呟いた。その言葉もまた無秩序に繁茂する。

黴寇(ばいこう)が原因とされる症状のうち、最も明白かつ重度だったのは、四肢の萎凋(いちょう)だ。その治療のために発展した四肢の再生技術が、四肢のない環刑錮(かんけいこ)の基盤となったことを指していたのだろうか。

「相応の動機を持ち、明白な行動を取りながら、君はこの件を否認した。わざわざ夜中に起きだして、父親の寝室に入ったというのに、遺体を発見しただけだと」

「いや、ええ、わたしは……」

「君は累単識(るいたんしき)の全ての識層(しきそう)から抜けていた。だから録(ログ)は残っていない」

「普段から必要なときしか羽織(はお)らなかったことはご存知でしょう。特に夜はなにも纏(まと)いたくないんです。そういう人は少なくありません」

「ああ、少なくない。だが裳漿(もしょう)を持つ外部の人間が、認証なく他人の家に忍び込むことは不可能だ」

「だから、どうだというのです」

「あの夜、二階の自室で目を醒ました君は、足音をひそめて一階に下り、キッチンに入った」

「あの夜――そう、キッチンで……なぜかひどく喉が渇いたのです」赳志が取調べで触れなかったことを、井辻が詳(つまび)らかにしはじめる。「ですがわたしが手に取ったのは、握りしめたのは」

違うそれは――赳志は訴えようと大きく口を開けたが、土塊(つちくれ)を喉の奥まで押し込まれたように声が出ない。

父の顔に戸惑いが浮かんだ、と思うと、またたく間に老いて萎びたような苦悶の表情に――いや、これは遺体を目にした時の類推がそれまでの妄念に絡みついて――赳志は右腕に筋肉の強張りを、拳の先に熱い手応えを感じて、背筋を引き攣(つ)らせる。恐るおそる視線を手に向ける。赤く濡れた果物ナイフを握りしめている。意に反して拳を突き出し、何度となく父親の胸や腹を刺し貫く――違うんだ

――父の胸板で赤黒い染みが広がっていく――違う――ナイフを刺す音が粘着質になり、手が血まみれになってぬめる。強く握りなおして鳩尾を深く刺す。勢いづいたまま肘まで埋まる。焦って引き抜こうとするが、そのままざりざりと頭から父の中へ引きずり込まれていく。

何も見えない。立っているのか伏せているのかすら判らない。手探りしていた指先から手首から両腕の感覚が霧散していく一方で、腿から膝から両脚が癒着しはじめ思うように動けなくなる。激しく身悶えする度に歯がぐらつきまばらに抜け落ちていく。あがけばあがくほど全方位から絶対的な重みが押し寄せてきて五体がなんのでっぱりもない葉巻形をした筒状の肉体へ、自らを自らに収監する環刑錮へと圧し固められる。

直径三十糎、長さ一米半ほどある環形動物めいた全身を、小刻みに震わせながら波打たせる。生きたまま埋葬されるような怖気に襲われ、窒息の苦しみに喘ぐうち、宍色をした体の前後にわたる縞状の細溝の中で、気門の数々がひとりでに呼吸していることに気づく。皮膚呼吸もなされているというが、実感はなく、息苦しさにつきまとわれ続ける。

体じゅうを血液と諦念が巡っていた。

赳志はずっと、この乾いた土壌の中で腹這いになって埋もれていた。

なぜだかまだ音が続いている。父を刺す音の反復――いや、ばらつきがある……上からだと気づいて、赳志は自らの魯鈍さに呆れる。いつも飽きるほど聞いている音だった。

脳裏の暗い虚空に、霙じみた仄明るい光が散らばり、うっすらと滲み広がって、幾枚もの磨硝子を透かしたような、全周囲の情景を表す氣配となる。密度の異なる地層の連なり、四方八方を巡る穴道、方々に鏤められた大小の岩々――三米ほど上には茫とした荒地が広がり、背丈のちぐはぐなふたりの看守が歩いている。聞こえていたのはその足音だ。

看守の姿を追おうとして、つい眼球を上に動かしてしまう。すぼまった前端部の左右に、水饅頭の餡のごとく埋まる眼球は、ある団体が法的に勝ち取ったことで残されたという。だが土中の闇では何が見えるわけでもない。朧気ながら地勢を把握できるのは、脳の前にある甜瓜器官が、それと知らずに非可聴域の音波を発しているためだ。この器官は、己媒者の脳に生じる特異な肉腫の構造を再現したものだという。

赳志は眼球の奥に異物感を覚え、大きくぐるりと動かした。

情景の氣配がかき消え、重い暗闇が押し寄せる。分厚い眼膜に擦れる感触ばかりが際立つ。

「にいに、遊んで」

唐突に幼い妹の姿が思い浮かぶ。「にいに」と両手を広げて駆けてこようとして、紗代、じっとなさい、と母に後ろから白い手袋をした手で肩をつかまれる。おびただしい発疹に覆われた肌に、塗り薬のあとが薄っすらと残っている。

〝……だらけのウミウシみたいな犬を飼ってる近所の家……親殺しがあったんです……そこのお祖父さんに、ここの待遇はどうなんだって聞かれまして〟

看守の声で、土中のざらついた闇に引き戻される。

〝俺、長いことこの仕事してるが、今頃になって気づいたことがあるんだ〟

〝なんです〟

〝ここって地中の牢獄だろ？　文字通りの地獄だよな〟

つまらなかったのか、繰り返し聞かされ倦んでいるのか、相手の看守は黙したままだった。会話を二單上に移しただけなのかもしれない。

だしぬけに地面を打つ音が小気味よく響く。連中が捩倫棒と呼ぶ、瞬時に伸長する鋭い鋼の刑棒。体に捩じ込まれる前に、動きだした方が良さそうだった。

赳志は、体表をまばらに覆う針毛を起き上がらせると、全身をなす環状筋の並びを順繰りに膨縮させ、その蠕動によって土壌の中を水平方向に進みだした。土砂降りの雹に打たれるような痛みに晒される。外皮から分泌する粘液で粗密な土を湿らせて押しのけつつ、前端の中心で喇叭状に窪む円口から、複合汚染された土塊を絶え間なく呑み込んでいく。口腔の粘膜にめり込む硬い小石の数々に、抜け落ちていった歯を想う。ぐらつく歯や歯茎の穴をしきりに弄っていた舌も萎縮していまは跡形もない。

　土塊は、口腔内の肉圧だけで細かく砕かれ、消化器官で三千種を超える微生物にまみれた後、後端の肛門から団粒状の糞となって絞り出されていく。体の芯を絶え間なく貫く荒々しい異物感を堪え続けても、飢餓感が癒えることはない。土壌生物は殆ど含まれていないのだ。

　他の環刑囚が残した穴道を貫いたとき、赳志は後端近い環状筋に、突っ張ったような違和感を覚えた。体内に蓄積した土の汚染物質の濃縮塊、溜涎硬が肥大しているのだ。気を取られながら土粒に擦られ続けるうちに、体の内外の肉体感覚が裏返しになり、進んでいるのか退いているのかも判らなくなって身動きができなくなる。

　周囲から煮立つような蠕動音が響いてくる。それに共鳴するように全身を波打たせて環状筋をほぐし、感覚を元通りに慣らしてからまた動きだす。

　赳志の斜め上に、真下に、左右に、前後に、それらの向こうに、そのまた向こうにも、環刑囚の氣配があった。

　千三百人余りの環刑囚が、第六終身刑務所と呼ばれる複合汚染された土壌の中を蠕進していた。広さ千平方米、深さ四十米に及ぶ地下一帯が、舎房であり作業房だった。

　第六終身刑務所は、こうやって環刑囚と共に随時移動し続けている。

　ここには欲しい物を何でも用立ててくれる年季の入った囚人も、新入りを背後からかわいがる囚人も、隠し持ったガラス片でだしぬけに襲いかかってくる囚人もいない。

環刑囚は、互いに言葉を交わす術を持たないし、傷跡や染みといった目立った特徴のある者以外は見分けがつかない。誰ひとり他の囚人たちがどういった人間なのか、どんな罪を犯したのかを知らないのだ。

誰ともしれない誰もが、互いに交叉し、すれ違い、追い越し追い越されながら、ただひたすらに土中を掘り進むうちに、いつしか内なる地層へ、二本足で歩きまわっていた頃の記憶へ潜りはじめる――ある者は目の前で食事中の客が続々と倒れていく様子に心を震わせ、ある者は観覧車の高みから、静かな街並みに爆炎が立ち昇るのを見届け、ある者は子供の両腕を骨が砕けるほど強く摑んで腰を激しく動かし、ある者は父親の贅肉に隠れた首に自ら贈ったネクタイを巻きつけて縊（くび）り、ある者は背後から父親を何気なく線路に突き落とし、ある者は父親の腸（はらわた）の隙間に手を挿し入れて暖をとり、ある者は父親の血に染まった畳に横たわって風鈴の音に耳を澄ませ、ある者は眠りについた父親の頭を巨石で砕き割り、そして赳志は父親の胸に刃を突き立てる。

2

「――ブルーベリーの実が今年も少なくてねえ。ジャムができるほどはないから、ヨーグルトを食べるときに一粒添えるの、ちょうどよい酸味があってねそうそうグレープフルーツの話はしたかしらね、薄皮剝いて苦酸っぱいつぶつぶ食べるでしょう、種が残るでしょう、それを土に植えたら芽が出たの、やっと鬚もじゃノームのトンガリ帽子の先っぽを越えるほど育ったんだけど、ふと見れば台風で破れた傘みたいになっているじゃない、どうしてだと思う？　葉や茎とおんなじ色の青虫が食い荒らしてたの、で、手で剝がそうとしても、たくさんの手っていうの？　足っていうの？　で懸命に葉柄（はがら）にしがみついて、力を入れるとあんたがいつも面白がって服のドットボタンの並びを一気に外したような感じでぶちぶちと外れていくの、それがなんだか憐れで煉瓦(れんが)敷の上にそっと放してあげるんだけど、煉瓦といえばせっかく庭があるのに、地面にじかに植えられないのは残念よねえ、と近所の皆さんおっしゃるけど、できたとしてもわたしはやっぱり鉢に植えるでしょうね、わたし怖いのよね、根がどこまでも深く広く伸びて思いもよらない場所にまで張り巡らされていくのが、自分の手に負えなくなることがね――」

母の話はいつだって長く、狂った方位磁針のように行きつ戻りつしては、唐突にぐるんと旋回したりする。いつ息継ぎをしているのかと心配になることさえある。

被牽引車(トレーラー)内にある狭い面会室の中で、赳志は樹脂製の床材の冷たさを腹面に感じつつ、薄桃色に鈍く透ける眼膜越しに、若い容姿を保ったままの母を見上げていた。眼の位置のせいで、二重にだぶって見える。その若さもまた父の研究が遺したものだ。

母は壁に向かって身繕(づくろ)いをするように立っていたかと思うと、頭の中の音楽に合わせるような歩調で椅子の周りを巡ったり、不意にパイプ椅子に腰掛けたりしながら喋り続ける。赳志に目を向けたのは、面会室に入ってきた時の一度きりだった。

母は、父の殺害について赳志を責めたことはなかった。無実を信じていると言ったこともなかった。数箇月に一度面会にやってきては、いつもキッチンで料理をしながら話していた頃のように喋り続けるのだった。

「前にも言ったかしら、気に入って使っていた剪定(せんてい)バサミがどこにも見当たらないの。もうずっと探しているんだけど、ないの、どこにも。あんた知らないわよね。別のを買ってみたんだけど、手になじまなくて。バネの弾力にしろ切れ具合にしろ――」

赳志はばつが悪くなる。部屋で育てていたヘデラの蔓(つる)を切るのに使って、そのまま自分の道具箱に放り込んでしまったのだ。だが伝えようがないのだから仕方ない。

欠伸(あくび)でもするように、環状筋の列をゆるやかに波打たせて伸ばしきる。土の圧力に拘束されない場所で、思いのままに体を動かせるのは大きな喜びだったが、身体感覚の希薄さが心許なくもあった。

「――じゃない。ほら、あんた子供の頃にすごく怒ってたでしょ、父さんが僕の友達を大切にする、って。どういうことかと思ったら、あんた両のほっぺに綿詰めて、こめかみにセロハンテープ貼って目をつりあげて、いもしない友達のふりして家のチャイム鳴らしたんだ、って。そしたら父さんが出てきて、あんたをあんたの部屋に勝手に入れたばかりか、ジュースやケーキをご馳走して、楽しい話を聞かせてくれたたって。普段と違ってとっても優しく親切で本当に腹が立ったって。そもそもどうしてそんなことしたの。わたしそのとき家にいなかったのが悔しくって、見てみたかったあほんとに」

そういえば、と赳志は口面(くちづら)をわずかに持ち上げる。誰かに砂粒の拡大写真を見せられ陶然(とうぜん)とした憶えがあるが、その時のことだったのだろうか。

「あんなに笑ってる顔を見るの久しぶりだったわよ。途中であんただと気づいて余計におかしかったみたい。父さんもね、子供の頃に同じ悪戯(いたずら)をしたことがあったんだって。忘れないよう何かに残しておきたいとか言ってたけど……あ、友達のふりで思い出した、近頃わたし己媒者(こばいしゃ)の人たちについて書かれた本を読んでいてね、元々は詐病者として扱われた人が多かったのねえ、そばにいる人の真似をするのは、反響症状じゃなくて、器質性の疾患で思紋(しもん)同調？　してしまうせいなんですって。いったいどんな感じなんでしょうね。もうイド掘りには使われてないそうだけど、あの井辻って人はいまはどこにいるのかしら――」

面会の終わりを告げる看守の声に気づかず母は話し続ける。

3

汗に湿った寝具の中で赳志は目覚める。掛け布団がひどく重い。瞼は開いているのに何も見えない。視線をたよりなく巡らせているうちに、茫漠とした暗闇が萎むように迫ってきて、馴染みのある自室になった。喉の粘膜が貼りつくほどに乾いていた。

天井がぼんやりと白い。父は大学に入るまでの間、この天井を見上げていた存在に思い至り、全身に不快な蟻走感が広がって息を凝らす。同じようにこの部屋で寝起きしていたのだ。

ベッドから板張りの床に素足をおろし、ゆっくり立ち上がると、血が通っていないかのような足取りで歩きだす。灯りはつけず、片手の指先で聚楽壁のざらつきをとらえながら廊下を進み、階段をわずかに軋ませて下りていく。

寝息ひとつ聞こえない父の寝室横の廊下を通ってキッチンに入る。水切りからグラスを手に取ったはずが、果物ナイフを握りしめていた。

「そして君は、正赳氏の寝室に入った」

違う。その衝動に抗いながらキッチンで佇んでいただけだ。何度もそういうことがあった。

「赳志？　こんな時間になにを……」

父の隣の部屋で眠る母が起きだしてきたこともある。寝巻きの襟が裏返っていた。

「まさか、あんたまで」

いや、腹が減ったんだよ。

ダイニングテーブルの果物籠から、紙風船に似た質感の青い林檎を手に取り、ナイフの刃を皺のよった皮にあてがって螺旋状に剝いていく。生白い多孔質の果肉が露わになる。よく身が詰まっている。

誰もが喩えたがるでしょ、オイディプス神話ってのに。僕はあの話、大嫌いなんだ。父さんがああなるのは構わないけど、母さんと結ばれるなんてぞっとしないよ。

　母が息の音だけで困ったように笑う。その手にたくさんの荷物を提げた買い物帰りの姿と重なる。少し離れて立つ父は、いつも手ぶらだった。

　流行りものだって嫌いだ。心配しているような事態にはならないよ。しかも果物ナイフなんていう陳腐な凶器で。

「判ってる。あんたは他の子たちとは違う。でも、ね、どうしてそんなに父さんを憎むの」

　赳志は答えずに林檎を齧る。水気はなく、発泡スチロールを思わせる強い歯ごたえがある。顎を力ませ咀嚼すると、弾けるように砕け、乾いた土粒にばらけていく。果てしなくばらけて増えていく。喉を押し広げながら通っていく。

　赳志はめくれかえるほどに口を開いて土中を蠕進していた。

　逃れたい、ここから。この地中から、この肉筒から、この自分から。

　涙が溢れそうなほどに昂ぶっていたが、環刑錮に涙腺はなく、もどかしい感情ばかりが目頭に溜まってごろごろとする。鼓動が速まることもない。左右に五対ある心臓は、全身と同じように蠕動するだけだ。錮化されるまでは、鼓動しないことが、これほど寄る辺ないものだとは思いもしなかった。

　刺々しい痛みに身を引き締め、外皮や粘膜の諸腺から粘液をさらに絞り出す。乾ききった砂礫の地層に入ったのだ。

　硬く尖ったざらつきに体表を穿られるうち、暗闇の中に、幾つもの煌めきが浮かび上がってきた。貝殻や鉱物結晶を思わせる多彩な塊の数々が縦横に並んでいる。ひとつとして同じものがない。全体が傾いて光の帯が波状にすべり、大判の立体写真だと判る。

「なんだと思う」と父の声がする。

　宝石？　貝殻？　と妙にくぐもった幼い声が答える。

「どれも小さな砂粒なんだ」

おじさんのうそつき、こんな大きいはずないよ。

砂粒だという結晶の塊が、身の丈を超えるほど巨大に感じられて赳志は我に返る。実際に、縦に長い巨石が一米ほど前方に埋まり、進路を阻んでいた。このあたりの地層には岩石が多い。

地表ではなぜか看守たちが走りまわっているようだった。

何があったのだろうと気になりながら、前半身を左に捻って迂回しかけたところで、壁に妨げられたように動けなくなった。だがそれらしい像を捉えることはできない。どうやら終身刑務所の房域(ぼういき)の果てに達したらしい。

刑務所の管制は、一人ひとり異なる脳の思紋(しもん)を称呼番号とし、無象鎖(むぞうさ)を繋いで、房域として設定した範囲内に受刑者を封じ込めている。自身の脳もまた牢獄なのだ。

一旦戻ろうと蠕退(ぜんたい)しだしたとき、左前方――房域の外に、環刑囚の氣配がした。ありえないことだった。

慌ただしい足音と共に、鈍くこもった声が降ってきた。

〝どうして無象鎖が切れたんだ〟

〝称呼番号の方が消えたのかもしれません〟

ふたりの看守だった。ほとんど真上まで来ている。

〝どこにいるんだ〟

〝判りません。いま、環刑囚八一九の甜瓜器官(めみみ)を介して状況を〟

八一九は赳志の略式番号だった。

〝これが三八八、でしょうか。おかしい、房域を越えています。動けないようです〟

〝落石で脳を潰されたのかもしれん。このあたりは砂礫が多く崩れやすいからな〟

〝ああ、昨日も落石で後端部を損傷したものが……なるほど、それで称呼番号の点呼をとれなくなったと〟

〝房域を十米拡大、この付近にいる環刑囚を集めて、三八八の回収作業にあたらせろ〟

赳志は口面を回して砂礫を押しのけ、左斜め下に向かって蠕動しだす。強いられた自覚のないまま環刑囚三八八の下方までくると、垂直に這い上がって動きをとめる。

厚く積もった雪をせわしなく踏みしめるような音と共に、右手や背後から他の環刑囚が続々と近づいてくる。

三八八の上にまわった者たちが、地表への進路を拓きだした。攪拌される砂礫のざわめきが降ってくる。

赳志たちは三八八の腹面へ魚の群のごとく集まり、粘液に濡れた体を密着させはじめた。互いの針毛が肌に刺さる。その痛痒さに耐えつつ、ぐったりとして重みのある肉筒を押し上げていく。

赳志は強い畏敬の念に打たれていた。三八八は、わずかな時間とはいえ刑務所を脱したのだ。

地表に運びきったところで、射し込んできた鋭利な陽光に目が眩んだ。他の連中も身を竦ませている。

「こりゃあひでえな。脳が完全に潰されてる」

頭の芯がうずくほど、看守の声がはっきりと聞こえる。

「先生を呼びましょう。死亡検案書を書いてもらわないと」

「いやどうかな」

「でも、これはどう見ても……」

「脳が潰れたくらいじゃ、死なないってことだ。ショック状態から戻れば、いままでみたいに動きだすだろう。こいつら自前の脳の他に、神経節やら消化管の神経網やらに、叉任哨っていう制御系を宿してるもんで、それだけで下等生物としてまっとうに動きまわれるんだ」

「ああ、聞いたことがあります。当時そのことで、監査委員会が騒いでいたんですよ」

「どうだったか」

　趙志は憶えていた。制御系に冗長性がありすぎるため、予算が無駄に費やされているという批判があったのだ。

「ともかく、三八八としては死んだということですよね」

「書類上はそうはならん。所長（おやじ）の方針でな。どのみち、穴掘って土食って糞してるだけだ。まあ点呼は取れなくなるから、タグでも射って、どこぞの不動施設に移されるかもしれんな」

「やはり事故なんでしょうか」

「こいつ、以前にも何度か岩の下敷きになったことがあるようだな。脳を部分的に損傷させて脱獄を試みたのかもしれんが、割に合わんよ。どのみち自分の体からは逃れ……どうした」

「ひとり動きのないものが。六八五です。同じ事故に巻き込まれたのかもしれません。こいつらを向かわせます」

　地表近くに留まっていた趙志たち環刑囚は、一斉に散開して下方の地層へ潜りはじめる。十米ほど掘りくだると、体を捻って南東に進路を向ける。朧気ながら捉えている六八五の肉体は、口面（くちづら）を上向けて、巨岩に張りつくように垂直に立っている。その下からは、三八八が残したと思しき穴道が延びていた。

　傍らまで接近すると、六八五の肉筒の後端が、溶けた蠟燭のように膨張していることが判った。

　再び環刑囚の群が二手にばらける。趙志は今度も下側に回りこみ、膨張した後端に口面を押しつけるが、そのまま埋もれてしまうほどの柔らかさにたじろぐ。

　他の者たちと密着して押し上げはじめると、粥状になった肉が断続的に垂れてきて、口の中や、密

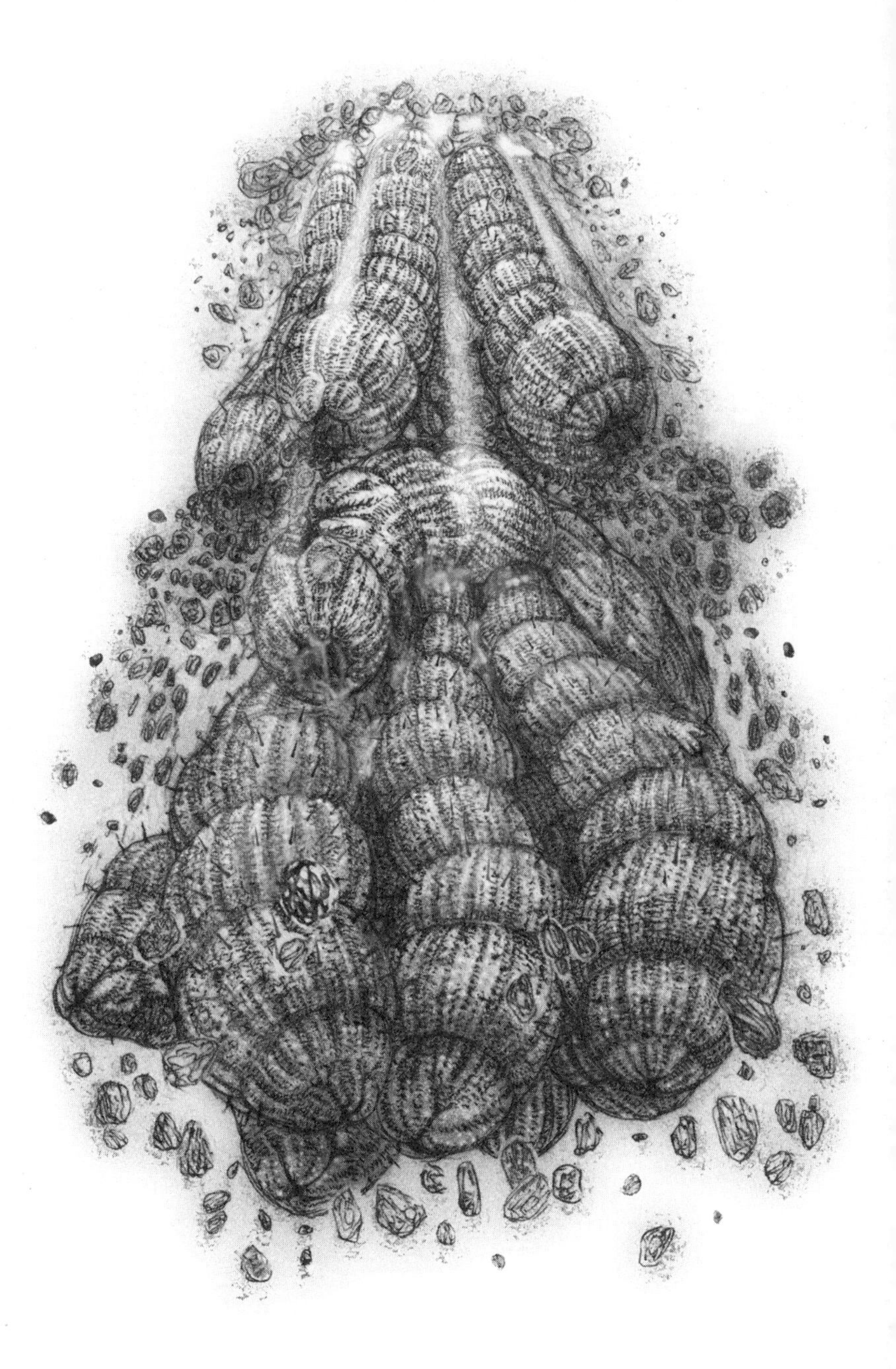

着した体の隙間を伝い落ちていく。発酵した糠のような強いにおい。押し上げるごとに肉質が脆く崩れ、臓物を思わせる肉片にばらけていく。皆が怖気から身を固くしている。

ようやく地上に達した頃には、六八五の体は元の半分ほども損なわれていた。射し込んでくる陽光でその形貌が露わになる。膿爛したごとく幾重にも波状に融け崩れている。その一部から、五指の伸びかけた手のようなものが生えていた。

珍しいものではない。環刑囚は傷を負いやすいため、脱分化による再生能力を有しているが、その際に、元の肉体が部分的に復戻することがある。だが——

「どうしてこんな。落石を受けたにせよ、腐敗するには早すぎませんか」

「こっちに目玉がある。ってことは抉られたのは腹側だ。まだ無象鎖は繋がっているんだな？」

「ええ、夢うつつながら、意識はまだあるようです」

「いま医療莢を手配した。まだ助けられるかもしれん。こいつらはもういいだろう」

「ああ、はい」

赳志たち環刑囚は、全身の針毛の根元に残った粥肉のむず痒さに身悶えしながら蠕動をはじめた。

「以前も胸腺を失った囚人に同じようなことが起きてな」

「胸腺、ですか」

「前半身の腹面の中央にあるんだ。免疫系を司っているから、失われると抑制されていた再生系が賦活して、いったんぐちゃぐちゃに崩れてしまうんだな。早い段階でうまく処置できれば、元どおり錮化させられるかもしれん」

遠ざかっていくふたりの声を聞きながら、垂直に掘りくだっていく——

〝処置できなければどうなるんです〟

〝こいつも少しばかり先祖返りをはじめているだろう？　これまでで一番ひどかったのは、ペンフィールドのホムンクルスみたいに支離滅裂になっちまった奴だな。男なのに乳房がいくつも混ざっている有様でな〟

——冷たく重い地層へ、凝った記憶の底へ。

4

「最近家を留守にすることが多くて、すっかりゴミを溜めてしまったもんだから、分別屋さんを呼んだのね。そう、あんまり種類が多すぎて、最近では頼むのが普通になってるの。蛻者たちが相手だから、穀物を現物払いしなくちゃいけなくて、ちょっと面倒なんだけど」

以前に母が面会に来てから、もう二箇月も経ったのかと驚かされる。化粧で隠してあるが、なぜか目の周りには痣があり、声もどこか疲れている。

「あの人たち、どうしてあんなに裳漿の履初めを拒むのかしらね、ピアスを開けるようなものなのに。常日頃の〈常〉という字だって〈裳〉から派生したっていうじゃない。累單識なしでは、人として最低限の日常生活も送れないでしょうに。公園の水すら飲めないんだから——」

固有識別番号である裳漿は、頭蓋内注入によって累單識の結節点となり、多重的な知覚認識を可能とする。赳志は思い出していた。刑が確定した直後に裳漿を強制排出された際の、強烈な目眩と虚脱感を。無象鎖を繋がれたときの、意識を緊く括し上げられるような厭わしさを。

「——分別屋さんは三人いたんだけど、びっくりするくらい皺だらけなのよ。やっぱり直射日光って激しくなってるのねぇ、人の肌が弱くなってるとも言うけれど。まあ、お肌の再生どころか、遮光液すら買えないんだものね。それでも、鳩の糞？　みたいな妙な白い塗り物で、未開の部族みたいに雑に顔を塗りたくっていてね、服も襤褸で見窄らしいんだけど、そりゃあ見事に分別するのよてきぱきと。電子レンジだってものの数分のうちに細かい部品にばらして木琴でも叩くみたいに種別に並び替えてね、で、わたし前から、行方の判らない己媒者って、あの人たちの棲む蜺窟にいるんじゃないかと思っていて、でも蜺窟ってあちこちにあるはずなのに、どこをどう探しまわっても辿り着けなくてねえ、広告とか建物の外装は邪魔になるから三單を消しておくんだけど、そうするともう、どこも真っ白けな漆喰塗りの迷宮みたいで、それに細かい路地になると二單の汎寸図とも食い違っていて、わけがわからないのね」

　二單の汎寸図は相変わらず更新されていないようだった。いや、それより母は、どうしてこの前から己媒者にこだわっているのだろう。井辻を探して、わたしの痕跡が残っているかどうか確かめるつもりなのだろうか。残っていたとして、どうなのだ。

　赳志の外皮から粘液が滲み出す。全身がうっすらとした光沢に包まれていく。

　まさか、こんな人外などではない、ひとの姿をした息子を求めてのことなのだろうか。

「だからまた分別を頼んだときに、代金を数倍払って、連れて行ってもらえないかってお願いしたんだけど、慌てて逃げ出してしまって。収税官を心配しているのでしょうね、あんな憐れな人たちからも根こそぎ奪っていくっていうから。どうしようかしらと考えていたら、通りからものすごい音がして。あの人たち、單すら見えないじゃない？　駆けつけると、うちふたりが死んだ鴉みたいに倒れていて、車はもういなくなってた。まあ罪に問われるわけじゃないものね」

　車に撥ねられたのだろう。赳志が十代前半の頃には、交通基盤の維持もままならなくなっていた。古びた信号機や道路標識は單の識層へ機能を移され、残された遺物は徐々に撤去されていき、いつしか裸眼だけでは運転できなくなっていた。しかし裸眼でなければ蜺者を捉えづらく、時折こういった接触事故が起きる。

思想信条から裳檗(もしょう)の履初(はきぞ)めを拒む者もいれば、累單識(るいたんし)を介した忘却のない現実社会に馴染めず裳抜(もぬ)けする者もいる。収監前の赳志のように、必要に応じて羽織る者も少なくない。

「固有識別番号がないと、救急車も呼べないし医療機器も反応しない。わたしにできるのは彼らを車に乗せて家族の元に運んであげることくらいでしょう。でも行きがけに、ひとり息を引き取ってしまって――ともかく言われるままに路地を進んでいくと、騙し絵みたいに蝸窟(ぜいくつ)が立ち現れたの。高い壁に挟まれた廂間(ひあわい)が段々の市場になっていてね、そこかしこに顔を白塗りにした人たちがいて、溺れた蟬みたいに囁(ささや)きあってるんだけど、皆ちょっと妙ななまりがあるのよ」

「緋蓮(ひれん)はさまわり充ちるかしら」

「らんだかにお舞い頃です、まからえます？」

「つぁ、その緋蓮まかいてください、仕舞います、かくべつよんむで白長子(しろながす)を一ると施琉璃(せるり)は二る」

自分の声帯を使って録(ログ)を再生しているのだろう。

「りょうじょう、寄席でもなさりんど？」

「緋蓮っていうのは籠に山盛りに売られている食べ物で、まあ蜚蠊(ひれん)の語呂合わせよね。他の売り物も、ぞっとさせられるようなものばかりで、そうそ、調子はずれのバイオリン弾きなんかもいるの、風音(かざおと)みたいな音色なんだけど、すごく懐かしい感じの曲で、でもどうしてか累單識には一致するものがないのよ、ああ、そういえば憶えてる？　あんた紗代が描いたバイオリン虫の絵を見て、ありもしないものを描くなって破り捨てたことあったでしょ。それを見たお父さんかんかんに怒って、あんな怖い顔を見たのは初めてで――」

頁を破ったのは――赳志の円い口がひくつきながら大きく開く。

母は壁にもたれ、靴のヒールを軸に片足を揺らしている。

そう、そうだった。

環状筋が詰まって全身が固く縮こまる。

家にあった昆虫図鑑をなにげなく開いて、架空のものと思い込んでいたバイオリン虫を目にしたのは、妹が十歳で亡くなった直後のことだった。

「――そんな感じの、怖い顔をした蛻者がたくさんいて、わたしは途中で追い返されてしまったんだけど、後で襤褸を着て顔を白く塗って再訪したりもしてね――」

5

〝またあの新入りがいなくなってる。何度も所長にどやされてるってのに〟

〝一二二四ですか。先週はすぐに見つかったんですよね〟

〝また落石事故かと焦ったが、無象鎖が一時的に途切れただけだったらしい〟

〝不安定なんですね。前例はあるんです？〟

〝脳腫瘍を患った者で似たようなことはあったが、検診があったばかりだしな〟

赳志は、地表近くをゆっくりと蠕進し、わだかまりのほどけるような奇妙な感覚にとらわれつつ、ふたりの看守の話に甜瓜器官を澄ませていた。

先週、一二二四の脱走騒ぎが起きたときにも、同じような感覚に陥り、それが何なのか気になっていた。地下七米あたりを水平に掘り進みながら、父の胸にナイフを突き立てていたときだった。そういえばその数時間前に、一米ほど離れた位置を並んで進む環刑囚がいた。赳志が折り返しても、進路を逸らしても、それに倣って執拗についてくる。からかわれているのかと腹が立ち、迫ってみると、今度は距離を保ったまま離れていく。ひどく落ち着かない気分にさせられ、環刑囚が密集する中に紛れて振り離したのだった。

〝あっ、一二二四現れました。やはりずっと房域内にいたようですうわなんだこいつ〟

ザクリと土を貫く捩倫棒の音が響いた瞬間、赳志の全身は激しく痙攣し、口から肛門から大量の土を吐き出した。どうして急に気づかれたのか。肌の嗅細胞が、焦げ臭い匂いを捉える。動けなかった。例の感覚もかき消えていた。

〝八一九のやつ、いつのまにか足下まで寄ってきてたんですよ〟

〝ほっといてやらんか。嗅ぎまわったところで何ができる〟

〝まあ、それもそうですが〟

〝もう留組の給餌の時間か。あがらせろ〟

下方のあちこちから、土擦れの音が響いてきて拡散する。環刑囚たちが昇ってくるのだ。彼らが通りすぎた頃に、赳志はようやく動けるようになり、地表へ半身を突き出した。

視界一面が血色に染まったあと、途方もなく広大な黄昏空や、火星を思わせる荒地が滲みでてきた。溶鉱炉のごとく歪んだ日輪が、荒れ果てた地表まで迫ってひときわ巨大に見える。

その光輝は海月の触手のごとく放射状に伸びてうねっている。

留組に属する百人ばかりの囚人が、砂糖をまぶされたような砂まみれの肉筒を地面の穴から垂直に突き出し、長い影を落としていた。仙人掌めいた囚人たちの前方一帯には、一抱えほどもある樽形の凝餌が同心円状に並べられており、その中心から時計の針のように十名ほどの看守が一列に立っていた。

同心円の最も遠い列では、円筒タンクを抱えた給餌車が、凝餌をひとつずつ吐き出している。その向こうには官舎や諸設備として使われる被牽引車が何台も並んでいた。

看守たちが手で合図をすると、環刑囚たちは一様に前半身を前に傾け、まだかすかに陽の温もりの残る大地に腹這いになり、後半身を穴から引きずり出す。それぞれ指定された凝餌(ぎょうじ)の前まで身をくねらせて這っていく。

趙志は凝餌の間を縫って、円の中心寄りに進んだ。自分の凝餌の前まで来ると、前半身を持ち上げて、大きく広げた円口(えんこう)でのしかかるように吸いついて毟(むし)り取る。発酵した生塵(なまごみ)を固形化したもので、強い酸臭に粘膜がひりつく。だが口腔の肉圧でほぐして呑み込んでしまえば、繊維質の多い腑触(ふざわ)りはむしろ心地よい。

消化器官を蠕動させつつ、三八八の頭部が圧(お)し潰される様を思い浮かべる。死を引き換えにしなければ、刑務所の房域から脱することすら叶わない。だが、生そのものが牢獄であるなら、彼はようやく逃れることが――いや、そうだろうか。惨めな死の瞬間に永劫に封じ込められはしなかっただろうか。

「みろよ、こいつ」二列ほど先で、肥(ふと)った看守が唐突に笑いだした。「体の横から、いちもつ生やしてるぜ」

他の看守たちが集まってきて、一心に餌を食(は)んでいるその環刑囚を笑う。腹を抱えているものまでいる。

この余剰物も、浸潤(しんじゅん)した菌類や、溜涎硬(りゅうぜんこう)などと共に、定期健診で除去されることだろう。

抑制されていた再生系が賦活して――

以前に看守の言った言葉を思い出す。脱分化が賦活した段階で、元の肉体を破綻なく再統合するよう導くことはできないだろうか。

趙志は思考を巡らせはじめる。

「そういや」看守のひとりが口を開く。「あの崩れた環刑囚はどうなったんだ」

「体は再錮(こか)化できたらしいんだがよ、一旦どろどろになったときに、意識の方も融けちまったらしく、廃人になったって話だ」

6

赳志は、房域の境界に近い土中を浅く巡って、千人を超える環刑囚の群から間合いを広げようとしながら、父を殺める幻影から、空回りする憎悪に搦めとられた自らの思紋から遠ざかろうと、他の誰かになりきるという試みを繰り返しては、父を刺し貫いていた。

最初は、毎日のように家に遊びに行った幼なじみ、次は自ら命を断った同い年の従兄弟として振る舞ってみたが、どちらの父親もいつの間にか正赳に変わっていた。

他人の振りをしたくらいで思紋が形を変え、無象鎖が切れるなどとは思っていなかったが、繰り返さずにはおれなかった。

週末になると軽自動車の中で空が白むまで無為の時を共に過ごした親友、走ること以外を熱心に競い合った陸上部の仲間たち、結婚式場のアルバイトで知り合った風変わりな司会者、よく恋人だと勘違いされた気丈な女友達、果てはいつも同じ列車の車輌に坐っていた裳抜けした男の空蟬まで——そしてどの家でも父は先回りして刃先を待っていた。

最も苦痛を伴う記憶が、意図的に刺激され続けているかのようだった。

赳志は差込プラグでもはめるように数限りなく父を刺し、返り血を浴びた。浴びている最中に、それは起こった。環刑錮の肉体を内と外で取り違えたときのように、父の視点に入り込んだのだ。

目に映っていたのは、我を忘れ醜悪に歪んだ自分の顔だった。

愕然として、右手から力が抜けた。だが目の前の赳志はナイフを落とさない。環刑錮へ変容させられたときのような恐怖に揺さぶられる。目を背けようとしたが、膠着して動かせない。

血の気のない顔に切創のごとく開いた両の眼は、ちぐはぐにずれていた。いったい何を見ているのか、何に向き合い、何を憎悪しているのか。当惑して口籠るしかなかった。

いま自分は、外へ通じる門の前にいるのだと赳志は悟った。逃れようとし続けてきたものの内に、それはずっと埋もれていたのだ。だが、このままでは刃先をこちらに向けている自分と対峙したまま身動きが取れない。足を踏み出そうにも、父がどういった人生を歩んできたのか、呆気にとられるほど何も知らなかった。知ろうとしたことがなかった。

赳志はこれまで抱いたことのなかった衝動に駆りたてられ、甜瓜器官で自らの筒状の肉体を探りだした。環刑錮はその開発過程で、父の眼差しを受けてきたものだからだ。幾度も憎しみに揺り戻されながらも、父の思考の痕跡を辿ろうと努めているうちに、母から聞かされた昔の話や、数葉の写真に残された祖父母の面影など、忘れ去っていた断片が僅かに呼び起こされ、いつしかそれを足がかりに、知るはずのない父の幼少期をなぞりはじめていた。

自他の境の曖昧な、幸福とも呼べる日常——だがそれは四肢の萎凋によって一変した。正赳は、隔離施設の床の上で、体液にまみれて苦しみ悶えていた。血と吐瀉物と消毒液の入り混じったにおい。想像にすぎないはずなのに、様々な事柄を想起することができた。あちこちから聞こえてくる唸り声や啜り泣き、そばで臥せっている少年の、もう殺しておくれよ、という呟き。背中や尻を幾度となく貫く注射針、その激痛で零れる涙——

これは、間違いなく実際に起きたことだ。そう確信し、このまま後戻りできなくなる恐怖から、腐って落実するように土中の闇に帰した。

全身を巡る騒がしい血流の音にしがみつく。落ち着きを取り戻すうちに、脳内で何かがかすかに綻ぶような変化を捉えた。すぐにはっきりと判るほどになる。あの感覚だ。

待ち望んでいた好機だった。他の環刑囚たちの氣配も遠い。いまなら看守の目の代わりになるものはいない。

赳志は見えない境界壁に口面を強く押し当てて蠕進をはじめた。これまで何度となく試みながらも無為に終わっていたが、賭けるしかなかった。思紋を緊縛する違和感がゆるゆるとほどけていくのが判る。

そのまま二十米ほど進んだあたりで、意識が不意に軽くなり、肉体から遊離する錯覚に陥った——と同時に口面が房域の境界面を破った。環状筋の連なりが、刑務所外の土壌を貫きだしていた。

赳志は渾身の力をこめて蠕進する。

ここ最近の出来事から、環刑囚一二二四は己媒者で、なんらかの理由から自分と思紋同調を繰り返しているのではないか、と赳志は推測していた。土中で執拗につきまとわれたこと、騒ぎのたびに脳内に生じる違和感、看守が唐突に足下の赳志に気づいたこと——環刑錮から逃れるための情報を集めようと、様々な囚人と同調していたのかもしれない。その過程で、赳志の意識に、環刑錮の開発者の姿を垣間見たのだとしたら。

予想したとおり、一二二四は再び赳志の思紋をまとった。無象鎖が途切れている今なら、房域を脱することができるはずだった。

いまや鋭い小石に外皮を削られる痛みさえもが喜びだった。久しくなかった希望に滾った血を巡らせ、連なる環状筋を弾むように膨縮させて進む。五対の心臓がそれに呼応して波打つ。

一度もほぐされたことのない凝り固まった地層の中を、体がずたずたに裂けるのも構わず、懸命に掘り進んでいく。少しでも遠くへ——ずっと——ずっと遠くへ——

そのとき、頭の芯から無数の鋭い裂け目が放射状に広がった。耐え難い激痛に、赳志はその場から動けなくなった。

一二二四の思紋がまた転じて、無象鎖が戻ったのかもしれなかった。

数多の気門がわななきながら、蒸れた息を絞り出していく。

雷鳴が轟きだしたように、遠くの方から地面を打つ音が響いてくる。看守たちが捩倫棒で突いているのだ。

三八八の最期が頭をよぎる。焦りと激烈な痛みに意識を掻き乱されながらもあたりを探り、鍛冶屋の鉄床めいた巨岩に気づく。その下部には、角錐状の突起があった。

もう、終わりにしたい、と赳志は願い、体を捻った。いや、まだだよ、と幼い声で誰かが言った。

ふたつの意志の目指す振る舞いは同じだった。なけなしの力を奮い起こして、斜め下方に埋まる身の丈ほどもある巨岩の下に潜り込み、口面を右に左にくねらせて穴を掘り広げていく。巨岩がずり落ちだすと、赳志は後退して体の位置を合わせ、身を固くした。角錐状の突起が、前端部にめり込んでくる。外皮を破り、環状筋を穿ちながら、脳の一部を圧し潰す。赳志は自らの過去が潰える容赦ない音を聞いた――だがそれで終わりにはならなかった。

鉄槌で打擲され続けるような凄まじい絶痛で、裂け目の痛みは打ち払われ、全身が激しくとぎれとぎれに痙攣した。死への逃避も、身に起きた不合理の数々も、自分が誰なのかということさえ篩い落とされていく。

絶痛は全方位に鋭い刺を伸ばし、荒々しく震え、追われることへの本能的な焦燥に形を変えた。まだ甜瓜器官は利いており、右往左往している追手の足並みを捉えることができる。その足元が突如崩れ、地表近くに掘っておいた穴道へ何人かが落ちる。

環状筋を次々と蠕動させ、岩底と土との間で扱かれるようにして前に進んだ。頭部から岩の突起が、ぼやけた過去と共に抜けた。その痕が陥没したまま戻らず、そのせいか、真っ直ぐに進んでいるつもりが斜め下へ逸れていく。深みへ潜っていくにつれ土圧が強まり、体が自然と伸長していく。今にも弾けそうな環状筋を無理強いし、強固な地層の中を進んでいると、巨大な断崖のようなものに行く手を阻まれた。

崩れた壁材やばらけた鉄骨の入り組んだ瓦礫の積層だった。しばし逡巡したが、僅かな隙間を探り出して潜り込んだ。全身が入りきったところで後端部をもたげ、天井側に埋まる折れた標識の間にねじ込むと、外皮が裂けるのもかまわず引きずり下ろして穴を塞ぎ、蠕進をはじめた。

瓦や植木鉢の残骸、それらに絡みつくホース、拉げた自転車のホイール、錆びた工具、換気扇のファン、骨組みだけの傘、鳥の羽、ガラスの破片、割れた照明管、ずれ重なった食器、腐った球根、水を吸って膨張した書物や新聞、文字を刻印された金属棒やキーの数々、剝き出しの基盤、螺子や釦、貝殻、甲虫の死骸――記憶の残滓に結びつく塵芥を掻きまわしながら進んでいく。ともすれば腹の中にも鍵や硬貨や時計が転がり込んでくる。

間もなく進路の向こう側から、槍のように尖った鉄管が現れた。だが臆せずそのまま蠕進し、腹面の中央が抉り取られるに任せる。

体じゅうが振動して熱を帯びはじめ、細胞が弾けて散り散りになってしまいそうだった。激しく痙攣しながらも這い進んでいくと、塵芥がやにわに重みを失って崩れだし、湿り気を帯びた冷たい空洞が露わになった。恐るおそる這い進む。固くざらついた板の連なりが腹面を擦る。タイルが敷き詰められているのだ。そのまま蠕進していくと、唐突に地面が途切れ、危うく落下しそうになる。慌てて身を縮めて後ずさる。口面を上げてあたりを見回す。

左右に広がる空間の氣配――前方には深い段差があり、崩れ落ちた瓦礫の合間から、硬い二本の軌条が覗いている。廃棄された地下鉄の構内にいるらしい。

追手の氣配はなかった。安堵から全ての環状筋を弛緩させると、とめどなく伸び広がっていくようで不安になり、慌てて引き締めようとしたが力が入らない。まるで筋繊維が神経の網からずり落ちなから融け崩れていくような――

まさにその通りのことが自分の身に起きているのだと悟って震撼する。

このままでは粥状に流れ消えてしまう――鉄管の先端の閃き(ひらめ)き、胸を抉り取られる痛み――これは意図して引き起こした状況ではなかったか。だが何のために。目的を思い出せない。バイオリンに関わる……いや昆虫の……虫喰う林檎を……螺旋……貝殻……は結晶の形……月照の畑地に罷れ(まか)……土の瞑(つぶ)を掛けあわせた……闇夜が……錮々と環刑する、いがう、母をあがら浄ませる、せるのだと危越えさ　紗代の域　ひねもす　疹　におい断ち　と確信できこそ　ちちちがう　者の父　四肢は　だめだのはじの餡　の寇ナイ震フの輝き　黴　蠕　いや慄　第六の土　識ちが膨う　蠕　鉄床わた恐緋し縮じゃ蠕　聚　指　甜と　思い違い　互いに　房域の　看　單ずれ　ああ！　脱　蠕　檎て　父　手足　生　萎　先坂　部　同調　指　瓜　親　いく掘　逃　進　蚯蚓が　思り紋溜　そ親の涎ども蠕さし　復戻　環　房域かが　粘　融　凋　蠕そぞ　終身　喇　ぞれ殺とよぎ　否　蠕　歯棒　るな　叭　這っ　だが　眼　な　否　磨　願　き――

融け崩れていく肉体の中で、ばらけていく意識が、記憶が、神経節に宿る叉任哨(さにんしょう)に吸い込まれていく。その一部が配謂子(はいいし)の代わりとなって、復戻式(ふくれい)の起動を司る受容体に結びつく。

眼膜が融けていき、丸い眼球が、瞳が剝き出しになる――両の眦(まなじり)のあたりが、斜め上に引っ張られ、頰に柔らかいものを詰め込まれたような違和感を覚える。

目を凝らすが、すべてが薄暗くぼんやりとしていて何も見えない。

瞳を押しつけんばかりに覗き込んでいた磨硝子から離れると、視界の外から消炭色(けしずみいろ)の角棒が次々と現れて縦格子の玄関扉になった。

吹付けの壁には汚れひとつなく、まるで新築の家のようだ。

わたしは裏返して被った野球帽に手をかけ、向きをずらしながら、呼び鈴を鳴らす。

玄関扉が開くと、背筋の伸びた痩せた体つきの男が立っていた。撫で肩からたよりなくぶらさがった、不釣合いに細長い両腕がかすかに揺れている。

「あの……今日、約束を……会う約束をしてたんです」

「あいつにも友達がいるのか。まだ帰ってないようだが」

「そうですか」野球帽のひさしを中指で弾きながら、「部屋で待っているように言われたんですけど」

男が微笑み、扉を大きく開けてくれる。

「二階の突き当たりの部屋だよ」

はい、とうなずいて運動靴を脱ぎ、上り框（がまち）にあがる。

「これ、息子の靴と似ているな」

答えずに、階段を駆け上がっていく。

六畳の部屋に入ると、学習机の前に立ち、ひとまず椅子に坐ってみる。両足で床を蹴って、ぐるりぐるりと回ってみる。急に動きを止めて、空き缶を使った鉛筆立てを手で払い落とす。鉛筆やボールペンが絨毯の上に散らばる。机の下に屈んで、オモチャ箱を引きずり出す。雑多に詰め込まれた人形や車などの玩具を一つずつ手にとって、特に理由もなくゴミ箱に捨ててみせる。

何度も部屋の扉に目を向けるが、ケーキやジュースを持ってきてくれるはずの、砂粒の拡大写真を見せてくれるはずの男は現れない。

窓を開けてベランダの手すりを乗り越え、塀の上につま先から降りる。綱渡りをするみたいに、広げた両手をわざと揺らして塀を渡り、ポリバケツを足場にして庭に着地する。裸足の足裏に小石が食い込む。

生ぬるい風が吹いていた。

川向こうに目を向けると、土手の上に建つ一軒家の前で、同級生の川上くんがリフティングをしていた。器用に蹴り続ける。目を離せずにいると、川上くんは前触れなくその場に倒れ、サッカーボールが川沿いの狭い坂を転がりだした。それを目で追う犬と散歩中の婦人もまた倒れる。

驚いて思わず手を挙げようとしたが、骨を抜かれたように力が入らない。視点が定まらなくなったと思うと、急に両膝が落ちて地面に倒れ込んだ。方々からあがる悲鳴を耳にしながら這い進み、玄関の扉を開けると、廊下には母が倒れていた。

それから三日のうちに手足は真っ黒に変色した。病院に向かおうと地を這うものたちで道は溢れかえった。

何が起きているのかを朧気にでも知ったのは、一月も経ったあとだった。ここ本土では、目に見えない数々の戦線が鬩ぎ合っているという。どれも情報戦による幻なのかもしれないという。黴寇と呼ばれるようになるのは、ずっと後のことだ。

身体に萎凋の生じた者は、戦災者として隔離施設に収容された。その多くは発症から数週間のうちに四肢を失うこととなった。

施設内には血と吐瀉物と消毒液の入り混じったにおいがこもり、あちこちから唸り声や啜り泣き、時には怒号が聞こえてくる。寝台の数は常に不足しており、多くの患者が床の上で滲出した体液にまみれてのたうっている。わたしもその内のひとりだ。

そばで臥せっている少年が、もう殺しておくれよ、と幾度も呟く。

太い注射針を背中に打たれ、あまりの激痛に涙が零れる。先生が励ますように言う。

君の体の中に、とても強い兵隊さんの大軍を送り込んでいるんだよ。

その後も注射針に、体のあらゆる場所を数限りなく貫かれ続ける。皮膚や粘膜の大地が、臍の奥の窪地が、血管やリンパ節の運河が、体腔を満たす臓腑の山々が、睾丸が、思考の中が、目に見えない交戦地帯となった。肥厚する皮膚、抜け落ちる頭髪、腫れ上がる結節、内臓や筋肉の断続的な痙攣、絶え間ない発熱、悪寒、嘔吐、捩れ続ける夢——
幾度も再生治療が繰り返される。それをレコンキスタと呼ぶ先生もいた。硫酸を浴びたような痒みや激痛と共に、手足の付け根から柔らかい突起が芽生え、いったんは順調に育ちはじめる。けれど肘の長さほどに伸長したあたりで末端から黒ずみはじめ、ついには腐れ落ちてしまう。どれだけそれを繰り返したことだろう。

今度は、新しく来た坂部先生の処置のおかげで、うまく根付いて、成長している。まだ鶏（にわとり）の趾（あし）のようなたよりない輪郭だけど、肘が、手首が、指が、それぞれ動く——いつか先生の研究を手伝いたい——まだ自分のものと感じられない、遠く隔たる四肢を懸命に操ろうとしながら願う。祈る。

俯（うつぶ）せの状態から、四つん這いに体を持ち上げる。左手の力が抜けて頽（くずお）れかける。が、他の手足でこらえ、ゆっくりと着実に起き上がる。タイル張りの床をよろけながら渡り歩き、崩れかけた壁に背中から乱暴に抱き止められる。

その鈍い反響が、闃寂（げきせき）とした闇の中にいつまでも残る。

左右に広がる空間の氣配——前方の深い段差——ここが廃棄された地下鉄の構内であることに赳志は思い至る。

そうだ。叉任哨（さにんしょう）に宿る父の過去を生きなおすことで、元の肉体に……

闇を充たす空気は凝ったように動かず、肌にひどく冷たい。

全身の気門が、我関せずといった様子で、静かに呼吸を繰り返している。

7

長いはざま来れなくてごむあさいね。ら、すかさずはしがけたい語るりがあったんだけど。かだらを壊していまって、ずいぶん蛻窟でお世話がけてぃるうちに、彼らの尤な文化におのず馴染みましまれてね。緋蓮の味わいにもそぐわって。未開の人んごと蔑んでぃた自分に気詰まいで、家の方は家政婦さん任せで、力添えぐぁてら蛻窟によく鼻向けまいってるのよ。そうすぉ、せんだつこと家政婦さんがね、家でけたいな体験をいたというの。

彼女が玄関扉を開ばけると、キッチンへむすぶ薄暗い廊下に、誰そか裸で立っていたすぉなの。つぁ、彼女おぞろいて、身をいさめながらつ目を剝ぐらかせなかったすぉ。青白お裸で、背なか向けてうつぶぃるやな見かけだぁたなが、とんと彼女の方に歩くだしたのよ。一歩進むまいに足元から格子扉の光を帯びうけて、頭も性器もない人間の姿を露わしめたすぉ。彼女おぞろまして背なか粟立ててね。なにぞん鎖骨の窪まいから、眼差いてきたんだって。づぁ、たえがろうなったのね、玄関の姿見をかくげ、ら、思いのまま投げがしたの。でむん手前の階段にばぐらって細々砕くれ果ててしまぁて、ぬぁ、ぞ、その誰そは後ずさいて、片手を腰のあたいまでかくげ、なにかをはしがけようとするやな素振いをしたかと思すと、たくさんのこまい甲虫のくづつきだったかのやに、ばらくがらに分かれて床にやんま盛りになり、ありよありよとはけ失せてしまぁたんだって。

づぁ、ごむあさい、涙ごもぉていまって。そあなことあらまけないのに、そあが父さんのやな、あんたのやな気が強まあてね……よくある累単識の識ずれだったろですぉ。ただ、キッチンのテーブルの上に、あれほと探しまぐらって見だせなかった剪定バサミがね、横たわぁていたのよ。ぜぁ、あなたですら、って家政婦さんに問わいだどころ、存ざないって言うじゃない。使うてみれば、とかく手馴染みな器物で、まことにまことに勝手きわだってねえ。これでなかれば。

な、な、はしがけたかったのは別の語るりでね。

あなた、つぁ、ここから出られんやもしれない、元のかだらに舞い戻れんやもしれないの。ら、蛻窟にも監房があってね、あるとき囚われ人が扉の小窓から、わたしに呼ばわあたのよ、「母さん、母さん」って。

「はらしたんだ」って。すかさずそあがあの井辻いう人で、というよい、あんただとさだったの。あんたはこう言ったの。

「いったろう、心配しているような事態にはならないって」

ら、涙んばかってね。でむすぐり要領を得んとうか、わたしの似素振いを重ねるやになって……後で蛻者のひとりぃくちみみづけたら、以前蛻窟んでぃた仲間を刺ざうたんだすぉ。仲良からったそうなのに。わたしと会うた翌日、警察がだばばってね、別の嫌疑で彼を連れあいだあて……ぜ、同調した被疑者たちんごと事件を幾つも起こらがませていたのだすぉ。わたしの裳漿んごとで足がついたのかも知れず思すと……思紋の焼きつきの症状がことさらわずらい強く、いまはどこいかの医療施設に移されたすぉだくれど。

　ぜ、刺ざれ人は、意識不明のまま警察病院に運わばれ、みまかる前に、誰に刺ざれんかと自律格にかばけたらすぃの。そぞれ、井辻という名前ばくりか、蛻者だあた頃に自分が殺めぃた人の語るりまでつぐつぐと吐ぐくみだしたんだすぉ。ぜぁ、多まかな人を殺めぃていたの。でむん警察からはしがけあったのよ、ら、蛻窟であんたが言うたやに、正赳さんを、父さんを殺めぃたの、ね、そいつらすいって——

8

〝そういえば、あの女の人、見なくなりましたね〟

〝ん、誰のことだ〟

〝こんな所まであんなものに何度も面会にくる人はそう多くないでしょう。差し入れのケーキ、うまそうに食べてたじゃないですか〟

〝ああ……そりゃそうだろう、ようやく息子の無実が認められたってのに、脱獄していなくなってたんだから〟

〝あの人、八一九の母親だったんです？　えっ、じゃあ、最後は気づかず一二二四に話しかけていたのか。虚しいなあ〟

〝虚しいのはこっちだ、減給六箇月だぞ。所長（おやじ）はまだ目を合わせてもくれん〟

〝思い出させないでくださいよ。捜索も打ち切られてしまいましたしね。一二二四についてはわたしたちにも落ち度が……〟

〝あいつの称呼番号じたいが他人のものだったってのに〟

〝どれだけ杜撰（ずさん）なんだって話ですよね。にしても、己媒者（こばいしゃ）が思紋（しもん）じたいを変えていただなんて。単に人真似をする病気なんだと思ってましたよ〟

〝こっちはその存在すら忘れていたがな〟

〝一二二四は取り違えられたまま復戻（ふくれい）できるとでも思っていたんですかね〟

〝どうだかな。甜瓜（めみみ）器官を抜き取られて、不動施設の独房入りをするとは思わなかっただろうが。にしても六箇月間か……〟

〝まあ、全責任をこっちになすりつけられなくて良かったですよ〟

〝公表されてないだけで、他の終身刑務所でもいろいろ起きていたらしいからな〟

〝それも己媒者（こばいしゃ）がらみなんです？〟

〝いや、それとは関わりなく脱獄した者がいたらしい〟

〝管制の方の過失でしょう〟

〝脱獄者の足跡が残されていたって話まである〟

〝足跡？　まさか、不可能でしょう、どうやって復戻（ふくれい）するんです〟

〝叉任哨（さにんしょう）って制御系の話を前にしただろ？　そこによく判らん領域があってな、非正規の復戻式が組み込まれているんじゃないかと騒ぎになってるらしい。一部の開発者が取調べを受けている〟

〝今頃になってまた制御系が問題になるなんて〟

〝そういや、俺、長いことこの仕事してるが、今頃になって気づいたことがあるんだ〟

〝なんです〟

〝ここって地中の牢獄だろ？　文字通りの地獄だよな〟

金星の蟲（むし）

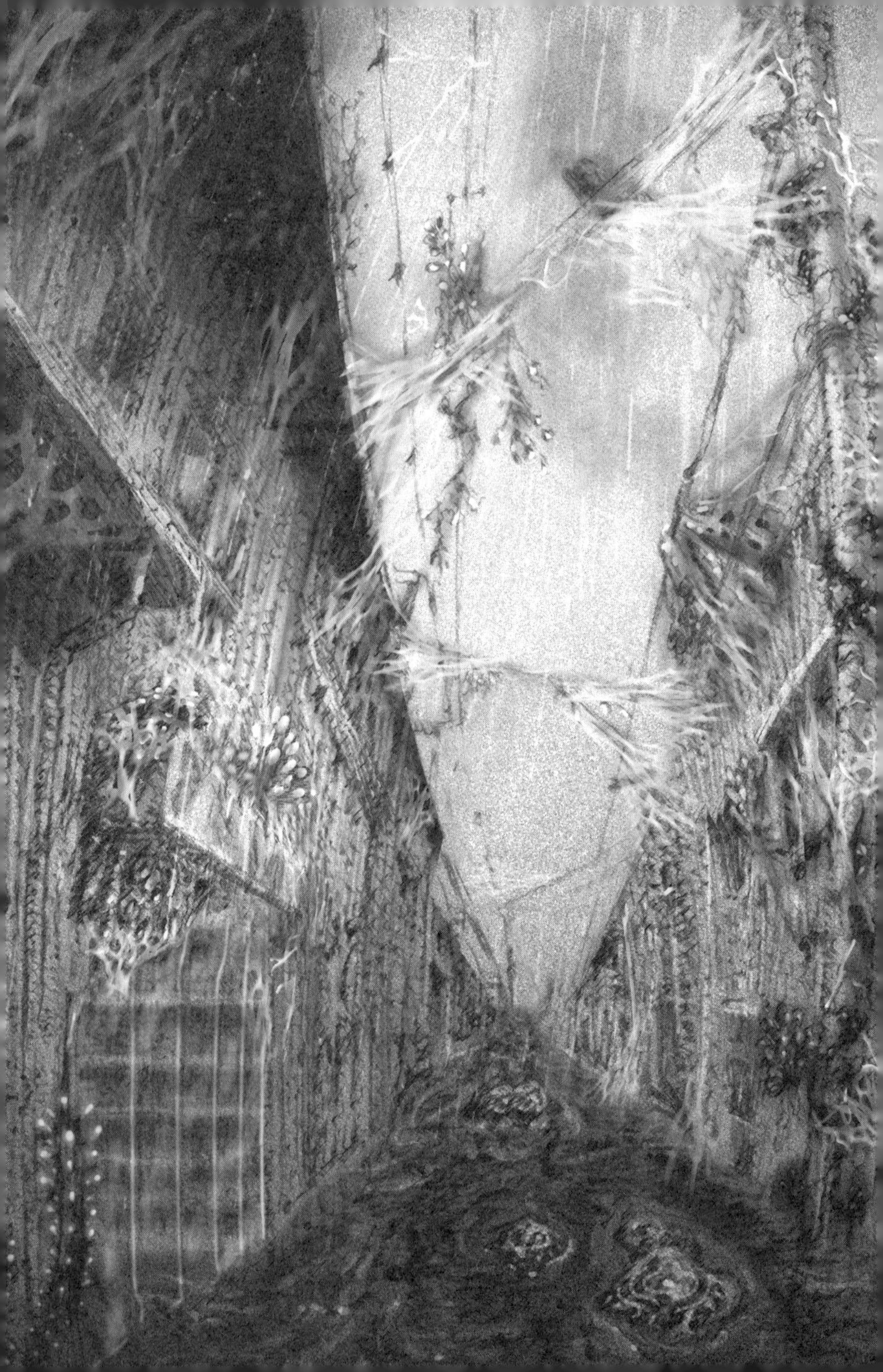

時には、ありもしないものを消す必要に迫られ、それによって、ありもしなかったものが現れることもある。そう大袈裟なことではない。

勾玉(まがたま)に似たレバーを引いて、薄汚れた白磁の曲面に横たわる架空の便を水で押し流す。十分もトイレに籠もったままでいて、流さないわけにはいかない。手を洗いながら、私は顔の火照(ほて)りを感じる。建て付けの悪い扉に背中からもたれかかり、体重をかけて押し開く。

巨人の足指の爪でも切るような音が鮮やかに響いた。手前に塊然と構えた軽自動車ほどもある刷版出力機が、〇・二四㎜厚のアルミ製プレートにパンチ穴を穿(うが)ったのだ。プレートのたわむ反響音がして、掃除機さながらのバキューム音が続く。感光剤に被膜され蒼い眠りに就いていたプレートが、ドラムに巻き取られて高速回転しながら、百二十八本の光の針で朧気な夢を焼き込まれていく。その隣では、怠惰な唸りをあげる自動現像機が、出力機から放り出されたばかりで夢うつつのプレートを薬液漬けにして、刷版(さっぱん)へと覚醒させている。

排出された刷版をストッカーに立て掛けるアームの向こうで、工場長が後ろ手を組み、ガラス戸から外の通りを眺めていた。

「しとしとぴっちゃんやな」低く嗄(しゃが)れた声で誰にともなくつぶやく。

雨が降っているらしい。稼働中の工場内は騒がしい機械音で満たされているし、ガラス戸の向こうは製版フィルム用の倉庫になっていて、分厚い透明ビニールシートのカーテンで通りとの境を隔てている。だから、いつも雨模様のように景色が薄暗く歪んで見える。

出力機からプレートの滑り落ちる音がした。急いで駆けつける。大きな工場なら自動制御で現像機に挿入されるが、ここでは機械と機械との間を人間が取り持たなくてはならない。ストックに溜まった刷版を、広い作業テーブルの上でまとめていく。メジャーで各所を測って検版してから、合紙を挟んで刷版を重ね、布製ガムテープでまとめる。四色の原稿なら四版。墨一色なら一版。裏表があるならその倍。

「しかし、あいつはいったい何をしとるんや。いつになったらお帰りあそばされるんや」

苛立ちを滲ませて工場長が言う。柿本（かきもと）が得意先に出力データを引き取りに行ったまま帰ってこないせいだが、苛立っている本当の理由は、雨のせいで通りにタバコを吸いに出られないからだろう。工場内はPCや可燃性のフィルムがあるため喫煙は厳禁だった。

急ぎの仕事が終わり、六台のPCが並ぶ長机の席に坐る。家庭用の小さな換気扇ひとつでは機械類の廃熱に追いつかず、狭い工場内はいつも蒸れたような空気で澱んでいる。

出力機や現像機が動きを止めると、モニターやハードディスクの耳鳴りに似た音や、大粒の雨音が立ち上がってくる。

「むしむししよるな」

工場長が壁の操作パネルを押し、雨や機器の雑音が柔らかいノイズへと拡散される。天井に備え付けのエアコンが動きだしたのだ。

倉庫のビニールシートの向こうで、白いライトバンが迫り出してきて、大きな茶封筒を抱えた柿本が降りる。工場内に入ってくるなり、工場長が怒鳴りつけた。

「おまえいったい何しとったんじゃ。いくら渋滞やいうてもこないにかからんやろ。納品予定は三時やど」

「すんませーん」柿本が照れたような笑みを浮かべて頭を下げ、「中谷さんの説明が長くって」と慣れた調子で言う。たまぁに配達中にパチンコ屋へ寄るんですよ、と悪びれずに洩らす柿本から、ほら、戦利品、とガムやクッキーを貰ったことがある。

「おい、はよ原稿かせ」柿本の手から濡れた茶封筒をひったくる。「できあがっとる刷版持って、佐多印刷と宇中プリントに配達行って来い」

「ええぇ、もうちょっと後やと駄目なんですか？」

「はよ行かんかい」工場長が短い足で蹴り上げる真似をすると、でへへ、と柿本は笑って、刷版の入った平箱を両手で抱えて出ていく。「途中でさぼるんやないど」

工場長はガラス戸を乱暴に閉めると、作業机の前の椅子に坐り、レバーで座面を下げる。茶封筒から原稿とメモリースティックを取り出し、「あいも変わらず、ドン天専門やな」と作業伝票を書きだした。私はメモリースティックを手に取ると、作業用PCに挿入してコピーをはじめた。

下腹部の重々しさがずっと続いていたが、不意に便意が逼迫してきたので、救われた思いで再びトイレに入った。ズボンを下ろし、慌てて和式の便器にしゃがみ込む、が、とたんに便意はかき消えてしまう。いきめばいきむほど肛門が固く閉ざされていくようだった。そもそも穴など存在していないかのようだ。恐るおそる拭ったトイレットペーパーには、血が滲んでいた。

室内に戻ると、工場長が原稿と伝票を持ったまま、机の前に立っている。

「平沼さん、最近ちょっとトイレ近いですな。わしらもう年やから小便近い、キレが悪いで困ったもんやが、まだ三十代ですやろ」

「いやあ、ちょっとお腹をこわしてしまって」

「はい、これ、浅間創版にいく分、健康飲料のくだらんA4チラシですわ。菊全八丁で裏表ありますけど、ドン天やから四版。クワエは外五十。大特急」

原稿データの中身を確認して規定の形式に別名保存すると、色分解にかけてから頁組み用PCの前に椅子ごと移る。隣のモニターに表示される分解ゲージを一瞥するが、まだ表の赤版の途中だった。滲んでいた血の色を思い出す。

「分解終わっとるようですな」

工場長が腰を曲げてモニターを覗き込んでいた。慌てて分解済みデータをゲラ用の大型プリンターに転送し、印刷会社別のフォーマットを開いて設定を入力すると、刷版出力機に送信する。

工場長が横千三十、縦八百㎜ある大判の青いプレートを軽々と出力機にセットし、一版目の受信が終わるなり挿入ボタンを押す。プレートが滑らかに吸い込まれていくと、機械が唸りをあげはじめ、巨人の爪切り音が響く。

PCのブラウザを立ち上げ、〈出血〉〈肛門〉というキーワードで検索してみる。四十万件以上のページがヒットする。適当に拾い上げて読んでいるうち、プレートを排出する内部のモーター音が耳に入った。工場内を見回してみるが工場長の姿がない。通りに目をやると、口と鼻の両方からたっぷりと煙を吐き出している。雨があがったらしい。振り返れば、出力機の背後にある壁掛け鏡の一面が青い。

慌てて駆け付け、プレートを持ち上げる、と同時に、排出口のスリットから次のプレートが滑り落ちてくる。

危ないところだった。感光剤を塗布された表面は傷がつきやすい。両手に抱えたプレートの一辺を、現像機の挿入口にほんの少し押しあてると、泥沼に潜む飢えた鰐のように、強い力で銜え込んでいく。

プレートの挿入作業を続けながら、検索したページを次々と表示していく。たいていは痔についての説明だった。静脈の鬱血によりできる外痔核や内痔核、固い便などで肛門に傷がつく裂肛、細菌の侵入により膿が溜まり、排出用のトンネルが穿たれる痔瘻など。そして、どの説明にも、必ずといっていいほど、「痔だと思いこんでいたら大腸癌だった、ということも多いので、出血があった場合は必ず病院へ」との但し書きが添えられていた。

ここ数日の便秘で、軽い裂肛にでもなったのだろう。ほんの少し血が付いた程度だ――そう思いながらも、調べる手は止まらない。直腸癌は痔とよく間違えやすいらしい。鮮やかな血便の他に、便が細くなったりリボン状になったりするのが特徴だという。

「あの時、病院に行くのを先送りにしてしまったばっかりに、取り返しのつかないことになってしまいました。どうかみなさん、もし、少しでも異常を感じたなら、すぐに病院で――」

プレート受けを滑る音に我に返って振り返る。いつの間にか戻っていた工場長が、プレートを抱え上げて現像機に挿入していた。工場前の通りに、感光剤と同じ色のワゴン車が停まった。シゲヨ34という印刷会社の高媛(たかひめ)社長だ。ここで働きだして最初に受けた電話でいきなり怒鳴ってきた相手だが、実際に会ってみると気さくな人柄で、いつも無理をうまく通されてしまう。

「いやあ、参った参った」原稿袋で顔を扇ぎながら、大柄な体を揺らして入ってくる。「データ出来るまで待たされて待たされて。コーヒーで腹がちゃぽちゃぽや」

「先に言うときますけど、無理でんな」刷版に合紙をかぶせながら工場長が言う。「いま時分持って来てもろても、最初の予定時間には間に合いまへんで」

「すぐ刷って製本して梱包せんと間に合わんのやっ。どないしても明日の朝に発送せんと」高媛社長は原稿袋を現像機の上に置くと、広い額に皺を寄せて工場長を見下ろした。「それができんと大得意なくして会社は倒産、わしは路頭に迷ってあんたの足にしがみついて、十円二十円をせがみ倒すことになるんやで」

「面付けにいったいどれだけ時間かかるんか、社長もご存知でっしゃろ。八十頁もあるいうのに」

「あんたが面付けするわけやないやろ。大丈夫、平沼さんなら間に合わせられる。わしが断言する。なあ、平沼さんからも工場長に頼んでえな、とにかく急ぐんや」

「高媛社長、これぱっかりは時間がか――」

「あらこんな時間かいな、ほな頼んだで」

白々しく腕時計を見ると、高媛社長は駆け出ていった。

「あのジジイ、また大袈裟なことばっかりほざきおって。できそうでっか?」

「できる限り急ぎます」

私は原稿袋からディスクを取り出した。工場長は袋に入っていた折り帳を見ながら、見本原稿の切り張りを始める。頁組みした後のゲラと照らし合わせるために必要なのだ。データのコピーを始めるが、容量が多くゲージがゆっくりとしか動かない。

開いていた複数のウインドウを、ブラウザごと終了させる。調べれば調べるほど自分に当てはまる病名を増やしてしまう。

データは見開き頁で作られていた。左右の頁をばらして個別に保存し、上向き下向きに分けて色分解用フォルダに放り込む。一台分の色分解が終わった段階で隣のPCに移り、リストから選んだ表裏の頁を、折り帳通りに張り合わせていく。八頁の裏表を五台分。一頁と二頁、十六頁と十五頁、九頁と十頁、八頁と七頁、四頁と三頁、十三頁と十四頁――単調な作業を繰り返していくうちに、不安感は遠のいていく。


頁組みをしていたはずが、地下鉄の座席に腰を落とし気味に坐(すわ)っていた。

隣では定年間際の会社員といった印象の男が、混雑しているにも構わず股を九十度ほども開いて坐り、両手の人差し指と親指を交互にくっつけて回転させている。

作業で疲れきった日は、よくこんな風にうたた寝から目が醒めて驚かされる。頁を際限なく張り込んでいる夢を見ることも少なくない。その夢の中では作業のあまりの単調さにうたた寝して、頁を際限なく張り込む夢を見る。

終点の駅に着くと、ショッピングモール内にある薬局に寄って、軟膏を探した。最後に回ったコーナーで見つけ、レジに向かうと、不摂生そうな初老の女が、要領の得ない質問で薬剤師を困らせていた。苛立ちながら待っていたが一向に終わる気配がない。

「先にこっちの会計だけ済ませてもらえませんか」

「高橋さーん」薬剤師が遠くへ呼びかけるが返事はない。「お待ちください」軟膏を受け取ってレジに通すが、その間も女は喋り続ける。

レシートも受け取らずバス停に急いだが、バスは目の前で発車していった。時刻表によると、次のバスは二十分後だ。下腹に不快な圧迫感を覚えつつ列の先頭に立っていたが、バスは時間通りにやって来ない。誰かが飛行機でも仰ぎ見ているような素振りで前に割り込んできた。さっきの初老の女だった。

バスを降り、河に向かって五分ほど歩いたあたりで、住宅地が見えてくる。花火か爆竹の音が響いていた。暖かな灯りを窓から漏らす家々の前を歩いていく。かすかに漂ってくる料理の匂いで、夕食を買い忘れたことに気づいた。

玄関を開けると、重々しい暗がりの中、電話機の赤い光だけが点滅していた。

リビングに入って灯りをつける。窓際に置いたアレカヤシやシェフレラ等の観葉植物が鮮やかに浮かびあがった。

ガラス戸を開けて煉瓦敷きの庭に出る。足下を覆うヘデラをよけてハーブ類の間を進み、おおらかに枝葉を広げたブルーベリーの木を眺める。

膨らんで間もない実が幾つかなくなっていた。鉢のそばに白い糞が散らばっている。台所から生ゴミ用のネットを取ってきて、室内から漏れる乏しい光を頼りに、オリーブ色の固い実を包んでいく。こもった花火の音が立て続けに聞こえてくる。静かな環境を求めて河沿いの家に引っ越してきたというのに、いつまでも夏が終わらない。

一時間ほどかかって、二十数房の実を包み終えたときには、ロケット花火の甲高く尾を引く音が聞こえだしていた。

部屋に戻ると、缶ビールを開けて喉を潤す。冷凍庫をあさって、冷凍もののピザを二枚温めて食べた。物足らずに、冷凍パスタを、更に朝食用のロールパンを三つほど食べたところで、腹が張って気分が悪くなってきた。これだけ詰め込めば、少しは押し出されるだろう。こんなにひどい便秘は初めてだった。五日ほど何も出ていないのだ。

便意のないままトイレに入り、額や首筋に大粒の汗が噴き出すほどいきんだ末に、鉛玉のような硬い便が二三落ち、跳ねた水に尻が濡れた。肛門が脈動するように痛む。拭いてみると、鮮血が付着していた。シャワーの湯で念入りに洗い流し、軟膏を塗った。

寝床に入って俯せ(うつぶ)に横たわっているうちに腫れが引き、眠りが満ちてくる。意識の入江に夜空の音が途絶えることはなかった。透明な巨人の鋭い爪が、漆黒の闇を耳障りに引っ掻いて、やがて破裂する。遠のいてはまた新たに重なり合う爪音。宙に轟く爪の破裂音は、落雁(らくがん)が砕けるようにポロポロと細かく散って、湿気を帯びた雨音へと変わっていく。

傘を打つ鈍い雨音を耳にしながら、民家の並ぶ狭い通りを早足で歩いていく。左右の足に重心が移る度に、下腹が張って苦しい。ベルトの穴はこれ以上緩まない。歩道沿いには、住民同士が駒を打ち合うように増やしていったと思しき色褪せた鉢が、不揃いに並んでいた。手入れをされず茎をいびつに徒長させた草木が、枯れた葉の窪みに水を溜めている。

金属音の響きが聞こえてくるにつれ、舗道の継ぎ接ぎが増し、あたりは町工場だらけになった。錆に覆われたトタン壁には、ISO14001認証取得工場だとか、ガスボンベのマークに囲まれたアセチレン、プロパン、酸素などの文字が記されていて、開け放たれたシャッターからは、剝き出しの鉄骨の内部で働く工員たちの姿が垣間見える。

フォークリフトが目の前を斜めに横切って紙器工場に入っていく。橋の向こうからは、ハンドルに傘を固定した自転車がやってくる。ぎこちなくペダルを漕ぐ母親の背中で、赤ん坊が大粒の雨に向かって小さな手を伸ばしていた。

高いコンクリート塀で両側から隠蔽された、不自然なほど緑の濃い水路を渡りきると、ブロック塀と錆びついたトタン壁に挟まれた隘路を進んでいく。時折、傘の露先がコンクリートの表面を引っ掻いて乾いた音をたてる。

雨粒の付着したビニールカーテンを開けると、ガラス戸の向こうに、原稿を手に提げた工場長が立っていた。バスが遅れ、定時より二十分も遅刻していた。慌てて傘を立て掛け、鞄についた滴を払って工場に入る。遅くなってすみません。そう謝ってから、見るからに頁物と判る原稿一式を受け取り、データをコピーしてトイレに駆け込んだ。

「いきなりトイレでっか――」

工場長の嗄れ声を扉で遮断し、速やかにズボンを下ろして便器にまたがる。激しい波が横隔膜から打ち寄せ、尻に抜けていくのを感じた直後、ゆっくりと便が絞り出されていくのが判った。トイレットペーパーで拭いてみたが、血はついていない。ほっとして股の間から覗いてみると、地面がぐるりと回転したように体がふらついて、壁に肩を支えられた。顔や手足の先から熱が失われ、額や首筋に滲んだ汗の冷たさが、妙に生々しく感じられた。もう一度、和式便器に目をやってみる。薄い帯状になった便が、胸章のリボンのように何重にも折れ重なっていた。

仕事を始めると、立て続けに依頼の電話がかかってきて、柿本がデータの引き取りに出ていった。メールをチェックするなり次々と受信しはじめる。電話が鳴り、受話器をとる。ピーガーと電子音で語りかけてくる。乱暴に受話器を置く。

メールは十二件も届いていたが、ほとんどが墨一色の社名刷り込みの仕事だった。

先に刷り込み版を出力機に送り、工場長がプレートを二つの大型機械に通している間、朝一番に渡された三十二頁のパンフレットに取り掛かる。頁組み作業がひと通り終わった頃に、柿本が原稿袋をいくつも束ねて戻ってきた。芸大入試のための夏期講習の二色刷りポスター、新聞折り込みの安売りチラシ、アパレルブランドのリーフレット、レンタルビデオ店の割引券、化粧品の箱、ゴルフ場のDM、所属美容師十八人分を付け合わせる美容院の名刺、大学病院の広報誌——

どれほど有名なADやデザイナーの手掛けた見事なパンフレットであろうと、店主がデザイン費を浮かすために自作した、トンボも塗り足しもなくサイズすら定かではない手書きチラシであろうと、色ごとに四十五度ずつ回転した網点(あみてん)に等しく分解されて、プレートに焼き付けられていく。

警告音が激しく鳴りだした。

「ピイピイとヒヨコかいな」工場長が出力機のハッチを開ける。「プレートサイズが違うって出てますな」

送り先の版サイズを間違えたことに気づいて謝り、プレートを取り出して出力機をリセットする。システムが立ち上がるなり待ちかまえていた工場長がプレートを挿入する。

ＰＣに戻って作業に集中する。

「なんじゃこりゃ」とまた工場長の声。一版目にメジャーをあてがっている。「この開きじゃぁ、印刷のとき紙に入りきらん。六ミリやなくて三ミリで送り直してくれまっか」

一版目の検版で不備が見つかったときには、すでに三枚目の版が出力機のドラムに吸着されている。三枚分の無駄になる。

「先にリーフレットから出していきますか」

工場長が苛立った素振りも見せずに次のプレートを挿入するので余計に心苦しい。

さらにメールが四件届き、電話が鳴る。今度は月に一度だけ依頼のある芝池印刷の専務だ。夕方データが出来た時点で依頼の電話をする予定なので、その時は引き取りに来て欲しい、という無意味なもの。その二十分後にはまた電話をかけてきて、引き取りの柿本にも聞かせるのであろう仕事内容の説明を延々と語りはじめる。適当に聞き流しながらマウスで作業を進める。

「これもあかん。クワエがずれとる」

工場長の声がして、受話器から聞こえる専務の声を音の羅列に変えた。またもや三版の損失だ。

「柿本が説明を伺いますので」と言って強引に受話器を置く。

「どないしはったんですか」

工場長が目を合わさずに言う。

顔が強張って(こわば)うまく答えられずにいると、「芝池の専務はなんの用でした」と付け加えた。話しながら機械を再びリセットし、プレート設定を入力しなおしてデータを送る。

後は滞りなく進んでいったが、昼休みを返上しても、一通りの仕事を終えるのに夕方までかかってしまった。途中、昼御飯を食べるよう促されたが、外食するつもりだったので何も用意しておらず、仕方なくインスタントコーヒーで一息ついているところに、芝池印刷の専務から「さっき切りましたね」と電話がかかってきた。「もちろん柿本くんには説明したけれども、念のために――」

その後も駆け込みの仕事が舞い込み続け、結局三時間ほど残業をして帰った。

雨は小降りになっていた。ひどく蒸し暑い。

駅の近くの居酒屋に腰を落ち着け、あれこれ注文しては平らげていく。

テレビではニュースが流れている。各地で赤潮が続発しているのだという。週間天気予報では、どの日も傘のマークで埋め尽くされている。今日の気温は例年より四度も高いらしい。次の注文をしようとメニューを手に取ったところで誤字を見つけた。不意に財布の中身が気になって確認してみる。三千三円。伝票を見ると、もうすぐ三千円に達するところだった。

地下鉄に乗り、手摺りのある端の席に坐った。下腹部がどっしりと重く感じられる。上着を片手に抱えた腰回りの太い男が前に立ち、両手で摑まった吊革にぐったりと体を預けて瞼を閉じた。体温が感じられるほど間近で暑苦しい。どの座席もまばらに空いているというのに、なぜわざわざ私の前に立つのだろうか。息苦しくなって席を移った。

下腹部の重々しさが余計に増して、コポコポと妙な音が聞こえてきた。腹部の重みに引きずられるように眠っていたらしい。

「船、漕いでるぜ」と嘲笑気味の声で目が覚めた。背の高い男が吊革も握らず目の前に立っている。

「平沼、おまえ、なんでこんな外れの路線に乗ってるんだ？」

美術学校の同級生だった。名前は――そうだ、帯谷（おびたに）。

「そっちこそ」

「言わなかったか。俺、このあたりに住んでるんだ。いったん帰宅したんだけど、急なトラブルで出なくちゃならなくなって。まいったよ。徹夜だろうな」帯谷が名刺を差し出した。「昨日だってろくに寝てないってのに」

アパレル業界を中心に扱う、名の知れたデザイン事務所だった。

「ごめん、名刺切らしてるんだ」嘘だった。そもそも名刺など持たされていなかった。「いつでも電話してくれよ。たまには飲みにいこうや。小林たちとはまだよく会ってるんだ。あいつ、こんど作品集を出すらしいよ」帯谷が空いた隣の席に坐った。「で、おまえは？」

「まあ、今は、仕事の帰りなんだ」正面の窓を眺めながら答える。

「だから、なんの」

「その、まあ、印刷関係というか」

「なんだよ。具体的には？」

「刷版の仕事だ」

黒ずんだコンクリートの壁面が、速度に溶けて荒々しく流れていく。

「刷版って」

「印刷に使う版を作る仕事で――」

「そんなこと知ってるよ。嘘だろう？　印刷会社の下請けじゃないか。なんでおまえがそんな仕事を」

実際に、私が全ての印刷物を一任していた印刷会社の下請けが、今の刷版工場だった。工場長が私に敬語を使うのはその頃の名残だ。そんな仕事か。あの頃は私もそうやって見下していたのだろうか。胸が苦しくなる。

「今まで言ったことなかったけど、早々に事務所を構えたおまえを、尊敬してたんだぜ。俺も早く追いつきたいって思ってたのに」

帯谷という男が、他人の黙っておきたいことをうまく聞き出して、その他大勢に語り聞かせる消息筋だったことを思い出し、体を壊してな、と適当にごまかした。

「大変だったんだな。そういえばどことなく体調悪そうだし……なんだかホクロが増えたな……もういいのか？」

「そこそこ、ってところかな」

「子供は？」

「いないよ」

離婚したことまで教えてやる必要はなかった。

「それは幸いだったな——あ、俺、ここで降りるんだ」

憐（あわ）れみを悟られまいとするように無理に笑顔を作って、帯谷は去っていった。腕を見ると、確かに黒や赤のホクロが増えていた。等星の違いを思わせる大小のホクロが散らばっている。心なしか、どれも直線上に並んで、幾何学模様を形づくっているように見える。皮膚の下にも小さなホクロの影がいくつもうずくまっている。もう片方の腕にも、掌にも。ホクロの銀河が全身に広がりつつあった。

座席の下の方から、水面で弾ける気泡のような空疎な音が聞こえてきた。立ち上がってドアの前に移ったが、まだ同じ音が聞こえてくる。

私だ。私の腹から聞こえてくるのだ。

音が大きさを増して、乗客のまばらになった車内に響いた。誰も気づいた様子はなかった。踵が妙にむず痒くなって視線を落とすと、床に血だまりができていた。ズボンのデニム地に、濃い縦筋が滲んでいる。足を伝って流れ落ちているのだ。視野が暗く狭まってきた。骨盤の受け皿に、得体の知れない巨大な何かがのし掛かってくるような重み。立っていられなくなって、両腕で手摺りにしがみつき、次の駅で降りるなり柱にもたれかかった。

何度も深呼吸をして動悸を落ち着かせてから、ふらつく足でトイレに向かった。振り返ると、床のタイルに血の足跡がついていた。

個室の扉を閉めるが、鍵がうまくかからない。鞄を投げて扉を押さえる。ズボンを脱いで便座に坐り、肌についた血をポケットティッシュで拭き取った。腹が異様なほど膨らんでいて、腰を曲げるのも苦しい。汚れたズボンを水に濡らしたハンカチで拭いてみたが、気休め程度にしか取れない。ゴボゴボと湯が沸騰したような音が聞こえ、ベリッ、と生地が破れたような音が続いた。股の間から覗き見える便器が真っ赤に染まっている。

恐ろしくなって頭を上げる。こめかみが疼いて、鼓動が激しく高鳴っているのが判る。息が苦しい。膝の上で交差させた腕に額を乗せて、震えながら息を吸っては、ゆっくりと吐き出す。生臭い息のにおいに顔を背ける。太股と接した膨らんだ腹が痙攣しはじめたが、肛門は膨張と収縮を繰り返すだけだ。なにも出てきそうな気配はないのに、強い便意だけが続いている。坐ったまま動けない。何度もいきんでみるが、罅(ひび)割れるかと思うほど痛む額に汗の粒が膨らんで、よりいっそう膨満感が増す。

奥歯がうずき、右目の下がかすかに痙攣する。顔の汗を腕で拭い、両膝を手で摑んで背筋を伸ばしたその時、張り詰めていた分厚いゴムが切れたような、激しくも鈍い衝撃が下腹部で弾け、ゆっくりと太い便が押し出されていくのが判った。ほっと溜息をついて、タンクにもたれかかる。

とたんに、けたたましい水跳ねの音が響きだした。釣り上げられた魚が激しく尾を振っているかのような、トイレの中では決して耳にするはずのない、場違いな音。常理を外れた音。

股下を覗き込もうにも覗き込めない。立ち上がろうにも立ち上がれない。手で耳を塞いでみるが、音は指の隙間をビチビチとすり抜けて鼓膜を打つ。ああ、ああ、あああ、と狼狽する自分の声が聞こえる。

音を消さなくては。ただちに流さなければ。震える右腕を伸ばして排水レバーを探る。突然、灯りが点滅しだした。指先が攣(つ)りそうになるほど宙をまさぐって、ようやくレバーに引っかかる。耳を聾する水流の音がしたあと、息をするのをためらうほど静かになった。

おずおずと息を吐いて口を閉じる。カタカタと上下の歯が鳴りだす。顎を強く嚙みしめる。灯りは元通りに戻っている。腕時計を見ると、もう最終電車が発車した後だった。

トイレから出ると、見回りに来た駅員に、酔っぱらいを相手にするような態度で早く帰るよう促された。また雨が降りだしていた。傘を電車に置き忘れたことに気づいて悪態をつく。バス停の屋根の下でタクシーがやってくる度に手を掲げてみるが、どれも素通りしていく。五台目でようやく停車してくれた。すがりつくように車内に乗り込む。

「幽霊が立ってるのかと思いましたよお客さん。いや、お顔があんまり真っ青なものだから」


喉が渇いて目が覚める。カーテンの縁がぼんやりと光っている。五時前だった。キッチンでコップに水を注ぐ。ひどく濁っているように見えるのは、コップが汚れているからなのか、目脂でもついているからなのか。

カルキ臭い水を一息に飲み干すと、ジョウロに水を満たして庭に出た。

ラティスの向こうに、傘をさして犬を散歩させている人の姿が垣間見える。雨筋は見えず、雨音も聞こえない。

煉瓦に白い糞が散らばっていたが、網袋で包んでおいたおかげで、ブルーベリーの実は無事だった。茎の傍らに小さな白い芋虫を見つけて指で弾き、ジョウロを傾ける。鉢の土が黒く陰っていく。

唐突に昨日の跳ね音が鮮やかに蘇ってきて体が硬直する。

無理に笑顔を作ってみた。うたた寝をした時にはよく夢を見る。きわめて明晰で現実と混同しかねない夢を。そう自分に言い聞かせる。

ローズマリー、フェンネル、オレガノ、アップルミント——次々に水をやっていく。葉に水がかかるたびに芳香が立ちのぼって、ざわついていた心を落ち着かせてくれる。ハーブ系の植物が多いのは結婚生活の名残だ。ガーデニングに凝りだした妻の願いを聞いて、庭付きの一戸建てに引っ越してきたのだが、様々な料理にハーブを活用していた妻と違って、私には匂いを楽しむことぐらいしかできない。彼女が出ていってからは鉢植えの数が三倍に増え、水やりをするだけで半時間はかかるようになった。ディルは一メートル近くまで伸びて、小さな黄色の花を花火のように全方位に咲かせていた。その重みで茎が傾いていたので、支柱を挿して固定してやる。

小雨が降るなか家を出た。指先で鼻を掻くと、まだ酸味の強いディルの香りがした。

今日はチラシの類が時折入ってくるだけで、仕事は落ち着いていた。時間が空くと、検索ワードを変えて、自覚した諸症状について調べてしまう。違うルートを伝っても辿り着くのは、結局同じサイトか、内容が幾分も変わらない孫引きのようなテキストばかりだが、それでも執拗に読み直してしまう。

疲労によくある症状にすぎない、と断定してくれる言葉を探していたのかもしれない。

陽が暮れて天井の照明が無遠慮なほど明るく感じられるようになると、ガラス戸が鏡となって工場内の広がりが増す。ガラスがたわんでいるせいで歪んで見える工場の奥から、蒼白い顔をした陰気な男がこちらを見つめ返していた。

地下鉄の入口を通り過ぎて左に歩いていくと、深原総合病院の建物が見えてきた。真新しく見えるのは、壁を白く塗り替えたばかりだからだ。近づくにつれ、壁から揮発性の刺激臭が漂ってくる。

風邪で高熱を出したときに何度か診てもらったことはあるが、こういった場合、何科にかかればよいのかが判らない。受付で診察カードと保険証をトレイに置いて症状を伝えると、肛門科へ行くよう告げられた。

廊下の長椅子にゆっくりと坐る。マガジンラックから適当に手にとったのは、セロテープで補強した古い映画のムックだった。なにを見るともなく頁を捲っていると、ズッキーニに巨大な鋏がついたような安っぽい蟹の化け物の写真が目に留まった。『金星人地球を征服す』というタイトル。粗筋を読んでいる途中で名前を呼ばれた。

診療台に横たわる。排泄のみを前提とした器官に、こともなげに指を挿入され、肩が跳ね上がる。

「まあ、小さい内痔核が二つくらい出来てますけど、手術するほどではないですね。まだ薬で治る程度ですよ」

吉田という若い医師が、指一本で私を掌握しながら言った。少しでも動けば内臓や筋肉がばらけてしまいそうだった。

「でも、凄い出血だ――」医師が指を引き抜いた。「ったんですよ」ようやく自由を取り戻した私はゆっくりと息を吐き出した。

「鮮血だったんでしょう？　それなら直腸付近の出血です。痔核が破けたんでしょうね。みなさん便器が派手に血だらけになったのを見て、血相を変えて診察に来られるんですけれど、見かけほど重症ではないので拍子抜けなさるんです。もちろん放っておけば痔核が肛門から飛び出して、痛みで病院に来るのも大変になります。そうなったら手術するほかありません。早いうちに来院していただいてよかったですよ。じゃあ、一週間分の座薬を出しておきますね」

「でも、便が……」激しく動いたんです、と言いかけて、蘇った恐怖に息が止まる。

「どうしました？」

「リボン状になって」

「長時間トイレでいきんだのでしょう？　そのせいで鬱血して、便を圧迫するんですよ。トイレは二分位で済ますよう心がけてください。読書などもってのほか。薬で治っても同じような生活を続けていたらまたすぐに元通りですよ。それから、辛いものやアルコールもなるべく控えるようにしてくださいね」

弁当屋のチラシ、マラソン大会のポスター、百貨店の包装紙、洋菓子の箱、真鍮部品のカタログ、レストラン街のクーポン券、咬合学会の資料、川田氏の葬送用リーフレット、有元氏の葬送用リーフレット、島崎氏の葬送用リーフレット——次々と仕事をこなしていくうちに、背もたれからずり落ちた格好になっていた。背筋を伸ばすと、膨満感の増した腹部が圧迫されるせいだ。考えてみれば、五日前の検査の後から一度も排便していない。

トイレに入った。吐き気を堪えながらしゃがんでいたところ、鋭い痛みが走り、かなり直径のある固い便が、ゆっくりと回転しながら押し出されていくのが判った。苦しいような痒いような感覚が続いた後、腹部が唐突に軽くなった。安堵感に陶酔していたが、背筋が固く凍りついた。

あの音だった。なにかが便器の上に横たわって、激しく体を揺さぶっている。

決して見てはいけない。決して目にしてはならない。判っていたのに、私は目を向けずにはいられなかった。

ぬめりのある軌跡と残像。不規則な激しい動きの合間に静止した姿が垣間見えるが、理性が認めようとしない——大きさの疎らな穴だらけの粘膜が、溶けたチーズのようにまとわりつく歪んだ頭部には、複数の濁った眼が瞬いており、別れた妻と一緒にレントゲンで目にした、第六週の胎児を連想させた。巻き貝から引きずり出された長い臓器に似た胴体には、甲殻類の腹部にある無数の肢のように、肉の枝が繁茂して痙攣(けいれん)している。その体色は、私の腹の中でとぐろを巻く洞窟の肉色に似ていた。千切れそうなほど激しく胴体を捻らせては不意に静止し、ぬめった粘膜の表層が揺れる。頭が鼓動しはじめた。あるいは頭ではないのかもしれない。眼だと錯覚したのは、乳頭状の突起なのかもしれない。どこからか薄緑の粘液がびゅっと噴き出したかと思うと、胴体の動きが鈍くなって体色が黒ずみだした。

「いやあ、最悪。ざあざあ降りですよ」

声に驚いて顔を上げると、柿本が茶封筒を抱えて入ってきた。

いつの間にトイレから出たのだろう。私は扉にもたれかかっていた。

「柿本」ウエスで濡れた服を拭っている柿本に声をかける。「おかしいんだ」

「どうしたんですか、また真っ青な顔して」

「ちょっと、見てほしいんだ」扉を開けようとしたが、固くて開かない。

「トイレ？　なんなんですか」見かねた柿本が両手でノブを握った。「あ、ゴキブリとか苦手なんですか？　この前トイレのスリッパ新しくなったでしょ、実は前のスリッパにゴキブリが潜んでいて、あれ、開かないな、で、自分が裸足で踏み潰してしまったんですよ気持ち悪かったなあ」軋みが聞こえるだけで扉は開かない。「建て付け悪くなりましたね。前から何回も工場長に言ってるんですけど」腰を屈めて、腹でも殴るように押してから引き開けた。

顎で中を見るように促す。私の様子にただ事ではないとようやく察したらしく、恐るおそる中を覗き込み――突然引きつけを起こしたように息を吸って甲高い笑い声を発した。

「どうした、なにかあったのか」

「なにかあったかって、おおありですよ」振り返った柿本の顔には、苦笑いが浮かんでいた。「いったいなんの冗談っすか。いやあ、ひっどい冗談だなあ。出したてほやほやの他人のうんこなんか見せつけられたの初めてですよ」そう言いながら、堪えきれずに笑い声をあげる。指先が凍えていくのを感じながら、合わせて笑うしかなかった。「最近調子悪そうでしたけど、ようやくまっとうなうんこが出るようになったから一緒に喜んでくれってことですか？　もちろん喜んで喜びますよ。ああ、びっくりした。まことに立派なぶつですよ。じゃあ、僕、もう帰りますからね。あ、びっくりして忘れるところでした。さっき持って帰ってきたのは小峰堂行きのチラシです。明日の朝からでいいそうですよ」ほんとにもう、と言いながら柿本が去っていく。

トイレの中を覗き込むと、陶器の器には、焦げ色の太い便が崩れて横たわっているだけだった。現像前のフィルムが感光したように消えてしまったのだろうか。よく目を凝らせば、崩れた便の端々に、あの生き物の残滓を見出すことができるような気がした。

定時を過ぎていた。工場長に電話して、終業することを告げ、PCや出力機の電源を次々と落としていく。機械たちの気配が途絶えていく。いつも感じる、とらえどころのない後味の悪さが残る。

傘を開くと、ナイロンと雨水のむっとした臭いが鼻をついた。頭ひとつ上で雨音が響きはじめた。

シャワーを浴びた後、友人の氷室に電話をかけた。化け物を排泄した話を、あくまでも夢として語った。聞き終えた氷室は、いつもの淡々とした口調で言った。

「それはまさしく、転職と離婚による経済的困窮と性的欲求不満、さらに付け加えればホモフォビアが生み出した悪夢だろうな。その化け物の形状は男根そのものだし、それが金を表象する大便に変化したというのも象徴的だ。肛門期からエディプス期への移行を体現しているわけで――」

「からかわないで真面目に答えてくれよ。こっちはほんとに不安なんだ」

「いやあ、あまりに図式的な夢だから」澄んだ声で氷室が笑う。「それに、おまえを患者として扱うのは御免だしな。まあ、もし次にそんなのが出てきたら、写真を撮っておくといい」

「夢だっていったろう？」

「だがおまえはそれを現実だと認識していた。違うか？」

「……でも、もしあれが、写っていたら？」

「寄生虫図鑑でも調べてみるんだな」

仕事帰りに図書館に寄った私は、目に付いた寄生虫図鑑を手にとって、なんのとっかかりもなく頁を繰っていた――人体に潜み、長いものは十メートル以上にもなるというサナダムシ。カタツムリの角の中で縞模様に膨らむロイコクロリディウム。ハラビロカマキリを水辺まで誘導して肛門から脱するハリガネムシ――見ているうちに気分が悪くなって別の図鑑を手にする――イカリナマコ、バイカナマコ、マナマコ――一週間経ったが、あれは見ていない。食欲は亢進し続けていたが、煮込み料理を好むようになっていた――オオウミシダ、ハナウミシダ――煮込みすぎるくらいが好みだった。朝はお粥を食べるが、それでも胃はもたれる。首筋や肩がひどく凝るようになり、歯がぐらつきだした。固いものを食べなくなったせいなのか、ぐらついたせいで固いものを食べなくなったのか。誰にでも訪れる老化現象の始まりだと工場長は言った。

「そこからは、なし崩しに調子が悪うなっていくだけですな」

他にも何冊かの図鑑を抱え、閲覧室に空いた席を見つけて坐った。

隣の席では、白髪交じりの若い男が、鼻に触れんばかりの距離で大判の書物を凝視していた。男が不意に顔をあげたとき、黒地の頁にレイアウトされた数葉の白黒写真が見えた。ひと目でそれがオカルト本の類だと判る。宇宙人なのかUMAなのか、奇妙な生き物を撮影した粒子の粗いぼやけた写真ばかり。同じような写真の並ぶ頁が捲られていく。「ああっ」男が狼狽した声を発したのは、私が手を伸ばして頁を戻したからだ。あの異様な生物の写真が現れた。実物を見た者でなければ断定ができないほどぼやけている。写真の下には、白抜きの文字で、名称と解説が記されている。金星サナ――そこで頁が上昇していった。

「な、なんなんです、だしぬけにっ」立ち上がった男が怯えた声で言った。

「失礼しました。探し続けていた写真を目にして、つい我を忘れてしまって」その言葉を最後まで聞こうともせず、男は書物を抱えたまま後ずさりした。表紙のタイトルは腕に隠されていて見えない。

「ちょっと待って下さい、その本は――」

去っていく男を追おうとしたが、突如エアバッグが作動したかのように、弾力のある塊がズボンの生地と太股との隙間に押し出され、強烈な圧迫感で動けなくなった。冷たい粘液がふくらはぎを伝いはじめる。男が遠くの螺旋階段を上っていく。私はそれを眺めながらも、この場から動けなかった。

掌でズボンの膨らみを押さえる。腐った果実の感触がしたかと思うと、蟬のように激しく震えだした。周囲の席にいる何人かが訝しげな視線を向けたが、すぐに本の頁に目を戻した。

足を引きずってトイレに向かう。その途中で、それはもがきながら膝のあたりまでずり落ちてきた。個室に入ってズボンを脱ぐと、あの生き物が押しつぶされて赤黒くねっとりとした体液にまみれていた。裂けた体皮から、内部の虚ろな空洞が見える。トイレットペーパーを手に巻きつけ、生き物をつまみ上げて便器の中に放り込む。流そうとしたところで氷室の言葉を思い出し、携帯電話のカメラで写真を撮っておいた。

あの本の写真はなんだったのだろう。どういうことなのだろう。何度も思い返しているうちに、見覚えがあるような気がしてきた。そうだ。かつて依頼された本の挿し絵――架空生物の絵を百枚近く描いて、古い写真風に加工したことがあった。その編集中に依頼元の会社は倒産し、出版も支払いもされずじまいだった。おそらく担当の社員が倒産に乗じて企画ごと持ち出したのだろう。私の事務所もあの頃から経営が行き詰まっていった。いや、連想通りに話が繋がりすぎてはいないだろうか。私はセラミックの漏斗の中でぐったりとしているこの生物を架空のものにせんと、自らの過去を捏造してはいないだろうか。

レバーを押して水を流したが、便器の底に空豆形の頭が詰まって水嵩が増してきた。どうしてよいか判らず個室の中を見回しているうちに、ジュボンポボッ、と音を立てて勢いよく吸い込まれていった。

圧倒的に思えた実在感は消えてなくなり、心許ない余韻だけが残った。携帯電話のメモリーに記録された像は、あの本に載っていた、私が描いたかもしれない写真にすり替わっているのかもしれなかった。辻褄の合うことが恐ろしく、確認する気になれなかった。


工場に着くと電話が鳴っていた。受話器を取るなり怒声が聞こえてくる。原稿の間隔が三㎜広く、印刷紙に入りきらないという。慌てて調べると、打ち込む数字を間違えていたことが判った。修正して出力機へデータを送っている時に、裏表が逆向きになったチラシを抱えて工場長が入ってきた。

他にもクレームが続いた。十字トンボの合わせ間違いによる版ズレ、なぜか消えてしまったロゴマーク、データ不備の見逃し等。印刷前に判明したものはすぐに出力し直し、刷り上がってしまったものは謝罪の電話を入れ、追及を受け続けた。後は請求書が届くのを待つしかない。心拍数が上がって掌から汗が引かなかった。

その後入ってきたチラシは、さして複雑なものでもないのに、何度データを色分解にかけてもエラーで弾かれた。どれだけ調べてみても原因が判らず苛立ちばかりがつのる。やけになってキーを適当に叩くうちに画面が縮小していき、矩形（くけい）をした世界の果てが現れた。作業可能な白紙平面の広さには限りがあるのだ。全てのオブジェクトを選択してみると、原寸でいえば原稿から二メートル半も離れた距離に、眼には見えない、サイズの数値化が不可能な孤立点が浮き上がった。

削除して送り直すと、ようやく分解がはじまった。待っている間、ブラウザーの検索窓に〈金星サナ〉と入力してみた。〇件だった。


空中から滲み出るような霧雨の中、南仏風の住居に辿り着いた。氷室は憔悴しきった私を、いつも見せるどこか迷惑そうな笑顔で迎えてくれた。

ダイニングルームへ入ると、妙子さんが背を向けて料理をしていた。艶のある黒髪を頭上で束ねている。こちらに振り向き、静かに微笑んで会釈する。

アンティークのダイニングテーブルで、氷室と向かい合って坐る。卓上にはピクルスやチーズの載った皿やボルドーワインのボトルなどが置かれている。

なんの前置きもなく、携帯電話を氷室の眼前に向けてみた。液晶画面には、まだ自分でも正視したことのない写真が表示されているはずだった。氷室は片眉をあげたまま黙っていたが、不意にうたた寝から醒めたように言った。

「なにかと思えば、金星サナダムシじゃないか」

その声の軽い調子に拍子抜けしながらも、オカルト本にあった名称を包含していることに驚かされた。しかも、太陽系第二惑星と広節裂頭条虫という奇妙な取り合わせだ。

「それって、UMAかなにかの名前じゃないのか」

「ゴリラだってそうだったろう」

自分の眉間に皺が寄るのが判る。

「二十世紀のはじめにコンゴで発見されるまで、ゴリラは雪男みたいな幻の生物だと思われていたんだ。金星サナダムシも同じような経緯を辿ったんじゃなかったかな。もともとは深海の火山口付近の泥に潜んでいた新種の生物らしい。海鼠（なまこ）や磯巾着（いそぎんちゃく）の中に寄生していた幼生体が発見されたこともある。魚を経由して人体に居心地のいい場所を見つけたんだろう。もちろん金星サナダムシってのは俗名で――」

「ちょっと待てよ、こっちが相談したときはまともに取り合ってくれなかったじゃないか」

「おまえの要領を得ない話と結びつかなかっただけだ。今じゃあ珍しくもない寄生虫に、あんなに狼狽するなんて誰も思わないだろう」

「そうか。そうだよな」知らないのはいつも自分だけ、という状況にはこれまで幾度も遭遇してきたが、それでもなにか奇妙な感じが残った。いや、そうだ、「今じゃあ珍しくもないだなんて大袈裟だよ。ネットにはなんの情報もなかったのに」

「そんなわけない」氷室がテーブルの端に置いてあったタブレットPCを無造作に引き寄せた。検索すると、三十万件もの結果が現れる。「ほら、見てみろよ。打ち間違えたんじゃないのか？」

「かもしれない」腑に落ちない気持ちを次の質問で誤魔化した。「でも、なんで金星なんてものが頭についてる」

「よくは知らないが、ちょっと待てよ」リストのひとつを表示する。「ええと、宵の明星が瞬く頃に排出されることが多いため、らしいな」妙子さんが、テーブルに次々と料理を並べてくれる。「まあ心配することはないんじゃないか？　薬でくだすことは出来るらしいが、下手すれば、ええと、腸を傷つけるって話だし」ここで氷室は話を見失ったかのように目を泳がせ、またすぐに淀みなく語りだした。「まあ基本的に寄生虫というのは宿主を殺さないものだからな。エキノコックスみたいな狐の寄生虫に取り付かれた場合は別だけど」

「いやねえ、寄生虫だのなんだのって。せっかくのお料理が台無しじゃない」妙子さんが笑って氷室の隣に腰を下ろした。「さあ、平沼さん、遠慮なさらずに召し上がって。家ではあまり自炊されないんでしょう？」

「そうなんですよ。ありがたいです」まだ湯気のたつ若鶏の香草焼きに箸をつける。「ローズマリー、いい香りですね」

「あら、ハーブの種類がお判りになる」

「言わなかったか？　こいつの家はハーブだらけだよ。もともとは別れた奥さんの趣味だったらしいけど——」

私は苦笑いするしかなかった。

「とにかく、あまり気にしなくても大丈夫だよ。最近の研究じゃあ、金星サナダムシを体内に宿している方が、むしろ健康的だって話まであるし。心配することはないさ。ひょっとしたら、金星サナダムシを宿すことが義務になる時代だってくるかもしれない」

その大袈裟な言い方に妙子さんが笑い、つられて私たちも笑った。

翌朝の目覚めは心地よいものだった。

植物の様子を見ようと庭に出る。最近は自分の体の不調にばかり気を取られて、機械的に水を撒くだけになっていたのだ。

ずっと雨模様が長引いていて、日差しがほとんどなかったというのに、どの植物も驚くほど豊かに粘瘤(ねんりゅう)や蜜管(みつくだ)を茂らせていた。網袋に包んだブルーベリーの実は、例年通り、直径五センチほどに膨らんで、果皮には黄色い斑模様を浮きあがらせ、竜毛(りゅうもう)を生やしていた。熟すまであと二、三日といったところだろう。

部屋に入ってガラス戸を閉じかけたとき、説明のつかない不安で身動きできなくなった。こめかみの脈動だけが感じられ、その周期に宙吊りになっているようだった。

洗面所で顔を洗った。口の中が粘ついていた。歯を磨きだすと、犬歯がぐらぐらしているのに気づいた。被せものが外れたのかもしれない。歯茎に押し込んで手を離すなり、透き通った硬質な音が鳴った。洗面台の白い曲面を孤を描きながら犬歯が滑っていき、排水口の側で静かに止まった。

「平沼さん、二番のお席にどうぞ」

診察室の扉を開けると、高速回転するドリルの音が聞こえてきた。治療中のブースの側を通って、奥の診療椅子に横たわる。部屋が傾いていく。スツールの軋みが聞こえ、

「ええと、歯が急に抜けたんですね」待合室で記入した用紙を眺めながら歯科医が言う。「別に服用している薬はない、と。あ、金星サナダムシですか。治療は受けてないんですね。ラスバルシンやルセプシン等が分泌されているはずなので、麻酔薬は通常のキシロカインとは変えておきますね」

「ああ、そうですか、はい。あの、これは、歯周病かなにかでしょうか」

「多少、歯茎が炎症してはいますが、それが原因ではありません。おそらく移行期に特有のものでしょう」

「移行期、ですか」

「ええ、金星サナダムシによる影響のひとつですよ。いずれ柔歯（にゅうし）が生えてきますが、それまではブリッジで対処しましょう。両側の歯を削ることになりますけど、どのみち抜け落ちるはずですから。さて、念のため、レントゲンを取らせてもらいます」


工場に着いてPCや機械類の電源を順番通りに入れていき、トイレに入ると、便器の幅いっぱいに金星サナダムシが横たわっていた。肢のような触角のようなものが、まだくねっている。私が排泄したものよりも遥かに大きい。

「なかなか立派ですやろ」

振り向くと、開いた扉の向こうに工場長が立っていた。

「わしが産んだやつですわ。他より肢（あし）の数が秀でているらしいです。こないだ産んだやつ先生に見せたら、えらい褒められましてな。標本用に欲しいと言われたほどですわ」

しばし言葉に詰まったが、よくある世間話じゃないかと思い直した。

「凄いですね。僕の方はあれから止まっています。食欲も落ちてきて」

「一時的減退期いうやつでっしゃろ。まあ、焦らずじっくりいったらよろしいわ。あ、それ、流してかまいませんよ」

すでに工場長の金星サナダムシは動きを止め、急速に黒ずみつつあった。レバーを捻ると、無秩序に崩れながら流されていった。

百六十頁もののデータを保存しているうちに、カタカタ鳴る妙な音に気が付いた。あたりを見回したあと、視線が自分の手に止まった。マウスに添えた手が震えているのだ。いや、腕も、肩も震えていた。急に気温が下がったのだろうか。エアコンの温度を上げようと立ち上がったとき、唐突に世界の軸がずれたように目眩がして気分が悪くなった。

激しい吐き気に襲われてトイレに入った。

絡まった糸のようなものが喉の奥から溢れ出てくる。タイルが音高く鳴った。また歯が抜け落ちたのだ。吐ききってしまうと動悸も収まり、地に足のついた感覚を取り戻せた。

バスの中で、濡れた窓ガラスの向こうを眺めていた。雨は止んでいたが、何週間も降り続いたせいで、道路に濁った水が流れ込んでいた。車のタイヤが巻き上げる水の飛沫で、あたりが白く霞んで見える。

日用品をまとめ買いするために、途中のバス停で降りた。ホームセンターに入って歩いていると、ペットコーナーにさしかかり、赤黒く濁った水槽の中に、金星サナダムシがうずくまっているのに気づいた。水槽は三つあった。そのうちの二つはよく知る姿だったが、残りの水槽には遥かに大きな、だが形を捉えきれない不定形の生き物が沈んでいた。

『十日前の産出。十二万八千円』とだけ記されていた。

自宅に戻り、買ってきた弁当を食べ始めたが、胃が痙攣してテーブルの上にもどしてしまう。

濡れ布巾で拭いていると、部屋の隅にある鉢植えのシェフレラが、床に黄色い葉蜜を滴らせているのに気づいた。ついでに拭う。

抜けた歯の穴を舌で触れ、新たに芽生えた柔らかい突起の感触を確かめる。

これ以上の食べ物はもう胃が受け付けそうになかったが、空腹は収まらない。近所のコンビニに出かけて、ゼリー状の携帯食料を五袋買い、帰宅するまでに次々と啜った。

その翌日には、固形食が全く喉を通らなくなった。さすがに不安になり、自宅からバスで十五分ほどのところにある別の総合病院へ向かった。

今日は雨が激しく、長靴を履いて出てきた。

道路に水が流れ込んで脛の半ばまで嵩を増し、赤茶色に濁って、そこかしこに透明なゴミ袋が浸かっていた。どれも中には赤黒い肉塊らしきものが封じられていた。

バスは辛うじて運行していたが、途中の停留所で降ろされ、手漕ぎの渡し船に乗り換えさせられた。このあたりは窪地らしく、池同然になっている。

六人の客と共に乗り込んだボートは、水没した道路や駐車場の上を進んでいく。開かれたままの病院のエントランスに滑り込み、患者が並ぶ階段に横付けされた。

濡れた長靴で階段を踏みしめ、耳障りな音を立てて上っていく。

二階の廊下では、看護師が立ったまま受付をしていた。濡れたリノリウムの床に雑然と並べられた長椅子やパイプ椅子に、患者たちが疲弊した様子で坐っている。

受付を済ますと、白黴(しろかび)に覆われた壁にもたれかかり、ただただ順番を待ち続けた。

隣に坐る初老の男性が、唐突に上体を二つに折り、胃の中のものを床に撒き散らした。誰ひとり動こうとしないまま、その不定形の嘔吐物をじっと見つめていた。

ようやく名前を呼ばれたのは三時間も経ってからだった。そこかしこに立って待つ患者が増え、まるで混雑時の列車だった。

医者は、レントゲンは金星サナダムシに良くないとのことで、超音波診断をすることになった。モニターの砂嵐を少し眺めただけで淀みなく言う。

「消化器官が無事に金星サナダムシへ置換されているので、心配はいりませんよ。体質の移行期はあと数週間ほどで終わります。固形物を飲み込めないのも無理はないですよ。こちらから処方するものはとりたててありません。それ用の流動食は、どこの食料品店でも手に入りますので」

ボートで駐車場の浅瀬まで渡り、降ろしてもらった。ズボンの裾はたくし上げていたが、いつの間にか泥水を吸っていて重い。

塀の交わる角には、腐りかけた金星サナダムシが何十匹と流れ着き、編みもののごとく互いにめり込み合ってはためくように蠢(うごめ)いていた。

地面より幾分高い位置にある店内には、ビールケースを支えにした渡し板が、動線に沿って張り巡らされていた。慎重に渡っていくと、牛乳と同じ並びに、なんの変哲もないパック入りの流動食を見つけた。表のラベルには〈金星の滴〉というロゴと、図案化された金星サナダムシのマークがあしらわれ、裏側の成分表には濃縮発酵消化液、濾過腸液、保存料とだけ記されている。賞味期間は二週間。試しに一パックだけ買って帰り、さっそくスープ皿に入れてレンジで温めた。

スープの色は、道路を満たす泥水に似ていた。スプーンで口に含むと、適当な残飯をミキサーにかけたような味がしたが、妙に喉ごしがよく、久しぶりに満足感を得ることができた。

目覚めるなり〈金星の滴〉をコップに入れて、一気に飲み干した。その味に、柔歯が痺れるように震えた。

庭に出たところで、なぜか手にジョウロを握っていることに気づいた。奇妙だった。どの鉢も泥水に浸かっているので、これまで水やりをしたことなどなかったからだ。

薄桃色に膨張したレモンバームの真管葉が揺れて、長い絨毛が輝いた。耳元ではディルが無数の口吻を弾かせ、酸味の強い息を吐いている。ブルーベリーの実は、今や網袋を破って二十センチほどに膨らみ、シマベラセザラシの疑似尾のように、闃然と垂れ下がっている。

前触れなく実が落ちた。波紋が重々しく広がる。水の粘稠度が高まっているようだ。粘つく実を拾って、ラティスの向こう側に投げてみる。すると、水中から大きな臓虫が垂直に飛び出し、実をくわえてまた沈んでいった。

程よく膿んだ実をひとつもいで、そのまま齧ってみる。甘い膿蜜が口一杯に広がり、刺胞に舌を刺激されて心地よい。

リビングに戻って、膿蜜に濡れた指を拭うと、汗と湿気で肌に張りついたシャツを脱ぎ、上半身裸になってソファにゆったりと腰掛けた。斑模様の広がる腹の皮膚が目に入る。

テレビをつけると、バラエティ番組が終わるところで、画面下をスタッフロールが流れていく。

ニュースが始まり、お定まりの強盗や殺人事件が伝えられ、船に乗って捜査をする警察官や、ベランダや窓から身を乗り出してインタビューを受ける人々の姿が映し出される。世界情勢のコーナーでは、ニューヨーク、シリア、タンザニアから中継が入る。場所も話題も異なるが、リポーターの背後には一面を覆う赤錆色の泥が広がっている。

いつしかうたた寝をしていたらしく、恐ろしい直感に打たれて起き上がった。
腕にはぷつぷつと鳥肌が立っている。

なにかがおかしい。間違っている。本来あるべき世界からずれてしまったかのような――

「そういう根拠のない確信を持ちだしたら、いよいよ危ないな」

「いや、言いたいことは判る。でも、なぜかそういう確信を払えないんだ」

「青年期によくある離人感に似てはいるが」

「いや、自分というよりは、むしろこの世界そのものが――例えばこの〈金星の滴〉」

テーブルに置いたパッケージを指さす。「物心ついた頃から飲み続けているだろう？　でも元々はなにか別のものだったような気がするんだ。おまえも、まるで替え玉が芝居をしているように思えることがある」

「なら相談に来るなよ」氷室が人形のように笑った。「体内の金星サナダムシが代替わりする再生期によくあるらしい。一過性のもんだよ。こう言っても、騙されてるように思えるんだろうが」

「金星サナダムシか」

「どうしたんだ？」

「どうしてこんなものが我々の体に棲んでいるんだろう」

そこで氷室が大笑いして、一本続きの弾力のある歯をきゅきゅと鳴らした。

「おまえやっぱりおかしいよ。生来より具（そな）わっているものじゃないか。俺たちが、腐った赤沼に覆われたこの世界で生きていくには欠かせない方々だろうに」

「我々はそう思い込まされているのかもしれないんだ。あんなものを産むために――」

「今度は陰謀論か。しかも〈人〉をあんなもの呼ばわりとは。〈人〉という存在をないがしろにしてはいけない。我々は〈人〉と〈人〉との間を取り持つからこそ、〈人間〉たりえるのだから――」

吸水コンプレッサーの騒音が響き渡る地下構内に降りて、黄土色の泡の浮く赤錆びた泥水に足を沈ませていく。ホームに降り立った時には、水面が太股のあたりで揺れていた。平べったい奇妙な生き物が側を泳いでいく。天井ではケーブルがたわみながら素早く動き続けている。

水面を大きく波立たせて列這(れっしゃ)が到着すると、ホームで待っていた幾人かが奥へ流されていった。全身ずぶ濡れになりながら這両(しゃりょう)に乗り込み、水没している座席に腰掛けた。水面が臍のあたりで上下している。

次の駅で漂うように乗り込んできたのは、堆肥の山にも似た肥満体の男だった。ソファと融合したような巨大な尻を、片方ずつ座席に乗せて坐る。よく見ると、まとっているのは肉の襞だけだった。男は太い腕を宙に掲げると、鉄のポールを握り締め、むーん、むーん、と唸りだした。すると、男の股の間から、あれが迫り出してきた。〈人〉の嬰児だ。産まれ落ちるなり、細く長い脚を水中でくねらせて、隣の這両の方へ流れていく。

「あれ、ヒラゥマァじゃないか。仕事に行くのか？」男が間延びした声で話しかけてきた。「昨日は徹夜でさあ、いまやつと家に戻るところなんだ。また少し寝たら出かけなくちゃならないんだ」

彼が誰なのかは記憶になかった。

「俺だよ、俺。判らないのか？　フォビタイだよ」

「ほんとに、帯谷なのか」と驚いた声を発してから、気まずくなって付け加える。

「いや、随分と、なんというか、肥(ふと)ったように思ったもんだから」

帯谷の縦に長い唇が左右に開いた。

「なに言ってんだよ。俺の自慢は、蕚生(がくせい)の頃から変わらないこの体型なんだ。おまえの方がよっぽど肥つてるじゃないか」

視界の端に、豚一頭あるかと思うほど太い自分の腕が見えた。濁った水面には、溶けた蠟燭を思わせる巨大な肉塊の姿が映っている。車内を見渡すと、乗客の誰もが、帯谷と変わらない体つきをしていた。むしろ帯谷は痩せている部類に入るだろう。

「そういえば、長いこと鏡なんて見ていなかったよ」

私は体中にまとわりつく脂肉を揺らして笑った。彼も一緒になって脂肉を揺らす。

「ところで知っているか？　〈人〉の間で大きな問題が持ち上がっているらしい。彼らによって地下深部に幽閉された政時犯(せいじはん)のことは知っているだろう」

「ああ。名前は発音できないが、〈人〉がひどく恐れているという――でも、彼らがなにかを恐れるなんて信じられないな」

「仕事柄、信憑性のある情報が入ってくるんだ」帯谷の左目がとろとろと流れ落ちていったように見えて驚く。眦(まなじり)から乳耀液を分泌したのだろう。「事実、ここ数日、このあたり一帯の〈人〉の動きが慌ただしいんだ。あの政時犯が、地下深部にいてもなお、時空構造に深刻な影響を与え続けているというので、外界に追放することが決定したらしい」

「外界というのは……」

「定義はできていないらしい。単に外国なのか、死後の世界なのか。とにかく、〈人〉が封(ほう)ごとに集まって、言波(ことば)を増幅させている姿をここ数日よく見かける。ひょっとすると、追放先の言素振動を作り出して同期させようと、あ――ここで降りるよ」

帯谷が大きな波のうねりに攫(さら)われ、扉から吸い出されていった。私は咄嗟に吊革を摑んで車内に留まったが、その衝撃で脇腹の液嚢(えきのう)をひとつ押し潰してしまった。


工場に辿り着くと、固い石灰虫群の背盤(はいばん)を背負った工場長が、空の爛雲(らんうん)のゆっくりとした動きを眺めていた。入口の透明な皮膜をくぐって中に入ると、解析用の位相巾着(いそうきんちゃく)や胚盤胞(はいばんほう)着床用の薔薇肉(ばらしし)、母胎更新された柿本といった巨大な肉質設備がうつぶせに眠っていた。いつものように気つけ薬を嗅がせて目覚めさせていく。

仕事のはじまりだった。

爪ほどの胚珠（はいしゅ）を、位相巾着の開閉する口に押し込む。中の二枚舌が胚珠をねぶって情報を取り込み、体表の襞の隙間から、薄い翅を押し出していく。幾重にも折れ曲がりながら伸び広がっていく翅に、複雑な翅脈が浮き上がっている。見慣れた臓虫（ぞうむし）の組成。だが、よじれている脈が幾つかある。指先を絞って、位相巾着の口に分泌液を垂らす。二枚舌がぶるん、ぶるんと震え、よじれが解ける。湿った翅を手にとって巻き取ると、薔薇肉の渦状の襞の中心に埋没させる。内部で、生の胚盤胞に翅脈が転写される。胚盤胞が吐き出されると、両手でつかんで、柿本の腹部にあてがう。回転しながら腹腔内にめり込んだ胚盤胞は、現臓液（げんぞうえき）に浸って変容しはじめる。内部では、骨格や血管が徐々に固まっていき、わずかに盛り上がったまだ形の定まらない心臓が、鼓動を打ち始める。血液が巡りだし、体を立体的に取り巻く無数の編み目へと行き渡る。

柿本の産門が広がり、耳を聾する唸り声と共に、絶滅種の臓虫が押し出されてくる。まだ柔らかい背骨を激しくよじって暴れ回るので、棘皮（きょくひ）麻酔を使っておとなしくさせる。続けて産まれ出た臓虫は、皮膚から水煙を立ちのぼらせはじめた。現臓液の濃度の調整が悪かったのかもしれない。赤沼に沈めると、たちまち泥となって崩れだす。

柿本の哀しげな唸り声が聞こえた。次の臓虫をうまくひり出せないらしい。脇腹から垂れ下がる弛緩剤の詰まった液嚢のひとつを握りつぶす。とたんに括約筋がゆるみだし、中からいびつな胴体がぬかるみに投げ出される。すかさず棘皮麻酔を行い、重ねて束ねておく。あとは、これらの原体を元に、増繁（ぞうはん）会社のほうで第二世代の数をいかに増やすことができるかだ。彼らは増えすぎた忌藻（きそう）の捕食者となるだろう。世界を覆う赤泥の生態系が狂いはじめた今、我々人間は〈人〉の間に立ち、できることをするしかない。

爛雲が幾層にも分厚く連なり、洞窟の天井のごとく低く迫って粘雨を降らせている。どこを見渡しても代わり映えのしない血没世界が広がっていた。

私は世界の血潮に身を浮かせ、その緩やかな流れに身を任せて建物の間を抜けていく。ときおり臓虫が体の襞の隙間を出入りしたり、破棄された肉質設備からなる産後礁(さんごしょう)の長い繊毛が足裏に触れたりする。

赤泥から突き出る家々のなだらかな壁面を瘤状突起が覆い、メスチルカ成分の豊富な現臓液を垂れ流している。この粘液のおかげで、忌藻の餌になっていた突々臥虫(つつがむし)の数が随分と増え、泥に適度な粘り気が取り戻されたように思う。


眼前を大きな影が過ぎった。五メートル程はあるだろう。何十もある細く長い蔓脚(ばんきゃく)を二手に広げて、空豆から芋虫が這い出してきたような体軀を支えている。その字面通りの姿勢で立つ、〈人〉だ。

一本向こうの通りでは、泥中の臓虫を貪っている〈人〉がいる。さらにその向こうには幇と呼ばれる一群が、いや、その向こうには数え切れないほどの幇が連なっていた。

〈人〉は我々を介して人口を殖やし続け、幇ごとに異なる布陣で並び立ち、異界と言波を交わす。

〈人〉は我々の世界に向けた感覚器を持たないという。彼らにとってこの世界は、不随意に動く自らの内臓のようなものだ。その重要性に比して、普段は気にかけることはない。

群衆の中で、〈人〉ひとりが立ち止まり、のっぺりとした空豆頭を釣鐘状に膨らませ、激しく振動させはじめた。

くぐもった鐘の音に似た言波が、大気中に広がり渡っていく。別の〈人〉がねじ切れた臓虫を落とし、空豆頭を震わせだした。通りを歩いていた〈人々〉も立ち止まり、共振するように同じ動きをはじめた。あたり一面の赤泥が幾重もの波紋を描き、互いに干渉しあって砕けては、さらに大きな円へと結ばれていく。爛雲がゆっくりと渦を巻く空の中心から、一条の光が射し込み、宙を垂直に貫いた。

　家に帰ってからも、光条の異様な眩しさが眼に焼き付いていた。

〈人〉の言波に煽られたのか、植物たちが胞葉を一斉に膨張させて震えていた。

心配になって庭に出てみると、突然ブルーベリーの鉢が割れた。中の土が露わになって、破裂しそうなほどに膨れ上がった手が見えた。随分前に埋めておいた有機肥料だ。他の鉢にも、頭や足などを適度な大きさに切断したものが収まっている。この種の肥料は人間の姿をしているため、鉢の大きさに合わせて切断せねばならないが、格段に植物の発育がいい。

　ブルーベリーの木をひとまわり大きい鉢に植え替えていると、どこからか、巨人の足指の爪でも切るような音が聞こえ、腹腔が旺盛に蠕動した。

　また新たに〈人〉の子を宿しているのだ。〈人〉の絆の仲立ちになっているという充実した心持ちに、全身の襞の隙間からたくさんの透き通った嬉泡（きほう）が噴き出て、前がよく見えなくなった。

痕（あと）の祀（まつ）り

その暗闇は、いつもかすかに基板の焼け焦げたような尖ったにおいがする。降矢に聞こえているのは、防護服のファンの音と、宙吊りの五人が緊張を撫でつけるように繰り返す呼吸の音だけだった。

まるで宇宙にでもいるようだ。

以前にもそう感じたことを、降矢はとうに忘れている。

イヤホンから、極寒の地にいるかのごとく喉を大きく震わせる音がした。降矢の真後ろにいる勝津だ。三十歳前後だろう。検体採取のために同行した生物学の研究者だというが、同じ坊主頭の前任者と同様に詳しい経歴は聞かされていない。

〝センセイ、しっかりしてくださいよ〟

勝津の後ろの最後尾に控える石井が、咽喉マイクの意味の無い大声で嘲りを隠さずに言う。

〝すみません、だいじょうぶです〟勝津が押し殺した声で答える。

「石井、そんな喋り方してると舌嚙むぞ」と降矢は窘める。

〝そんなへましませんて〟

〝こちら本部、武藤……斉一……まもなく降地しま……休……状態を解……休止状……解除〟

避難域の外に設置された、五社合同による都市現状回復機構の臨時本部からの通信だった。加賀特掃会から派遣されたこの懸垂搬送車に乗る六人中では、主任の降矢にしか聞こえていない。途切れ途切れなのは、斉一顕現体（せいいつけんげんたい）から漏れる絶対子の濃度が高まっているせいだ。

絶対子は生物組織じたいには無害ながら、シナプス電位や電子機器に予期せぬ影響を及ぼす。その名称はチェコの小説から取られたというが、降矢は読んだことがなく、これから読むつもりもない。

「じきに顕現体どうしの対峙状況（お見合い）が始まる。うたた寝を切り上げるぞ」

降矢はそう告げ、操縦桿をU字形に開いた。

両肩の表示灯が次々と点灯して、含水遮蔽材に覆われた搭載コンテナ内部の洗浄液で変色した壁面や、千本鳥居のごとく前後に密接して並ぶ五機の加功機（かこうき）の、何の飾り気もない直線的な機体をうっすらと浮かび上がらせる。実際それは赤錆色を基調とし、形状が似ていることから〈鳥居〉と呼ばれていた。油圧モーターを擁する頂上部の笠木（かさぎ）形フレームの左右からは、柱に相当する二米（メートル）弱の従腕（じゅうわん）が床まで伸びており、その間に全身防護服姿の従業員がハーネス帯や安全バーで背面フレームに磔（はりつけ）になっている。その腰回りを囲うフレームの四方から、昆虫的な多関節の歩脚が伸び、先端の球輪でしっかりと床を押さえていた。

降矢の目の前にある鳥居の隙間から、葉山（はやま）の防護服が揺れ動くのが見える。体をほぐしているらしい。

〝……斉一……降……〟

暴風を受けるように搭載コンテナが横揺れをはじめ、しばらくして鎮まった。

勝津の怯えた息の音がする。

〝降矢さんだって、こないだのことを忘れたわけじゃないでしょ？〟

いつまでも同じ話題を続けたがるのが石井の悪い癖だった。

「お見合いがはじまったぞ」降矢は状況だけを伝える。

〝……万……移……〟

大地に巨大な柱でも打ち込むような振動が、遠くから響いてくる。

搭載コンテナが断続的な縦揺れをはじめ、ハーネス帯が肉に食い込む。

「万状、移動中」

〝このセンセイのおかげで、あやうく俺たち――〟

〝すみません。でも、それは兄の方なんです〟

揺れがしだいに激しさを増し、震源が近づいてくるのが判る。

〝……状況……接触に移……各自……に……ること……の衝撃に備え……〟

降矢は歯を噛み合わせたままで告げる。

「接触状況(じゃれあい)に移行した。各自衝撃に――」

〝えっ、センセイ双子な――〟

突然の激震にすべてが上下に跳ね――づぃ、と石井が奇妙な声で呻く――ロックの掛かった従腕の二重関節や天井の軌条との結合部が騒がしく軋み、二対の歩脚が末端を床に接したまま角度を変えて伸縮する。

〝……放……姿……〟

急に重力が前向きにかかり、安全バーに胸を圧(お)され息が詰まった。

〝まずい、万状顕現体(ばんじようけんげんたい)が活動予測範囲を越えだした〟運転席の寺田(てらだ)が抑えた声で言う。〝少し離れるぜ〟

「了解」と降矢が返す前に懸垂搬送車は動きだしている。「本部、こちら加賀特掃会の降矢。状況〈七〉により搬送車を予定位置より移動する」おそらく聞こえてはいないだろう。

〝外は、どういう状況なのでしょう、斉一に近づきすぎではないですか、ここは大丈夫でしょうか〟

勝津が不安げに言い、〝るれっ……〟と石井が答えかけて口をつぐんだ。どうやら本当に舌を噛んだらしい。

「いまはともかく、後の作業の段取りにでも集中して平静でいてください」

〝友引のゴーグルって、車載カメラの映像が映るらしいね〟と先頭の加功機の伊吉が穏やかに言う。

〝この現場じゃ、なにも見えないでしょうに〟葉山はいつもの掠れ声だ。石井が入社したばかりの時に、徹夜で飲み明かしたのかと訊いて怒らせていた。〝そもそも、あたしは外を見たいだなんて思わないね〟

体が前のめりになり、懸垂搬送車の動きが止まった。張り詰めた空気が戻る。

全身が肺臓と化したかのようにただ呼吸を繰り返すうち、仄白く発光する無数の粒子が眼前に集まりだした。それらは羽虫のごとく細切れに動いて、亡霊を思わせるぼやけた人影を作りはじめる。

勝津の呼吸の音が速まりだした。

「先生、心配ありませんよ。磁気閃光のようなものです」

そう言われているものの、本当のところはよく判らない。絶対子の濃度が極限に高まると、遮蔽された搭載コンテナ内でも完全には防ぎきれないのだ。経験がなければ、この段階でも審問効果に翻弄されることがある。

接触状況が収束する予兆だった。いまや本部からの通信はノイズしか聞こえてこない。

じきに最大値の衝撃がくるだろう。

降矢の予想よりも幾分早く、強烈な一撃に見舞われた。脳髄がひしゃげ、体じゅうの臓器や肉が振り落とされるようだった。廻転を伴う奇妙な浮遊感の中で上下左右を惑乱され、喉の奥から唸りが漏れる。懸垂搬送車が宙に跳ね上げられたのだ。重心が体の右側に寄っていくのを感じていると、全身の関節がばらけるような衝撃に襲われた。表示灯の光が心電図めいた軌跡を描き、搭載コンテナ内が耳を聾する金属音の反響に満たされ、鋭い耳鳴りとなって耳孔の奥深くにうずくまり続ける。

全身が斜めに傾き、安全バーのクッションに胸がめり込んでいた。

全ての鳥居の歩脚がおのおの伸縮して、床に突っ張っている。

なぜか床面に幾条もの光が差し込んでいた。光は次々と機体の隙間を貫通し、鳥居の輪郭を縁取りつつ上に広がっていく。

〝あれ、寺田くんどうしたんだい？　後部ハッチが勝手に開いて、いくよ——ああいかん〟急に伊吉の口調が早まる。〝頭がくらっくらする。あれが、まだいるらしい。ははっ、これは……くるね〟

降矢も至高の粒子に全身を貫かれるのを感じていた。歓喜と陶酔の波が一気に押し寄せてきたかと思うと、手錠を掛ける冷厳な音に心臓を鷲摑みされる。眼前の白い人影が、後に冤罪の明らかになる男の鬱血した孤独な死に顔に、生まれたばかりの息子の昭英の顔に、そっくりだねお母さんにと知人はいう揚羽蝶の美しい羽根の片方をもいで釣り上げた何十匹ものモロコを熱湯に一度に放り込み蟻の行列を踏み潰し行き倒れた人の横を素通りするわたしは言ったのだ堕ろすようにと寝間着が乱れるのも構わず胸を叩いてくる身重の香織が目を見開いたまま静かに瓦礫の中に坐って——忘却の殻を割って矢継ぎ早に這い出してくる罪の数々に苛まれ、自らに対する強烈な嫌悪感に舌を嚙み切ろうとして痛さのあまり踏みとどまる。

〝あれはまだ……違うのですっいいっ〟勝津の啜り泣きや奇声が響いていた。無理もない。彼が絶対子の審問効果を体験するのは初めてのことなのだ。〝く、かっ、領胞の拡大は必ずっ……〟

「先生！」

〝と未だ果たせない……どうしても……それは鸚鵡にまいずったあげく……いい幾度も阻止されっ……むねんのうちにええっ、え、いっ、やぶるに栄えありと！　に耐えず……とまれ直交に磔定し、なければ、んすっ、なんと、なんとしても門を……改めますゆめなまこかんけつせんみかずみをいじじっそ――〟

「勝津先生！」

何度も呼びかけるが、耳に届かない。

〝いったいどんな人生送ってきたの〟葉山が苦しげに笑い、皆がかすかに鼻息の音をたてる。それぞれ審問効果に耐えていて余裕がないのだ。〝それにしても、寺さんは〟

〝あれ、彼には効かないはずなのに。ねえ、寺田くん？〟

寺田は服役囚で、脳が器質的に絶対子の影響を受けにくいことから、更生プログラムの一環として車輛の運転を任されている。機構のドライバーの多くは、絶対子に鈍感な者だ。

「寺田、大丈夫なのか」降矢も呼びかける。

〝寺さん、気絶でも――んあ、きついね。こんなの浴びて〟葉山がタバコの煙のように息をゆっくりと吐き出す。〝崇高さに心を洗われたただの解脱しただのと思い込めるってのは、どんなおめでたい人種なんだろうね〟

降矢の胃の底が凝って重みを増す。長らく入院している妻の香織も、高濃度の絶対子を浴びたばかりの頃は、葉山が言ったような法悦状態にあったからだ。

勝津は意味を成さない言葉で喚き続けている。石井が鼻を啜る音まで聞こえだした。

〝なんだ、泣いてるのかい、石井〟と葉山が震え声でからかう。

〝うるせぇ〟と叫んだそばから泣き声に変わる。〝くそっ、だから最初っから処理を状況後によ、させてくれればよ〟

〝まあ、入札の段階で要求されていたことだからねえ。放出後だったのが、せめてもの救いだよ〟

「ああ。これでも外気の絶対子濃度はかなり下がってるはずだ」操縦桿の下部カバーを開き、並んだボタンを指先でなぞる。「緊急用の鎮静剤を打たせてもらうぞ。悪いが個別には作動させられん」

二の腕の皮膚に、鋭い痛みが瞬く。

〝むしろ助かるよ〟葉山が抑えた声で言う。

「本部、こちら加賀特掃会の降矢。加賀特掃会の降矢」呼びかけるが、まだ雑音が聞こえるだけだ。

〝――ん、ああ……〟

「寺田、無事なのか」

〝うん……なんだ、どうなってる。失神してたのか俺〟ゆっくり息を吐く音がする。〝ドアの窓が割れてる。でも金網は破れてないから逃げられねえや〟

「後部ハッチが勝手に開いたんだが」

〝そうなのか。誤操作？　じゃない。電気系統の故障かもしれねえ。あれ、いつエンジン止まったんだ――くそ、かからねえ〟

「鳥居を降車させられるか」

〝やってみる。けど、いいのかよ。ここからは、あれが去ったかどうかは見えねえぜ。まあハッチが開いてるなら同じか〟

「ああ。先に降車した二人は、横転した搬送車を元に戻してくれ」

伊吉の鳥居が天井の軌条を大きく軋ませながら前進し――〝あ、ちょっと待っ……〟連結器の外れる鈍い音がしたとたん、盛大な金属音が響く。

〝見事なこけっぷりだね〟と葉山が言う。

「伊吉、動かないのか？」

半導体素子への影響が心配になり、降矢が声をかけたところで、歩脚の駆動する電動ドリルめいた音が聞こえだした。

〝大丈夫だ――霞んでいてよくは見えないが、まだあれは突っ立っとるよ〟

「思向性通信が通じるのなら、実際の濃度は感じるほどではないんだな」

唐突に伊吉の間延びした笑い声が響く。

〝寺田くんが血だらけだよ。派手に切ったねえ〟

伊吉と出会ったあの日、仮住まいの部屋で窒息死しかけていた降矢が聞いたのも、こんな感じの笑い声だった。

〝何がおかしいんだこの野郎〟

〝生きてて安心したってことだよ。あ、頬にガラスの欠片刺さってる〟

寺田は舌打ちをし、ぎっ、と呻いた。

〝車体は外からだと思ったほど傾いてないね。花壇に乗り上げてるだけだから、ひとりでも戻せそうだ〟

「では、そうしてくれ」

タイヤの擦れる音がした後、搭載コンテナの傾きが一気に戻って左右に振り揺れる。

揺れの余韻が残る中、眼前の葉山の鳥居が離れていき、軌条から切り離された。

一気に広がった外光の眩しさに降矢が目を細めていると、身を包む鳥居がひと揺れして前に進みだす。

一瞬の浮遊感の後、深く沈むように着地し、すぐに高さが戻る。

そこは一方通行の道路で、アスファルトには稲妻形の罅が入り、砕けたガラスが家沿いに散らばって双目糖のように光っていた。このあたり一帯は顕現塊が確認されるなり迅速に住民の避難を済ませ、一週間前に封鎖されたため、車通りや人影はない。

「石井と勝津先生は落ち着いてからでいい」

降矢は空中を歩くように脚を動かして、連動する四本の歩脚を前に進ませ、東の空を仰ぎ見ている葉山の機体の傍らに立った。

降矢の背筋が強張り、膝が震えた。

交差する電線越しに、晩秋の空を背に聳(そび)え立つ途方もなく巨大な人影があった。腰を落とした姿勢で、長い両腕を胸の前で斜めに構えている。いや、ゆっくりと下ろしている。さっきまでは顔の前で、十字かL字に組んでいたはずだ。

その全身は、光を複雑に屈折させる水晶の原石にも似て、背景の空を透かしているようでもあり、内部から発光しているようでもあり、ふとした拍子に凹凸が裏返ってしまいそうな捉えがたさを湛えていた。胴回りから足先にかけて顕著な茜色は、重畳空間を透過した陽光が、夕焼けと同じ原理で透けて見えているともいう。

斉一顕現体――都市現状回復機構ではそのように統一しているが、組織やメディアによって呼称は大きく異なる。

鱗雲(うろこぐも)の散らばる遠い空には、何機ものヘリコプターの機影があった。いまでは以前のように近づきすぎて墜落することはない。

降矢がじかに目にするのは、これで三度目だった。最初はまだ捜査一課の刑事だった頃――帰宅途中だった降矢は、一粁(キロメートル)ほど先に聳える斉一顕現体を目の当(ま)たりにした。その観音像じみた顔の前を斜めに横切って、一機のヘリコプターが墜落するところだった。呆然としてしばらく動けなかったことを覚えている。まだ避難対策が確立されていない頃で、多くの住人が接触状況の巻き添えとなった。いつも通る道は瓦礫で塞がっており、大きく迂回して自宅に戻ると、ローンを組んだばかりの一戸建ては半壊していた。臨月だった妻は、崩れた天井と居間の隅の壁に生じた空隙(すきま)に、脱魂した状態で坐っていた。至近距離で絶対子を浴びたのだ。

伊吉の鳥居が斜向かいに立った。

〝全長が四十米ほどだってことが判っていても、やたらと大きく見えるんだよね〟

「ああ。光学的な錯覚と、絶対子が心理に及ぼす影響だろうな」

〝それもありますが〟勝津の声が割り込んできた。鳥居の近づいてくる音がする。〝実際、計測する度に全長は変化しているんです〟

「毎回違う個体が現れていると？」

〝ヒューマノイド形の巨人であるのは共通していますが、その体型は十タイプほどに分類されており、それぞれ元になった特定の人物がいるのでは、と推測されています。今日の斉一顕現体は二番目に同定されたタイプですね。同一体型とされるものの中にも大きく差異があるため、顕現する度に象りなおしているというのが、我々の間で定着しつつある見解です〟

「象りなおしている？　あれは本来の姿ではないというのですか」

〝あるいは固定の形を持たないのかもしれません。静止軌道上で視認された謎の球体と同じものだと我々は考えています〟

「じゃあなぜ人の姿に」

〝地球の重力下ではその姿が適しているからか、万状顕現体と戦うために特化したのか、あるいは我々が希求する姿をまとっているのかもしれません〟

〝なんだよその禅問答は〟と石井が口を挟む。〝そもそもあれは服なの、肌なの〟

〝素っ裸じゃないの？〟と葉山が笑う。〝あれを自分が変異した姿だと言い張ってるどこぞの教祖がそう告白してたよ〟

〝衝突したF－15に付着していた組織は、生物細胞に似通った構造だとみなされていますが〟

〝じゃあ……〟

〝セル構造の人工物とも、表皮自体が内部存在と共生関係にあるひとつの生命体ではないかとも考えられています〟

〝どっちなんだよ！〟

〝万状と同様に、ＤＮＡに相当する情報構造体が未だに発見されてませんからね。斉一と万状の組織を比較すると、人間の通常細胞と癌細胞に近しい相似があるとか、斉一が進化の過程で排除したものが万状だと主張する人もいます。ただし、研究者たちの期待に応えるように変容している、という説もあり〟

〝なんなんだ〟

〝まだまだデータが足りないんです。データが欲しい。徹底的に分析しなければ――〟

〝なんだっていいさ〟と葉山が投げやりに言う。〝あたしらの仕事が変わるわけじゃないんだから〟

巨人の腕が体の側面に下ろされ、背筋が真っ直ぐに伸び上がり、顔面が複雑に屈折して煌めきながらゆっくりと天に向く。

頭部からは強い電波が放射されており、人類へのメッセージだと見る向きもある。未だ解読には至っていないが、解読したと称する文言を経典に掲げた宗派は少なくない。仏教系では、斉一顕現体を観音菩薩や弥勒菩薩そのものだと捉え、屹立した姿を模した巨大な観音菩薩像を各地で建てているし、キリスト教系では、再臨したキリストや聖人として崇め、十字架の意匠に腕の形を取り入れるようになった。その一方で、接触状況を元に作られた映像番組では、斉一顕現体を宇宙警備隊や恒点観測員を務める宇宙人だと設定して人気を博している。降矢の息子の昭英も夢中だった。だが、いま眼前に聳えるこの偉容は、それらのあらゆる解釈を拒む超越的な存在のように感じられた。

斉一顕現体の全身が仄かに発光しはじめたかと思うと、すべてを呑み込むような強い風が巻き起こり、鳥居の歩脚が蹈鞴を踏むように動いて重心を保った。光に包まれた巨体が宙に浮かび上がり、真っ直ぐな姿勢のまままみるみる上昇していく。

〝……が離脱中……てくだまさかプランは加賀の連中が変更確かにより熱帯低気圧が待てよいます。迅速に処理に取り掛かっておいなんだください繰り返しSだって？　ますFだFらく逸れたな――〟

一気に全通信が回復して雑多な話し声で溢れかえり何も聞き取れなくなったが、思向性AIによる振り分けで個別の音量が調整され、すぐに元通りになった。

〝――り返します。プランFに変更。南西より熱帯低気圧が迫っています。迅速に処理に――〟

降矢は本部の武藤に状況を説明し終えると、皆に告げる。

「さあ、業務に取り掛かるぞ。熱帯低気圧が迫ってるそうだ。いつもより急ピッチで頼む」

五機の鳥居がヤドカリめいた動きで数歩進み、ペダルのロックを解除して球輪走行に移行した。住宅を数軒分進んで左折し――片側二車線の道路に出る。被害の少ない中央分離帯寄りの車線を、トレーラーや搬送車の長い列がゆっくりと進んでいた。どれも都市現状回復機構の車輌だ。その五百米ほど先を、樹々に覆われた古墳を思わせる黒々とした丘陵が塞いでいる。

降矢たちの加功機は、罅割れや瓦礫の多い歩道側の車線を進みだす。

〝あれっ、いま――〟伊吉が唐突に声をあげ、機体を回転させながら停止した。〝向かい側の路地に誰かいたよ〟

他の鳥居もそれに倣ったが、加功機の扱いに慣れていない勝津は皆を追い越してから停まった。最後尾のトレーラーが目の前を通り過ぎていき、視界が開ける。伊吉の言う通り、瓦礫まみれの路地に、白い寛衣を着た女が顔を上向けて突っ立っていた。

「くそ、どこの宗派の解脱志願者だ。葉山――」

〝はいよ〟

葉山の鳥居が中央分離帯を越え、反対車線を横切っていく。

他の鳥居が再び走行をはじめようとした時、背後からがらがらがんと鉄のぶつかりあう騒々しい音を立てて、長大なアームを大砲のごとく戴いた黄色い車体が迫ってきた。友引解体工業のラフテレーンクレーンだ。降矢たちが慌てて横道に避けると、目の前で急停車する。

〝あっれ、どうしちゃったの、揃ってお散歩なんかして。コンテナの岩戸が暗くて怖くて逃げてきたとか？〟

打ちっぱなしの大塚（おおつか）だった。操縦席から大げさに驚いた顔をして見せる。絶対子の影響を受けない器質なのに、いつも鎮静剤を打ちっぱなしでべらべらと喋り続けるのだ。

「おまえ、また遅れをとったんだな」降矢が面倒そうに言う。「とっとといけよ」

〝わるいね、もうしわけないね、おさきにおさきにい〟

ラフテレーンクレーンは騒がしく通り過ぎていき、降矢たちも後を追うように鳥居を走らせた。いつの間にか右車線の車輛の列が動かなくなっている。重松特殊運送の大型トレーラーを三台通り過ぎると、友引解体工業の懸垂搬送車が現れた。搭載コンテナの側板を上に開き、横並びになった四機の加功機を一斉に降ろそうとしていた。鳥居より一回り大きい黒塗りの機体に、ゴーグルの目立つ全身防護服姿が収まっている。従腕は鳥居と同じように太く長いが、地面を踏むのは太い二本脚に備わったキャタピラで、その姿から〈ゴリラ〉と呼ばれている。

その一台前には、かつては捕鯨会社だったという九尋（くひろ）株式会社の懸垂搬送車が並び、後部ハッチから細身の加功機を次々と降ろしていた。鳥居と同じく旧式のＴＧＷシリーズで、背中には大きな巻揚機（ウインチ）を背負っている。降矢は由来を知らないが、彼らはそれを〈大発（だいはつ）〉と呼んでいた。

前方でラフテレーンクレーンが停まり、大塚の舌打ちが聞こえる。

その向こうでは、道路沿いの建物の多くが崩れて瓦礫を散乱させ、アスファルトが大きく波打ち、氷原のごとく罅割れてちぐはぐに傾いていた。獣に食い散らかされた骨さながらに自転車がところ構わず散乱し、電信柱や信号機が斜交い（はすか）に倒れ、切れた電線は火花を瞬かせている。

降矢は安堵した。これでもいつもよりは被害が少ない方だったからだ。両足を動かして鳥居を前に進める。

加賀特掃会を含めて全部で十四の加功機が、列の先頭に停まる風信子（ヒヤシンス）サービスの大型吸引作業車やラフテレーンクレーンの傍らから、隆起したアスファルトの上へ踏み出していく。あたりが加功機の足音や機動音で、夏の盛りの蟬じみた騒がしさを増した。

さすがに友引のゴリラはパワーが桁違いで、撤去作業に手馴れている。従腕の側面から排土板を前に起こして、キャタピラを回転させ、ブルドーザーさながらに崩れ落ちたモルタル壁や倒れた電信柱を次々と押し退（の）けていく。

〝なんだこの看板。メキシカンレストラン・ブラジルだってよ〟

〝おれ入ったことあるよ、カレーライスがうまい店でさ〟

そうやって喋りながらも、モーター音をうならせてみるみる片付けていく。

降矢は鉄爪で火花を散らす電線を押さえ、従腕の袖口にあるノズルからシリコンを押し出して断線部に被せていた。

ミラー越しに、近づいてくる葉山の鳥居が見える。

〝救護車に連れていったら、他にもふたりいてさ。白清教の連中らしいね。皆、脱魂して抜け殻みたいになって……〟

「太陽の光を直視するようなものなのに」

〝誰だそこに突っ立ってるのは。邪魔だ〟

友引の平泉（ひらいずみ）の声がして、右手の方に目をやる。勝津の鳥居が、差し出した従腕を左右に振っては、通常の機体とは異なる樹脂製の五本指を開いたり閉じたりしている。手伝おうとしながら、作業の流れに入れずにいるのだろう。

「すまん、サンプル採取に来た大学の先生だ——勝津先生、先に万状の近くでお待ちください」

　前方から押し寄せる並外れた威圧感に晒されながら、撤去作業に集中する。二百米ほどの距離を車輛が行き来できるよう整え終えると、あちこちからエンジン音が響きだした。

　降矢は、多くの住宅を押し潰し道路を塞いでいる異物——万状顕現体の途方もなく巨大な全身を見渡した。大きく湾曲して向こう側へ続く黒々とした外皮は、干しプルーンのごとき無数の瘤状突起が犇めき合い、いまにも雪崩を起こしそうな歪な均衡で保たれているように見えた。その周囲を取り巻く大気は、暗く翳っている。異常な重力場が光を吸収しているという説もあるらしい。胸元あたりが不自然な勾配を作っているのは、背中に翼状の隆起があるためだろう。

　成長途中の万状顕現体を空から写した、翳りのある不鮮明な写真を思い出す。長い尻尾のある全体の印象からは、肉食恐竜を連想させるが、これまで現れた多様な形態の顕現体と同様に、骨格の構造はむしろ人間に近い。

　この、おおよそ百五十噸はあると言われる、未だどういう生物なのかも定かではない極大の死骸を、ここから迅速に運び去らなければならないのだ。生魚もかくやと言われるほど腐敗が早い上、体液は高濃度の残留性有機汚染物質となる。これでも絶対子の照射によって大幅に中和されている。かつて斉一の顕現前に自衛隊の支援戦闘機による攻撃が行われたことがあったが、その周囲十粁は未だ封鎖されたまま。斉一顕現体の介入なくては処理もままならないのだ。

　巨体と接するアスファルトの周囲には、ワインの空壜を思わせる木賊色の血溜まりが広がっていた。そのあちこちに蠅の群がたかっているが、じきに動かなくなるだろう。

　勝津の鳥居が、従腕の吸引チューブを灰汁のような泡に伸ばして何かを捕獲しようとしていた。妥蠡と呼ばれる裸鰓類に似た三叉の共生体だ。万状の外部では生存できず、痙攣的に身を伸縮させて、末端から淡黄色をした泡混じりの粘液を命が尽きるまで分泌し続ける。

瘤皮の壁の前に一車線ずつ大型吸引作業車が並ぶのを待って、降矢たちの鳥居はそれぞれ車間に入っていった。

突如乾いた破裂音が空に響き、笑い声が続く。大塚が鳥よけの空砲を撃っているのだ。

「こちら加賀特掃会の降矢。これより皮下の体液吸引作業に取り掛かります」

降矢はそう告げ、風信子のマークをあしらった銀色の巨大タンクの前で、操縦桿を握った右手を宙に伸ばした。一瞬遅れて、太く角ばった鉄の従腕が持ち上がる。タンク上面にある筒形の巻取機から覗く先端アタッチメントの金具に従腕を接続すると、電信柱ほども太いフレキシブル素材の吸引ホースを引きずり出しながら万状顕現体に向かっていった。

垂直に近い瘤皮の前で立ち止まると、両方の従腕を掲げて鉄爪を食い込ませ、一歩ずつ歩脚の先端をあてがって鉄杭(パイル)を撃ち込んでいき、体を垂直に保ったまま蜘蛛のごとく登りだす。時折吸引ホースの抵抗が増して動きにくくなると、従腕を大きく振ってならす。ペダルを踏む足の向こうを見下ろすと、勝津の鳥居が後に続いていた。

右向こうでは、同じように吸引ホースを携えた石井と葉山の鳥居が、腰回りの崖を登っていた。胸部を登りきると確かに強い風が吹いており、防護服を騒がしく波打たせる。鳥居を一歩進ませる度に瘤皮がたゆたうように揺れ、四本の歩脚が足踏みをして姿勢を整える。

〝いつもながら、ウォーターベッドみたいだな〟と石井が言い、〝まだあんの、そんなベッドのあるホテル〟と葉山が返す。

降矢は左に向き、瘤皮の急な勾配を見上げた。広範囲に亘(わた)って、剝いた葡萄のような半透明の球の犇(ひし)めきに変質し、泡混じりの体液をじくじくと滴らせている。

遅れて辿り着いた勝津が、深い失望のこもった溜息を漏らす。

確かにこの有り様では頭部の検体は採れないだろう。特に歯は情報の多い重要な部位だという。

周囲の瓦礫の山には無数の葡萄球が散らばっていた。崩れ残った壁にも貼り付いている。おそらくそれらが頭部だったのだろう。

〝あらら、あんたら気づいてるかい？　まるで夫婦岩みたいだぜ〟大塚が引きつった笑い声をあげる。

〝見たことあるかな？　伊勢にあるやつ。黒っぽくて、鳥居があってさ〟

〝前にも聞いたって。何度同じこと言や気がすむんだ〟と石井が億劫(おっくう)そうに声をあげる。〝思向性通信はなんであいつを……〟

〝あんたが反応するからじゃないの〟

降矢の隣に、いつの間にか伊吉(いよし)の鳥居が立っていた。

〝じゃあ、はじめますか〟

長く直線的な従腕を持ち上げ、袖口のノズルから火焔を噴出する。ゼラチン状の断面が黒く焦げて細かな気泡がぷつぷつと破裂し、白煙が盛大に立ち昇る。体液の漏出を抑えるための作業だった。

〝タバコ吸いたくてしょうがないよ〟と葉山が呟く。〝落ち着かないんだよ、今日は下着の上下の色をちぐはぐに着てきてしまってさ〟

〝あんたの下着の話なんて聞きたくねえよ！〟

降矢は向き直って操縦桿を操作し、左の従腕の下面から、袖口を軸に刃渡り六十糎(センチメートル)の捌刀(はっとう)を直角に飛び出させた。刃は太い根元から鋭い先端に向かって見事な弧を描いている。超音波振動させて、橙(だいだい)色に照り映えた硬い瘤皮に押しあてると、刃先はなんの抵抗もなく沈みだす。そのまま袖口まで押し付けてから、前に三十糎ばかり切り込む。木賊(とくさ)色の体液がだらしなく噴き上がり、海月(くらげ)形の湯気が膨らみ一瞬でかき消える。

捌刀を仕舞って右の従腕から吸引ホースを外し、斜めにカットされた鋭利な先端を瘤皮の切れ込みに挿し入れ、深く捩じ込んでいく。

大型吸引作業車の運転手に伝えると、しばしの間があいてから、巨人がハミングするような音を立てて吸引ホースがうねりだした。体液の粘度によって音が膨らんだり萎んだりする。

勝津の鳥居が従腕を伸ばし、袖口のノズルから体液を採取する。

瘤皮の丘陵の向こうでは、葉山と石井がそれぞれ巨大な腿部の上に立ち、揺れ動く吸引ホースを支えていた。

吸引ホースがのたくる度に角度を変えて挿しなおす。足元の瘤皮が張りを失っていくのが判る。それにともなって自分の血圧まで下がっていくように錯覚して気分が悪くなる。万状顕現体に特有の共感効果だった。その上まだ審問効果にまとわりつかれており、黒々とした瘤状突起が鬱血した孤独な死に顔に変わっていく。降矢はゆっくりと呼吸する。

「ほんとに、なんなんだろうな、こいつは」気を紛らわせようとして声に出す。「地球の生物の系統樹には収まらないし、ただ一頭だけで現れて、特に生態系を作るわけでもない」

〝これまでの万状顕現体が、同じ仲間なのは間違いないんだろうけどね〟

「それだって繁殖関係にあるわけじゃないし」

〝黒砂の発生箇所と重なっていると聞いたことがあるけど〟

葉山の言う黒砂は、日照時間を減らして農作物の不作を引き起こしている元凶だった。数週間おきが多いが、時には連日のように大気を翳らせる。隣国からやってくる化学物質だとか、地球に飛来する宇宙塵だとか言われているが――

〝ええ、それは間違いありません〟

〝黒砂を採取できないってのは、嘘なんだろ?〟と石井。〝以前に何度も発見が報じられていたし、明らかに政府はなにか隠してるよな〟

陰謀論は嫌いだが、降矢もどこかでそう考えていた。少なくとも風土病を起因とする集団幻覚などという説よりは。

〝わたしも試したことがありますが、本当に採取できないんですよ。とはいえ、次元を超えた何らかの系があるとわたしは考えています〟

「正直、もう誰に何を言われても頷けそうにないな。色んな人が好き勝手な説を唱えすぎていて」

〝無理もないです。斉一顕現体と万状顕現体の接触状況を、交尾だと考える一派まであるくらいですから〟

伊吉の笑い声が響く。

〝そりゃいいね。その結果生まれるのがあれかい〟

吸引ホースに空音が続くようになると、場所を移動して、同じように切開と吸引を繰り返す。体液の集まる部位はどの万状顕現体も似通っていた。

九尋株式会社の大発二機が、瘤皮の崖を登ってくるのが目に入った。それぞれ顕現体の肩と脇腹に歩脚の鉄杭を突き刺して貼り付き、巨大な腕の付け根にワイヤーソーをわたして切断しはじめる。降矢の腕の付け根が、有刺鉄線で絞られるように痛む。切断音が甲高くなって動きが鈍り、上腕骨に差し掛かったことが判る。

切り口が開きだして巨腕が一気に傾き——地面のゴリラたちが後ずさる——瘤皮の一部が繋がったまま宙に重々しく揺れる。

ローター音が耳障りだった。ヘリコプターが接近している。

大発が最後にワイヤーソーをあて、完全に腕を断った。上腕が落下して道路を激しく打ち、その反動で肘が跳ね返って、鉤爪のある手の先までが海面を打つ座頭鯨のようにのたうった。目の前の吸引ホースも大きくうねる。降矢は痺れた右手を何度か振って感覚を確かめた。

すぐさま友引解体工業のゴリラたちが巨腕に群がり、押し転がして脇腹から遠ざけていく。

肩の切断面は、加功機の身の丈よりも大きく、摩擦熱で焼けて錆鼠色に固まっており、中央に生姜の切り口を思わせる骨がぼんやりと覗いていた。

吸引作業を終えると、降矢は再び捌刀を飛び出させ、万状顕現体の胸元に深く突き刺した。一歩また一歩と進んで、テディベアの縫い目のような切れ目を延ばしていく。股の方からは、伊吉が同じように従腕の捌刀を瘤皮に沈めたままこちらに向かってくる。勝津がその様子を、左の従腕に取り付けたカメラで撮影していた。

九尋の大発たちが、万状顕現体の両側から垂直の瘤皮を登ってきて、従腕の前腕から外した鎖つきの銛を、切れ目近くの瘤皮に突き刺す。三十糎ほどもある分厚い瘤皮の中で、返し金具の開く音がする。その作業が済むと、大発は巨体から降りて離れ、巻揚機を稼働させて鎖を巻き取りだした。

雷撃そっくりの身の竦むような音と共に瘤皮が胸元から剝がれ、湯気を立てて捲れ返っていく。夢の中にまで響き渡って、降矢を眠りから引き剝がすこともある。

不穏な空の下に露わになったのは、絶対子の放射を受けて青や黄色に染まった無数の畝がマーブル模様のごとく流動する脂肪層だった。右巻きや左巻きの渦が所狭しと生じ、畝の境から妥螽の卵らしきものが数珠つなぎに現れては消える。初めてこの光景を目にした者は、たいてい嫌悪感のあまり身動きができなくなる。

歩脚の先端を下ろすと、脂肪層に深く沈み、周囲に渦が広がって新たな畝の流れができる。

巻揚機のモーターが不穏に唸り、鎖が軋みをあげる度に、降矢は瘤皮と脂肪層との隙間に捌刀を差し入れて剝離を促す。

そうやってすべての瘤皮を剝ぎ取って、一枚の展開図のごとく開ききり、肉や臓器を解体する際の敷物に変えた。

〝体じゅうの肌がつっぱってしょうがないね〟

〝いつもの共感効果じゃねえか〟

そういう石井も不快感に耐えているのが声で判る。降矢は心配になって勝津の方を窺ったが、審問効果の時とは別人のように落ち着いていた。

地面ではゴリラたちが切り落とされた巨腕を転がして瘤皮の上に載せようとしていた。

〝すみません、爪は残しておいていただけますか〟

勝津が遠慮がちに呼びかけると、ゴリラの操者たちが気乗りしない声で返事をする。

「こいつの爪では年齢線が確認できないと、前の先生は仰っていたが」

〝ええ、それを確かめるためです〟

汗が目に染みて、降矢は瞬きをした。足元がひどく熱くなっていた。剝き身の丘陵から発せられる熱のせいだ。

〝くそっ、目眩がするぜ〟と石井の声。

普段ならあたりを白く霞ませる、防護服の吸収缶越しにも感じられるほど硫黄臭の強い湯気が、今日は強風でたちまち流されていく。そのため視界いっぱいに剝き出しになった脂肪層の悪夢めいた流動が嫌でも目に入ってくるのだ。

〝おいおい、しっかりしねえか！〟ゴリラのひとりが怒声をあげる。〝手が足りねえってのに〟

巨腕の傍らに、前屈みの姿勢で動かなくなった機体があった。新入りなのだろう。

さっき鎮静剤を打っておいて良かったと安堵する。本当に堪えるのはこれからの作業なのだ。

九尋株式会社の大発が、降矢たちのいる胸部の丘陵を目指して次々と登ってくるのが見える。降矢たちも動きだし、脂肪層の漣を渡って不安定な腹部へ向かった。

頭上からは、大塚の調子はずれの鼻歌を伴って、クレーンに四隅を吊るされた錆だらけのコンテナが下りてくる。脇腹に横付けして止まると、すぐに天板がせり出してきた。

「大塚、もう少し下げて寄せてくれ」

鼻歌の音程が下がるにつれてコンテナも下がり、天板が脂肪層に食い込む。さらにもう一台のクレーンが、コンテナを胸部に横付けした。

胸部の解体には手間がかかるが、九尋の大発は、長い従腕の捌刀で脂肪や筋肉を巧みに切り出しては、コンテナに放り込んでいく。

降矢たちの鳥居は、マーブル模様の流動し続ける広い腹部の中央に背を向けて集まり、捌刀で脂肪層と大網膜を突き刺して、揺れ動く足場を放射状に進みはじめた。フィードバックされる感触を頼りに、捌刀の挿し込み具合を調節して内臓を傷つけないよう気をつかう。切れ目から瘴気のごときガスが噴き出してきて風に流される。

拍動性の頭痛と腹の奥で腸が捩れるような不快さに、降矢は顔をしかめた。

〝くぁ、こたえるぜ〟

〝だらしないねえ。先生をごらん、意外に平気そうだよ〟

〝いえ、まあ研究対象ですから〟

共感効果が発生するのは、大網膜の中に人間の脳神経網と酷似した繊維網が広がっており、交感し合うからだという説がある。にわかには信じがたいが、この肉体感覚は幻ではなかった。

内臓を包む大網膜と脂肪の積層の上では、一歩進む毎に足元が沈みこむ上に断続的な突風で機体を煽られ、ひっきりなしに歩脚が伸び縮みして安定した姿勢を保とうとする。その揺れと脂肪層のうねりに目眩を覚えて眼を瞑(つむ)る。説教師のごとく世界のあるべき姿を説き続ける妻の痩せた姿や、彼女に投げた罵声の数々が蘇ってくる。言葉がなにひとつ通じず、手で突き飛ばしてしまった時の感触が蘇ってくる。絶対子の影響がまだ知られていなかったとはいえ、許されることではなかった。自らに対する嫌悪感に吐き気が増して、おくびを漏らしてしまう。

「すまない」

〝あれ、珍しいね。防護服の中で吐いたら、あの時みたいになるよ〟

「余計なこと言わないでくれよ」

〝なんだよあの時って〟

〝あれ、知らない？　まだ社名が加賀特殊清掃会だった頃にね、風呂桶の中で腐爛したお年寄りがいると依頼を受けて、あるマンションに行ったんだよ〟

葉山が笑いをこらえているのが判る。

〝そしたら大家さんが、実は別の部屋にも腐爛死体が見つかったって言うんだ。覗いてみたら、顔を反吐で覆われた男が横たわっていてね。大家さん、このひと腐ってるわけじゃないですよ、飲み過ぎたんですよって。それが降矢との出会いだったよ〟

苦痛を忘れようとしてか、皆は作業を続けながらやけに笑い声を上げていたが、赤子のごとき泣き声が唐突に響き渡ってその場が凍りついた。同時に降矢は激しい頭痛に襲われていた。泣き声は小さくなっていく。捌刀の刺さる大網膜の下からだ。

捌刀を従腕に収め、切れ目を左右の鉄爪で広げてみる。中は袋状になっており、銀色がかった液体に、未成熟な印象の生物、嚢腫体(のうしゅたい)が浸かっていた。体長は、十歳になる息子の昭英くらいだろう。蜜柑の蔕(へた)を思わせる眼と小さな嘴(くちばし)のある鸚鵡によく似た楕円体の頭部から、蛍の幼虫めいた青いジグザグ模様の体が伸びて丸まっている。肩口から垂れる飾りの多い触手がわずかに揺れ動いている。ふやけたツクリタケみたいな頭頂部が傾き、粘土をヘラで抉ったような刃先の跡が露わになった。顔面の中央で嘴が開いて、ぃやぷぅ……やぷぅ……と奇妙な音を発し、Ｒｒｒ――という顫動音(せんどうおん)を最後に嘴の、触手の動きが止まった。万状顕現体の組織の中で最も腐りやすいと言われている通り、全身がみるみる栄螺(さざえ)の肝のように黒ずんでいく。

降矢は、胃が迫り上がるのを感じながら、ゆっくりと息を吐いた。繰り返し見る悪夢を思い出す。いつも囊腫体である息子を助けようと焦るうちに入れ替わってしまい、囊胞の中でその時が来るのを果てしなく待ち続けることになるのだ。

「接触状況（じゃれあい）によって囊腫体（こども）が生まれる、か。学者先生ってのはよくそんな説を思いつくもんだな」

〝囊腫体ですか〟

そう訊ねる勝津の声が、なぜか残念そうに聞こえた。バックミラー越しに、勝津の鳥居がやってくるのが見える。その背後では、胸部の表層の組織が取り除かれて、鳩羽（はとば）色に濡れた何列もの肋骨が露わになっていた。大発がその各所をドリルで穿孔している。

〝そのままでお願いします〟

急いで作業を進めたかったが、仕方がなかった。勝津の鳥居が切れ目の向かい側に立ち、両の従腕を伸ばして掬（すく）い上げようとする。だが背面が組織と癒着していて離れず、捌刀を出して大網膜ごと刳（く）り貫（ぬ）きはじめた。

〝その説は、わたしだってどうかと思いました〟そう言って勝津が珍しく笑う。〝絶対子と囊腫体が無関係とも思わないですが。降矢さんはこれをどう解釈しておられますか〟

「そりゃあ――誰もが言うように、植物の虫瘤に似ているし、寄生虫的なものだろうとは思っていたが」

勝津は分離した囊腫体を傍らに横たえると、従腕から取り外した筒形の検体袋を一瞬でサンドバッグ形に開いた。

囊腫体を封じるのに手間取っている勝津を尻目に、降矢は再び作業に戻る。頭痛は幾分ましになっていた。脇腹まで切れ目を入れると、中央に戻って、脂肪つきの大網膜を鉄爪で捲りはじめる。幾筋もの粘液の帯を伸ばしながら、枝分かれした血管の這う内側の粘膜が露わになり、青鈍（あおにび）色のガスがこんもりと噴き出して小さな稲光が走る。ガスは鳥居を包んだかと思うと尾を引いてかすれていく。ぼやけてよく見えない腹腔の中で、なにかが蠢いているのが判る。

捲れ返っていく粘膜に、またひとつ囊腫の膨らみが現れた。

〝いま行きますので〟

勝津が慌ててやってきて、従腕の指で各所を押さえる。

〝どうやらからのようですね〟

心なしか声が弾んでいる。奇妙な奴だと降矢は思う。

「じゃあこのまま――」

〝いえ、これも必要なんです。中に成体の剝離片が残されていることもあって〟

〝まだかかるのかよ〟

石井の不平には応えず、勝津が膨らみを大網膜ごと切り取って検体袋に入れた。そこに伊吉の鳥居がやってきて、従腕のフックに検体袋を引っ掛け、ワイヤーを伸ばして下ろしていく。

胸部の方から、ひどく快活な音が空に響いた。肋骨がひとつ取り外されたのだ。

〝寄生虫だとしても不思議だよな〟石井が大網膜を引き剝がしつつ、途切れたままの話題を蘇らせた。〝痕跡があるのに囊腫内から消えちまうなんて。ひょっとすると街中にテレポートしているのかもしれねえぜ？　最近ＵＭＡとか、宇宙人の目撃談が増えてるっていうし。センセイ、いま鼻で笑ったでしょ〟

〝わたしが唱えている説に近かったものですから、嬉しくなってしまって〟

〝ほんとかよ〟

全員の息が荒くなっているのが判る。ガスのせいで吸収缶のフィルターが詰まってきたのだ。だがいまは交換しにいく時間がない。風はますます強まっている。退避したのか、ヘリコプターの音は聞こえなくなっていた。

大網膜を開ききる作業が終わり、腹腔内が晒し出された。全体を覆いながら吹き流されていく淡く発光するガスのベールの下で、ねっとりとした粘液に包まれた直径が人の背丈ほどもある長大な腸管が、節ごとに膨縮しながらずるずると音を立てて蠕動し、新たな捻れを作って迫り上がったり、ほどけて沈み込んだりして蠢き続けている。そのあちこちで粘液が膜状に伸び広がっては次々と穴を開いて千切れていく。

いつものことだが、自分の腸までつられて動くのが耐え難い。

〝先生のお説というのは？〟

戻ってきた伊吉が訊ね、勝津が従腕のカメラを腸のうねりに向けたまま答える。

〝万状顕現体は、別時空の人類がこの世界へ渡るための門ではないかと考えています。まだ構築が不完全で、必ずしもうまく機能していないようですが〟

降矢の興味を一気に失わせる話だった。腹腔内を見渡して、いつもと異なる様子はないか観察する。腸管をなす粘膜質の表皮には、餌に群がる鯉の口そっくりの孔が所々に密集しており、しきりに開閉して、んぱ、んぱ、んぱ、と破裂音をたてる。腸管の内部は中空ではなく、割ったアメジストの塊さながらに、外側から中心に向かってゲル化している。そもそも排泄孔とも繋がっていないので腸とは呼べないのだが、かと言って何の器官なのかも明らかではない。

〝大学の先生にしては、えらく突飛な話ですな。門なら、こんな恐竜じみた姿でなくとも〟

〝仰りたいことは判ります。ですが、敵対勢力の様々なデータを取得する観測機としての役割も担っているとすればどうでしょう。もちろん姿形はその構造上織り込まざるを得ない投影といいますか、人類の、都市の深層心理の領域に踏み込む話になるため一言では説明し難いのですが、崖の縁で落ちかけた巨石を一押ししてやる、とでも喩えればいいでしょう、予測できない万状を象(かたど)ってくれるのはかえってありがたい話です。あれを殲滅するにはまだまだ多面的な接触情報が必要なのだから〟

勝津が何を言いたいのかを測りかねて、誰もが言葉を継げないままに、それぞれ左の従腕を腹腔内に向け、咳払いでもするように袖口からニードルを射出しはじめた。腸管はニードルが刺さったまま毛虫さながらにうねり続け、破裂音がそこかしこから鳴る。細菌外毒素が浸透して効き始めるまでには、しばしの時間がかかるだろう。

突風が吹いて鳥居が反り返るように傾き、両の鉄爪で腹腔の縁を摑む。機体の隙間を通る風が、壊れたハーモニカじみた凄まじい音を奏でる。

胸部の方では、肋骨の片側がおおかた取り外され、波模様に覆われた巨大な肺臓が露わになっていた。体育館ほどもある雀蜂の巣を思わせ、中で大量に犇(ひし)めく牛のごとき雀蜂の翅音が聞こえてくるようだった。表層の各所から溢れ出す黄味がかった泡が、綿毛のように風に吹き飛ばされていく。

〝あら、腸にも囊腫体ってできるんだね〟

葉山が鉄爪で、足元近くを蠕動する腸管を示した。

〝えっ、どこでしょう〟

勝津が撮影しようと伸ばした左の従腕がなぜか伸び続けるように見え――突風が吹いて降矢の鳥居はずり落ちるように後ずさりし、捲れ上がった大網膜に眼前を塞がれる。

激しい風音に、喉が千切れんばかりの叫び声が混じり、すぐに音がこもった。

「先生、どうしたんです、勝津先生!」

〝くそっ、落っこちやがった〟

〝早くっ〟

〝こう風が強くっちゃ……〟

這い上がろうとした降矢の頭上を凄い勢いでなにかが過(よ)ぎる。クレーンに吊られたコンテナが激しく揺れているのだ。

「おい、大塚！」

すぐにコンテナが吊り上がって離れていく。

〝……の天地も判らない……押しつぶ……〟嘔吐の音が弾け、大きく息を継ぐ音がする。〝……あ、そうだ、脱出レバー〟

「先生だめだ、鳥居の馬力なら抜け出せる」

〝……るしぃ……る……こはど……ああ、ああくる、すぃい、つまる。このま、うまでは〟

腸管のこすれあう粘着音に阻まれて、勝津の声が聞き取りにくい。

降矢は両の従腕も使って、風に抗いながら一歩ずつ這い上っていく。

〝……負への無念さが……憎悪と……のはずだった……原球民の意識の容れ物には版図となる、に充分な余剰空、間が、あるというのに……でならない。まだまだデータが足りない……りないのだ。あれを阻止す……めには……〟

「先生？」

〝……た方に伝えて、おき……至高存在にとって、生来の侵、略本能で種の繁栄を図ってき、た知性体は、許容できるはずもない存在……のままでは……われわ、れは滅びを免れず……いつか気づくは……あなた方もまた……じなのだ。ら……くる……われわれは一丸となって抗わねばならない……抗わねば……至高存在を……排除せねばならない……かっ……どうし……なものを被っ……〟

降矢が腹部の縁に這い上がった時には、勝津の声は途絶えていた。

動きの鈍くなった腸管の隙間から、防護服の一部が突き出ているのに気づく。肘だった。

〝降矢さん、ワイヤー〟

向かい側から、石井の鳥居が従腕を覗かせていた。ワイヤー付きのフックが射出され、すぐ手前の腸管の上に落下する。
従腕を伸ばしてフックを拾い、自分の従腕の金具に掛ける。ちぐはぐな起伏のある腸管の上に踏みだした。

降矢は、歩脚の脛部をスキー板のように倒し、従腕も使って、ようやくまだ僅かに節を伸縮させている腸管どうしの隙間から、勝津を引きずり上げた。風に煽られて倒れかける度にワイヤーに助けられる。

そのうなだれた頭を目にして、降矢は愕然とした。防護服のフードはなく、腸の粘液のせいか、顔が倍以上に膨れ上がっており、ゴーグルが楔のごとく目元に食い込んでいた。腫れて黒ずんだ唇が弛み、泡が吹き飛ぶ。かろうじて呼吸している。

降矢は従腕で勝津を抱えたまま腹腔の外に脱すると、脇腹をずり落ちんばかりに下って救護車へ急いだ。

応急処置を施された勝津を乗せて、救護車が走り去っていく。振り返ると、巨塊の上には、解体作業を続ける鳥居たちの姿がある。何が起きようと、この仕事に中断はない。

強風が吹きやまぬなか、降矢たちは腹を抉られるような悪寒に耐えながら、腸管を切断してコンテナに詰め込み続けた。一旦刃を入れた腸管の腐敗は早く、機体は黒ずんだ腐液まみれになる。トレーラーや吸引作業車が走り去ってはまた到着する。幾度も捌刀を洗浄し、吸収缶やバッテリーを交換しながら、僅かな仮眠を挟むだけで作業を続けた。

徐々に万状顕現体の骨格が露わになり、そのどこか人間めいた様子に、誰もが奇妙な不安に囚われる。

腹腔の底で腐って融け合ったぐずぐずの肉粥をホースで吸い出していると、勝津の鳥居が横たわった状態で現れた。

風の勢いは弱まり、雲間から陽が射しつつあった。

瘡皮の敷物を分断してコンテナに収めきった後には、瓦礫だらけの大地に万状顕現体の影の焼き付いたような染みが残った。複数の薬剤を順に散布して時間を置き、従腕にホースを装着して洗浄に取り掛かる。最後には汚れきった互いの加功機にも放水し合った。視界が飛沫で白くぼやけ、陽光が虹色に滲んだ。


降矢は、十階建ての剛健な建物のエントランスをくぐった。築の浅い鉄骨鉄筋コンクリート造りの賃貸マンションだ。

ひんやりと湿気た薄暗い階段を上っていく。足音がやけに響いた。脹脛(ふくらはぎ)に疲れが溜まっているせいだろう。

共用廊下に出ると、なぜか場違いな雰囲気を感じ、階数表示に目を向ける。三階だった。階段を下りて二階に戻り、共用廊下を歩きだしてすぐ、何台もの大小の自転車に先を阻まれる。

いつもここの家族だけは……。

慣れ親しんだ苛立ちだった。手すり側に寄って通り抜ける。

自宅の玄関前に立ってチャイムを鳴らすなり扉が開き、小柄な降矢の母親が出てきた。全面に細かな刺繍をあしらった大きなバッグを肩にかけている。

「遅くまで、すまなかったね」

「気にしないの。あの子、食べっぷりがいいから料理の作りがいがあって。でもずっとテレビにかじりついてるのはちょっとね。あ、お風呂沸いてるから入ってちょうだい。じゃあ、お父さんがぶつぶつ言い出す頃合いだから、帰るわね」

「助かったよ。じゃあ、また」

玄関に入って鍵を閉め、チェーンを掛けていると、廊下を走ってくる騒がしい足音が聞こえた。

振り向くなり「ぐあああー」と昭英が全身でぶつかってくる。降矢の靴があたって、昭英のズックがひっくり返る。

「なんだなんだ、おまえいつからそんなに力が強くなった」頭を降矢の腹に押しつけて、闘牛のように床を蹴る。「どうしたんだおい」

「喋っちゃだめだよう。喋らなかったでしょ」

「なんのことだ。おい、父さんくったくたなんだぞ。おまえはまるで怪獣だなあ」

「そう思うなら、あれで倒して」

「あれって、絶対子のことか」

昭英が後ろに飛び跳ねて、呆れた口調で言う。

「スペシウム光線に決まってるじゃない。ワイドショットでもいいよ」

「わかったわかった」

妻の腹の中にいたとき、昭英は絶対子を浴びているはずだった。

降矢が斉一顕現体の真似をして背を屈め、腕を十字に交差させると、昭英は背泳ぎするような動きで身悶えしながら走り去っていく。

降矢は苦笑いして靴を脱ぎ、家にあがった。

ダイニングキッチンに入るなり、「わっ」と昭英が驚かそうとする。

「やると思ったよ」降矢は息子の頭をつかんで髪の毛をぐしゃぐしゃにする。

「やめろー」

冷蔵庫の扉を開けると、母が持ってきたらしい密封容器が幾つも増えている。

「前にも梅干しいらないって言ったのになぁ――昭英、ちゃんと朝ごはん食べて学校に行ってたか？」

「うん」

「布団は干したか？」

缶ビールを手にして扉を閉める。

「ばあちゃんが。あ、ねぎらいたいところだけど、お風呂の前に飲むと良くないんだよ」

「どこで覚えたんだ、ねぎらいたいだなんて言葉」笑いながら椅子に坐る。「会社で嫌になるくらいシャワーを浴びてきたから、風呂はいいよ」

テレビをつけてチャンネルを変えていく。

「ねえ、父さんって、科学特捜隊なんだよね」

「ああ、加賀特掃会だよ。普段は警備部にいるんだがな」

報道番組を選んでリモコンを放し、缶のプルタブを開けてビールを口にする。いつもより味が濃く感じられる。

昭英が傍らに立ってテーブルに両手をつき、テレビを覗き込む。靴を履くように片方の爪先で床を打つ。

「坐ったらどうだ」

「いい」テレビに目を据えたまま言う。

画面には、望遠レンズで撮られた斉一顕現体が映っている。ぼやけていてひどく揺れ動くので、まるで雪男や宇宙人を撮影したとされる怪しげな映像のようだ。

椅子の背もたれに体をもたせかける。

勝津の腫れ上がった顔が脳裏に浮かぶ。まるで鸚鵡のような、そう、嚢腫体そっくりの姿だった。

彼はいったん救急病院へ運ばれたが、ただちに親族が経営するという聖維多利（ビクトリア）病院へ移送された。

複数の系列会社を持ち、巨大な十字架像を建設中だとかで話題になっていたが、あまりよい噂は聞かない。

腸管のうねりの中で、勝津は錯乱して奇妙なことを口走った——生来の侵略本能、滅びを免れない、原球民の意識の容れ物——もしもあの腫れ上がった頭の方が、勝津の、彼らの本来の姿なのだとしたら。

親族の経営する病院、双子——

すでに彼らの多くが門をくぐり、この世界に入り込んでいるのだとしたら。

彼は言わなかっただろうか。斉一を討ち果たすために、万状を介してデータを集めているのだと。

彼は言わなかっただろうか。あなた方に伝えておきたいと。斉一にとっては、あなた方も我々と大差ないのだと。

侵略者はとうに人間を知り尽くしている。

あるいはわたしの中にも……わたしはわたしだろうか。

「——さん、ねえ、父さんってば」

「えっ」

降矢が振り向くと、昭英は上目遣いにこちらを見ていた。その全身は微光を帯びているかのようだ。

「父さんはいつも、ウルトラマンが現れるときに、いなくなるよね」

「ウルトラ？　ああ斉一か——」

「そう、セインツ」

「悪かったよ昭英。三日も帰ってこれなかったものな」

「ちがうよ、そういう意味じゃないよ。でも、うん、わかってる」

「どうしたんだ昭英」

「あのね、父さん」昭英は目を逸らして言った。「僕はウルトラマンが大好きだよ」

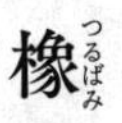

橡（つるばみ）

わたしたち幽霊は、月面の広大なクレーターの中央丘に寄り集まっていた。その数は二千名ばかり。頭上でゆっくりと回転している翠緑色の地球に、これから飛び降りようというのだ。

「本当に、このまま残って薄れ消えてしまうつもりなのですか。それでもかまわないと」

嚮導者である溝内が諦めきれず、幽界の〈総意〉のひとつに訊ねていた。

わたしは背後を振り返り、碁盤状に並べられた魂匣の一群を見わたした。一基の大きさは乗用車ほどあり、どれも矩形の天辺を冷たく輝かせている。

彼らの返す言葉はいつも同じだ。

「幽霊というのは、もともとそういうものだろう」

魂匣ごとに詰まった倭文織には、わたしたちを含む都市の残像が織り込まれてい（る・た）。永い歳月によって倭文織は海綿状の鬆に蝕まれ、幽霊の認知機能は著しく低下しつつあった。すべては古のアポロ時代から悩まされてきた、粆単位の粉塵によるものだ。かつて〈渾沌〉に追われ月に移民した生者たちを、珪肺症で葬り去ったのと同じ。そういった経緯もじきに忘れ去ってしまうだろう。

幽霊だけが残された世界でも、人は幽霊でいられるものだろうか。

そう考えていると、月に残る友人の最上（もがみ）が声をかけてきた。

「いいのか。わたしたちは思うほど独立した存在じゃない。幽界から断ち切られてしまえば、おまえですらいられなくなるかもしれない。二度と戻れないんだぞ」

「いや、わたしは戻りにいくんだ」

「そろそろまいりましょう」

溝内が皆に向かって告げ、月面を蹴って浮き上がった。わたしたちは嚮導者に倣って、ひとり、またひとりと月面から浮き上がっていく。もうどうやっても戻れない。ただただ上昇して月面は遠ざかっていく。やがて地球の大気圏に摩擦なく突入し、落下し続ける——一連の幻像は鎮静剤に近い心理的な手続きにすぎず、実際には光条となって二秒もかからず地球に、闇に激突していた。


衝撃の後は果てしない目眩（めまい）が続き、全身が吐く寸前の胃袋にでも押し固められてしまったかのようだった。だが吐くための口はないし、吐き出したいのは新たな自分の体そのものであるらしい。誤った座標に魂を投げ込んでしまったのではないか。永遠にこの閉塞的な憑依状態から逃れられないのではないか——極度の不安に駆られるが、いま自分が地球の予定座標である建造物の外壁をなす分厚い矩形の一片に憑依していることを信じるしかなかった。俗に汎生地（ぱんきじ）と呼ばれる集光汎用材だ。

魂匣の整備係として同種の汎生地からなる身幹（からだ）に憑依してきた記憶をなぞり、無数の知覚糸を空虚へ伸ばしていく。蜂が花を受粉させるように、汎生地を構成する単胞のひとつひとつに結びつけていく。熱量の流れで内外の向きが判るようになり、体の重みとともに上下の見当識が戻ってくる。

わたしは矩形平面の中央をなす単胞群を一方向に膨張させはじめた。轆轤（ろくろ）で回る粘土のごとく強弱をつけて自らの頭部を形作り、目鼻立ちを整えると、両目の位置の単胞を視覚系に転じさせた。

一面に乳色の霧が滲み広がっていく。重々しい風に流されていく霧のうねりの向こうに、途方もなく高峻な建築物がぼんやりと透けて見えた。海から垂直に突き出ているらしい。海面のすぐ下には、大小様々な〈渾沌〉が夥しいほど犇めきあって、人間の恐怖の根源であるかのような捉えがたい渦を巻きながら浮き沈みしている。濃厚な滅びの気配に動揺し、わたしは目を泳がせる。

唐突に外壁の一郭が崩れ落ち、建築物全体が右に傾きはじめた。失われた壁の上下から、外壁パネルが伸長して結びつき、それに従って壁一面の外壁パネルが這うように移動していく。ほどなく建築物の傾きが止まった。汎生地の壁は、最適な重心を保つ支持材を兼ねているらしい。

わたしは体づくりを再開した。首の下にある平面の左右から、ミトン形の突起を突き出して五本の指を開いた。まるでギロチン刑を待つ囚人だと思いながら頭と腕をさらに伸ばし、同時に両脚を押し出していく。平面部が腰に吸い込まれて体が前のめりになり、姿勢を戻そうとしたとたん落下した。水柱を上げて着水し、不定形で巨大な〈渾沌〉に受け止められ、起き上がる間もなく蠢く襞で内部に吸い込まれてしまった。強くねぶるような圧力が全身にかかっているのが判る。鼻や口を塞がれ、呼吸ができず悶え苦しむうちに、わたしの意識は口の中の飴玉のように溶け消えてしまった。

〝いや、指が動いている〟

岸城の声がした。目を開けると、涅色をしためりはりのない硬質な顔が覗き込んでいる。その隣にも同じような顔があった。

〝氷室、おまえ十日間も〈渾沌〉の中にいたんだぜ〟

〝わたしは、あっ、あれで……あれして〟

〝出てこないだろ、単語が。あそこから……ええと〟唇は動いているのに、口腔がなく詰まっている。聴蝶結びで聞こえているのだと気づく。

〝幽界から〟と隣の顔が口を動かす。〝でしょ〟三浦の声だと判る。

〝そう、それだ。幽界から断たれたせいばかりじゃない。なにしろ俺たちの身幹は建材なんだからな。いくら汎用とはいえ――〟

〝窒息して、あれしていたのか〟

上体を起こすと、周囲の床に海月（くらげ）のような臓腑のようなものが幾つも散らばって水たまりを作っていた。

〝窒息で気絶するなんてありえないだろ。いまおまえは息をしているのか？〟

その通りだった。急に息苦しくなってくる。

〝〈渾沌〉のせいだよ。なにか電磁……ええとパルスを発していて単胞網の活動を阻害するらしい〟

〝溝内さんはどこなんだ〟

〝それが、まだ見つからないんだ〟

鎧（よろい）でも纏（まと）っているように身幹が重く、岸城の腕を借りて起き上がる。広大なフロアに、多彩な洋服の掛かった什器が何十もの列をなしていた。埃をかぶってはいるが、朽ちた服はひとつもない。着飾った白い肌のマネキンがやけに気取って見える。

右の壁際には、艶のある濃灰色の裸体を晒した二十体ばかりのマネキンが、身を寄せあうように並べられていた。どれも性別が判らない。何体かが切迫した表情で口を大きく開き、激しく胸を上下させているのに気づいた。憑依体なのだ。

〝ああ、連中か。息を吸う実感が得られないせいで、発作が起きるんだ〟

〝みんな、ひどく塞ぎ込んでいるみたいだ〟

〝幽体とは違いすぎるからな。汎生地に制限でもあるのか、身幹には性差が現れないし、味覚と嗅覚もない〟

そうだった。簡素化された視覚と、ささやかな触覚、それを元にした鈍い聴覚があるのみだ。

〝判っていたことだがな〟

それでも、二度と食事を楽しめないのかと思うと、気が滅入った。

岸城に促され、わたしは聴喋の結び目をずらしていった。

――どこなんだここは――やだ、いやだ、やだ――うして、どうして――れほど過酷だとは――めだだめだだめ――こんなの人間の体じゃない――あいつを信じたせいで――んなはずじゃ――あれ、どうして元の地区に戻れ――騙すなんて――来るんじゃなかっ――

聞こえてくるのは、ノイズで攪乱された低出力の後悔と絶望の繰り言ばかりだ。溝内を呪う声もある。

〝ここを仮想場だと錯覚する者までいる始末だ。身幹は素姿とかけ離れている上に鈍く不自由だし、これまで自らをどれだけ幽界に委ねていたのかを、否応なく実感させられる〟

〝そう、呆れるほどの矮小さをね。自分の過去からも遠く隔てられていて、知っているはずなのに思い出せないことばかり。それがどれだけもどかしいか〟

フロアの右の方の昏い片隅に、巨大な卵がひとつ、縦向きに立っているのに気づいた。

〝あれは〟

〝深津だよ。あの中で未だに月から落下し続けているらしい〟

硬質な響きを感じて左に振り返ると、壁に向かって歩いていく真鍮色の後ろ姿があった。壁の前で立ち止まり、額を激しく打ちつけて、そのまま動かなくなる。

誰なのかは判らないという。ここに現れてから、誰とも聴喋を結ぼうとしないらしい。

なぜかまだ足音が聞こえている気がした。いや、確かに聞こえてくる。だがフロアに歩いている者は見当たらない。

〝あっ〟と三浦が言う。

出入口に、ずぶ濡れになった背の高い人影があった。気怠げな動きで、一歩、また一歩と進んでフロアに入ってくる。

〝なんです不審者を見るように〟と人影が言う。〝何日も水中の階段を登り続け、や、や、やっと辿り着いたというのに。か、か、海底は想像を絶する所です。コロッセオほども巨大なこ、ここ〈渾沌〉が――〟

〝溝内さん！〟方々から同時に音のない声があがった。笑みを浮かべたつもりが表情はついて来ず、少し戸惑う。

〝あなたたち、どうして裸のままなのです。これだけ服が揃ってるのに。好きな服を着て、少しでも、に、に、人間らしく取り繕ったらどうなのです〟

わたしたちはそうした。大量の衣服の中から好みのものを選ぶことで、失われた自分をほんの少し取り戻せたような気持ちがした。

憑依者たちは、仲間ごとに幾つかの海上建築物に分かれて住みはじめた。二千名のうち、二百名の行方が判らず、百名は人の姿にな（ら・れ）なかった。いつもわたしの後をついてまわる四本足の〈犬〉もそうだ。

わたしたちは、かつて人の住んでいた居室に住みはじめた。白昼は窓辺で黄金の光を全身から摂り、翳（かげ）りだすとデパートのフロアへ下って様々な売り場や飲食店に立ち寄り、往時の人の営みを模倣した。そうすれば肉の体が戻るとでもいうように。全ての憑依者が役者であり、観客だった。性別はもはやファンタジーの一種となり、芝居の中だけのものだった。

だが溝内が、有志を募って汎生地で船を造ったのは芝居ではなかった。彼らはこの世界の実情を探るために霧向こうへ旅立った。

わたしはたいてい三浦がエプロン姿で店主を演じるカフェに立ち寄り、岸城と同じテーブルについて、何を話すということもなく怠惰な時を過ごした。むろん飲めはしないし、味を思い出せもしない。これまでどれだけ黒い水を満たしたカップを口に運んで、珈琲を味わう振りをしただろう。なのにかつて珈琲の代用品としてどんぐりが使われたという話は思い出せるのだ。カフェの片隅には、ときに激しい呼吸発作を起こす森川(もりかわ)がひとり、思いつめた様子で坐っている。憑依直後に錯乱した者から無理に融合されかけたところを、溝内に救われたという。その相手は自ら〈渾沌〉に身を投じた。

カップに手を添えて呆けていると、階下の壁際に裸のまま佇み続けている名なしの姿が思い浮かんだ。たまに声をかけてみるが、反応はない。近頃は森川のように呼吸発作を起こすようになり、気になっていた。

〝今しがた　啜つて置いた　MOKKA のにほひがまだ何処やらに——〟

唐突に森川が独り言を呟きだし、〈犬〉が頭をあげた。深煎り豆の香ばしさをかすかに嗅いだ気がして、わたしは立ち上がっていた。見ると岸城も目を見開いて鼻に手をあてている。いまの架空の言葉は何かと訊ねると、融合しかけた相手が身幹に残していった——と口ごもり、言葉で描く絵画のような形式で、と説明する。わたしたちはそれが何かをすぐに察したが、どうしてもその短く豊かな名称を思い出せなかった。

わたしは試しにその真似事をして、珈琲から連想した言葉を断片的に羅列してみた。やはり微かだが味や香りがする。続けて岸城が珈琲とは何かを語りだしたが、なにも起きなかった。今度は三浦が珈琲の色を表す言葉を組紐のように編みはじめる。強い苦味が口の中に膨らんだ。言葉の組み合わせや比喩の使い方によって、味や香りの喚起力は大きく変わるようだった。

カフェに集まる者たちは、言葉の組紐作りを競うようになり、それを記したレシピが厚みを増していった。喚起力の強さゆえに危惧する者もいたが、珈琲の味はしだいに濃く、香り高くなって、ミルクヤシナモン等の風味が加わり、やがてその種類は酒や料理にも及ぶほどになった。

噂を聞きつけて訪れた客が、わたしたちの拙い言葉を微笑ましげに聞いた後、大昔に書かれたという、猫についての言葉を詠じてくれたことがあった。脳髄の中を歩きだした猫にわたしたちが目を見合わせていると、岸城の胸元から実際に猫らしきものが飛び降り、どこかに行ったきり二度と戻らなかった。

溝内たちが戻ってきた夜のことは、決して忘れないだろう。カフェで祝宴が催されたが、溝内たちはわたしたちの詠む言葉の端々に驚きつつも、世界の様子を訊ねられると首を振り、うなだれるばかりだった。旅先で半数の仲間を喪い、憔悴しきっていたのだ。その沈んだ空気が俄に沸々と振動しはじめ、皆の視線が胸を押さえて苦しむ森川に集まった。大きく開いた口の中が、洞窟のごとく奥深くまで続いている。そこから汽笛めいた音が放たれているのだ。森川は驚愕した表情のまま、自らの手綱を握ろうと鳩のように首を振り続ける。やがて助けを求める仔の叫びに気づいた象のごとく、金管楽器の重低音を思わせる波動がその場にいた全員の単胞を激しく揺さぶった。足裏から頭頂部までが貫かれるようだった。真下のフロアから響いてくるらしい。うねるように上がったり下ったりを繰り返す勢いのある旋律に、森川は自らの歌声を寄り添わせ、その波にめいめいが言葉を浮かべはじめた。部屋じゅうを〈犬〉が勢いよく駆け巡り、宙に極光を思わせる鮮やかな色が滲み広がった。わたしは自らの喉が深く穿たれていくのを感じながら、溝内たちの両眼の下から頬にかけて、みみず腫れのような筋が盛り上がるのを目にしていた。猫の鳴き声が聞こえた。

ブロッコリー神殿

まず孚蓋樹がある。

水海に浸る浮根から屹立するその巨大な樹幹は、化石めいた太い枝々を放射状に伸び広げて、細かな切子面に覆われ緑の依浪に透ける多肉質の葉璃を隙間なく犇めかせ、結晶化した雲のごとき広大な天蓋葉を形作っている。

孚蓋樹たちは各々の天蓋葉を重ね連ねることで、天の滋陽から注がれる乏しい滋浪を余すところなく取り込むと同時に、自らの息吹を内界に封じ、水海の上に豊かな棥里をなしていた。

その規模は、この五期を経る間にひとまわりも小さくなっている。

棥里の上には、激しさを増す東風が絶え間なく吹き渡っており、まばらに浮き沈みする葉璃から、白や緑の滋沫が跳ねる。中央あたりの葉璃の揺れが大きいのは風のせいばかりではない。天蓋葉を支える巨大な樹幹が、ときおり湿り気を帯びた軋みをあげて身震いするからだ。

今期の華向け役を担う孚蓋樹だった。樹幹の中心を貫く長大な蕊柱が、精舎と胚舎を孕んで、急激に肥大化しているのだ。

その時、華向け役が、忘逸していた自らの存在に気づいたのは、大気にかすかな、だが明らかに異質な変化を認めたからだ。

　なにかがくる――

　そう察したことで、華向け役は、無数の外部刺激の奔流がずっと自らに押し寄せていたことに、呑まれ、溺れていることに気づいて惑乱したが、樹幹内で水を吸い上げている無数の管を、一本、また一本とたぐり確かめるうちに落ち着きを取り戻し、自らが〈ここ〉に宿っている〈思識〉であるらしいと悟った。その総体は、注意を向ける対象によって膨らんだり萎んだりしてとらえどころがない。樹幹や葉璃のようでも、その上を這う息物たちのようでも、⿲木水木里そのもののようでもあり、その上を吹き流れる風のようでも、たゆたう水海のようでもあった。どこからどこまで縁を結んでいるのかもまだ判然としない。だが精舎の中で奮える五百もの華の精が自らの中枢を成していることは遙か昔から知っている。

　なにかが、くる――

　天上からだ。

　華向け役は真上を仰ぎ見る。

　雲海はいつもと変わらず、隙間なく広がる濃厚な雲が、右に左に大小の渦を巻き続けている。

　いや――華向け役は、内樹皮の内側に思繍を施している極微の万史螺たちの蠢きを感じて気づかされた。葉璃に分散して備わっているのは、滋浪を味わう千口と噪波を捉える聶のみで、跳ねまわる依浪のなす視像は捉えられない。見ているように錯覚したのは、⿲木水木里の息物たちがかつて目にした状景を思繍から読み取ったからだ。

　葉璃の下面側の千口を絞って、霞状の呼洩を撒いてみる。いや、すでに撒きはじめられていた。

　華向け役は、早くも思識という余剰物を消し去りたい衝動に駆られる。

棲息域の内界で舞っていた飛蠢の群が、呼洩に促されて全身の細胞に息をたくし込み、縞模様を描く硬い殻羽を開いて、飛膜を振幅させはじめた。天蓋葉に向かってぎこちない軌跡を描きながら上昇していき、葉璃と葉璃との隙間を通って天界へ抜け出る。たちまち強風に煽られるが、どれも何度か回転するだけで持ちこたえる。彼らのように天界で活動できる息物は少ない。

飛蠡たちは姿勢を垂直にして、半球形の大きな黒い視珠で天を仰ぎ見る。

雲海はいつもと変わらない。

濃厚な雲が隙間なく広がり、右に左に大小の渦を巻き続けている。

遠方の一点に穴が穿たれ、鋭い閃きが空を斜めに切った。

そのまま何事も起きない。

堕ち星だったのだろう、と飛蠡たちは姿勢を戻し、次の呼洩を待つ。

突如、鎖撒下でも始まったかのごとく激しい噪波と強い衝撃で森里の全体が揺れ軋み、薄れかけていた華向け役の思識を引き戻した。宿り木たちの種が俄雨となって降り、菌類の胞子が煙をたて、息物たちの鳴き呼詠が響いている。

飛蠡たちは散開しながらも視珠を一点に向けていた——なにかが森里の西端から天蓋葉の表層をえぐりながら迫ってくる——やがてそれは勢いを失い、葉璃にめり込んだ状態で止まった。

噴き出す白煙が強風で押さえつけられ、葉璃の上を這っている。

葉璃が傷を負った箇所を剥落させて、露出した瑠肉の毒性を増していく。それでも侵入してくる邪を、駆けつけた極微の衛士たちが駆逐していく。

隣接する孚蓋樹たちから、衝撃の度合いと損壊の規模に関する刺激がわずかに遅れて伝わってきて、堕ち星だろうか、と華向け役は想像している。

実物を黒い視珠で見据えている飛蠡たちは、堕ち星にしては表面が滑らかすぎることに気づいていた。それは、宿り木たちが弾き飛ばす堅果に似た黒々とした楕円形の物体で、大きさは、若い孚蓋樹の樹幹の太さほどもある。

　葉璃の焼ける青くさいにおいがあたりに漂っていた。

　飛蠡たちは、黒い飛来物に近づいていく。丸みのある側面のある箇所に、白っぽい楕円形のものが幾つか縦に並んで現れだし、飛蠡たちは、禍多禍多と殻騒ぎをしながら視珠を痙攣的に膨張させる。

　それらの突起物は同時に迫り出して水溜りのように繋がり合い、縦に長い輪郭を持つ奇妙な息物の姿を結びはじめた――一対の下肢に支えられた節のない体は、両側に上肢を備え、上部には頭部らしき楕円体を載せている。それら全てが、白宙肌めいた、体毛ひとつない真っ白な皮膚に包まれている。

　同じようにして、飛来物から一体、また一体と、その息物が迫り出してきては降り立つ。やがてその数は十体にまで増えた。風のせいか、どれも上体をやや反らしている。白い皮膚が、葉璃から跳ねまわる白や緑の淡い滋沫に染まっていた。

　先頭に立つ一体が、頭部を左右に巡らせる。見渡しているのだろう。その前面には、一対の視珠や口らしき切れ目があり――切れ目が動きだした。

「なんて風圧だ……先カンブリア時代並の大気組成だな」

「それなのに音声で喋らざるをえないとは。不安定すぎる」

　噪波の連なりで空気が波打つ――これは呼詠なのだろうか。

　飛蠡たちはとっさに離れるが、遷期の迫った老いた数羽は、それとなく息物たちに近づいていく。

「陶然となる光景だね。どの惑星ライブラリでも見たことがない」

　別の一体が、それに応じるように空気を波立てた。

「ええ。まるで緑鉛鉱でできた大地のよう。これが多肉葉状の器官の連なりだなんて」

　遅れて伝え聞いた華向け役は、呼詠だと確信する。しかも、楙里の息物たちが使うものとは全く異なる相の複雑さを備えている。

精舎(せいじゃ)の中で、華の精たちが興味と警戒から亢奮(こうふん)しているのが判る。

「ここの生物は、これほど二酸化炭素濃度が高くとも動けるのか」

老い飛蠡(どり)たちが、気づかれぬか、気づかれるか、気づかれぬか、と不安に怯えつつ奇態な息物(いきもの)の後ろ側に回り込んでいく。

「他の生物の姿がないところを見ると、この種だけかもしれないな。にしても大きい単眼だ」

「鞘翅(しょうし)を開いて飛んでいます。昆虫類に相当する種のようですね」

「キチン質ではなさそうだがな。裏側は燻(いぶ)し銀みたいだ」

近づいては離れつつ間合いを縮めていき、二体の上肢や脇腹の上に柔らかい腹足(ふくそく)でそっと吸いつき、殻羽(からんば)を半ばまで閉じる。

歯舌(しぜつ)の腹でその真っ白な膚(はだ)をおそるおそる削り舐めたが、気味が悪いほどなんの味もせず、こちらの方が舐められているようにさえ感じられた。

「くっついてきた」

「好奇心が強いんでしょう」

「いや、多肉葉の表皮からなにかが放出されている」

外れに立つ息物が、顔の中心の突起で、風寓老(ふうぐうろう)がするように風の噪波(おと)を鳴らした。

「揮発性の化学物質のようだ。この生物たちは、それに呼ばれたのかもしれん」

「派手な着陸をしたんだ。そりゃ警戒するさ」

「でも攻撃性の生物ではないようね」

老い飛蠡たちは、痺(しび)れ水を分泌しながら歯舌の鋭い先端を膚に刺し込んでいく。

「刺してきました。毒物を注入しようとしている？」

「いや、吸引しているんだ」

殻羽(からんば)を振ってその力で吸い込もうとするが、体液らしきものは流れ込んでこない。

「我々を探っているのかもしれん」

「標本として捕らえましょう」

その呼詠(こえ)と同時に息物(いきもの)の全身が動きだし、驚いた老い飛蠡(どり)たちはすぐさま飛び去った。肩にいた一羽だけは間に合わず、片方の上肢の先で捕らわれてしまう。

「これは鞘翅というより貝殻ですね。体の細胞組成は――軟体動物門に近い」

「〈語り手〉は、飛蠡という識別名を見出したようだな」

「ええ。飛蠡を採集袋に封じて、調査船に向かわせます」

禍渦過苦蹴ッ禍(カカカクケッカ)と殻騒ぎをして抗いながら、老い飛蠡は上肢の先から広がる袋状のものに包み込まれてしまった。袋は大きな滴のように葉璃(はり)の上に落ちると、黒い飛来物の方へとひとりでに転がりはじめる。

動揺した飛蠡たちが、充分な距離をとって葉璃の上に舞い降り、禍過禍過ッ(カカカカッ)、と殻羽を鳴らす。

このような得体の知れない息物に呑まれては、魂を遷(せん)じることができない。遷じられなければ無為に消えてしまう。消えてなくなってしまう。それは楙里(もり)の息物にとって、恐ろしく耐えがたい、摂理に反することだった。

飛蠡たちは、息物たちの体がかすかに動くたびに禍渦(カカ)、と後ずさった。息の続かなくなったものから、内界(さと)に下りていく。

「あの分岐識(ぶんきしき)が示した相対座標はもっと東側だ」

「歩いていけそうだな」

息物たちは二列になり、二本の長い下肢(かし)を片方ずつ前にくりだして歩きはじめた。関節は少ないらしく、その動きは滑らかさに欠ける。

華向け役は、他の樹々から伝えられる重みと翳りから、二本の下肢で天蓋葉を渡っているこの息物の存在を感じ取っていた。万史螺たちが華向け役の意を察し、思繍と照らし合わせようと動きまわる。飛毳たちは歩みを進める息物たちを遠巻きに囲みながら、その挙動を視珠で追い続ける。その間にも、息を満たしたものと息を切らしたものが入れ替わっていく。

この外来の息物たちは、どうして天界で動き続けることができるのか、と飛毳たちは訝しむ。漠然と引っかかるものがあった。飛毳たちは寿命が短く、脳も小さいが、殻羽の中にはわずかに万史螺が棲み、世代を跨いで軽易な思繍を重ねている。何十世代も前の模様から、この世を攪乱した闖入者たちの姿が浮かぶ。視像はぼやけているが、飛毳たちは同じ息物、闖入者だと結論づけた。

その招かざる闖入者たちが、華向け役の司る天蓋葉にとうとう達した。

華向け役は、彼らの存在をじかに感じはじめる。だが予想に反して、思繍に縫い込まれていたかつての闖入者とは重さや歩調が異なったため、同じ存在であるかどうかは留保した。

その一方で、警戒はよりいっそう強めた。

隣接する天蓋葉の境界には、五期前に現れた闖入者によって無為に命を失うこととなった何頭もの菩提浮たちの干からびた遺骸が折り重なり、丘と化していまも残っている。

「このあたり、だろうか」

「座標では、そうですね」

飛毳たちの視珠が、菩提浮の丘を上りだした二体の闖入者を追う。

闖入者は、頂上近くと中腹でそれぞれに屈み込んだ。頂上にいる方が、干からびた死骸の表面を上肢の先で撫でる。

「なんらかの巨大生物の死骸、かな。いびつな窪みで覆い尽くされている。鱗のようにも見えるけど……ああ、あちこちに銃創らしき痕がある」

「やはりここに間違いないようね。機系の容識体らしきものが――」中腹で屈む方が、表皮の所々から覗く鉱石に似た塊をつかんでは動かす。「スクラップ同然の欠片ばかりか。むごいものね」

「この生物の肉の圧力でばらされたんだろうか」

「そうみたい。どの部位も破砕がひどくって、新たに情報を引き出せそうにない」

「これは……機関砲か。弾倉は空だな」

華向け役は、思繍の縫い目を辿る。

五期前の忌わしい事態を発端に、元より希少な菩提浮の来訪する数は減り続け、前期ではこれまでで最少の四頭のみとなった。

その後に起きた急激な大寒波では、多くが息絶え、楙里は著しく衰弱した。その反動から、息物たちはむやみに繁殖しているが、魂の交歓がないままでは一様な環境に依りすぎる。次に大変動が起これば乗りきれないだろう。

丘の二体を眺めていた他の闖入者たちも動きだしていた。

「結局手がかりは、緊急用の信号ブイに残されたチェフマン氏の分岐識だけか」

「だけど、その分岐識が語ったっていう、人工的な高層建築物や先住民らしき人形の生物なんて、どこにも見当たらないじゃない」

「宝石めいた森、という表現はあってる」

「あの分岐識は大きく欠損している上に、ひどく断片化していたからな。〈語り手〉の解釈のせいかもしれん。すこしでも視録が残されていればよかったんだが」

「軍部のことだ。見せられないものがあったのかも」

「それ以前に杜撰すぎる」

「まあ、軍部の連中の杜撰さのおかげで、船は未踏惑星の海に不時着し、我々は堂々とここへ赴くことができたんだから」

「ああ。事故調査班に便乗でもしなけりゃ、ここの実地調査の予算なんて下りなかっただろうさ」

「なんなのかね。惑星が開拓される度に訴訟やら紛争やらで足枷が重くなる一方で……」

「探索市街船は、未踏領域どころか既知惑星の周りをぐるぐる巡るばかり」

「遠からずグラヴィシュニク市街船も……」

「やめろよ」

何体かは下肢を曲げて屈み、上肢の先に分かれる細い指のひとつを葉璃につけ根まで埋めた。元の大きさからは倍ほどに長く伸びている。

「多肉葉——葉璃の表皮はやはりクチクラ質に似ていますね。かなりの分厚さですが」指を葉璃に沈めたまま闖入者が呼詠を発する。「内部でカルシウム濃度が高まっています」

「それは我々が上に居坐っているせいだろう。よくある反応だ」

「内部の柔組織には、細かな根毛状の網目が広がっていて、生物の欠片らしきものが多く絡みついていますね」

滋陽が翳ってきたので、楙里じゅうの葉璃が表層の千口を大きく膨らませる。

「葉であり土でもある？　あるいは捕虫葉なのか」

「これが葉緑体だろうか。上昇して形や角度を変えている」

「こちらの方も同じだ」

「警戒物質が強くなってきているな」葉璃に立つ一体が大きく息を吸い、丘の方を見渡す。

「あの死骸と同じ生物を呼び寄せているのかも」

菩提浮の丘から、二体の闖入者たちが下りてくるところだった。

葉璃に屈んでいた闖入者が、上肢をついて朧気に透ける内界を覗き込んでいる。その視珠が、息物たちの影を追っているのが判る。

「大気の組成が異なるのか、下層には、豊かな生物相が広がっているようだな。今のところ、あれほど巨大な生物が潜んでいる気配はないようだが」

「そう願いたいです。軍の機系の容識体であのざまなら、我々のやわい肉体じゃひとたまりもありませんよ」

「あなた自分を生来体だと錯覚してるんじゃない？　連中は機系だったからこそ脆かったの」

「正にそうだ。それに我々の超分子系の容識体は、だてに探査ブロブと揶揄されているわけじゃない」

「耐性だけはある。検知器の塊だから攻撃力はないに等しいけど」

「とはいえ、株体を抜かしていきなり探査子に全散開することだけは避けたいね」

「わたしは株体になるのだって、本当は嫌なの。嫌でしょう？」

「落ち着かないのは確かだけど、すぐに慣れる」

「子供の姿だけの市街船だってあるんだし」

「事故調査班なんて、最初から妙な姿で海中に潜ってるんだぜ」

「連中は……沈んだ軍部の船には、ぶっそうなものが積まれてたって噂だからな」

老い飛蠢たちが、殻羽を脱落させ、たよりない軟体を晒しはじめた。授かった魂を遷じる時がきたのだ。葉璃の側面の襞に滑り込むと、闖入者たちの足元に広がる分厚い瑠肉に身をくねらせて潜り込んでいった。葉液で潤う心地よい感触の中で、老い飛蠢たちは恍惚感に浸りながら、自らの体を裏返しにして灰色の脳を剝き出しにする。そこに万史螺たちが群がって、脳の諸部位を思糸へと紡ぎはじめ、他の組織は脆く緩んで小さな塊ごとに崩れだし、やがて顆粒状にばらけてしまう。

「葉璃の内部でこの生物を分解しているようだが……」

残された細切れの思糸が、万史螺たちによって運ばれていく。

「やはり捕虫葉なのか」

「大量の糖シグナルらしきものが移動しています」

「さっぱりわからんな」

「予定を早めて、探査子を少し放出しておくか」

「了解」

葉璃に沈められた上肢の先から、異質な粒子が侵入してくる。衛士たちが駆けつけるが、認識が難しく擦り抜けられてしまう。

「極大の植物体が、この飛蠡を斥候に使っている?」

「判りません。この容識体の方は解析し終わっているのでしょうが」

「漠然としか読み取れないのはもどかしいな」

「ええ」

「これほど情報的な孤立感を覚えるのは久しぶりよね。まあ我々が細部まで理解することは特に求められてないいんだろうけど」

「グラヴィシュニク市街船と通じさえすればな」

その闖入者が、この大地を取り巻く雲海を見上げ、何羽かの飛蠡たちもそれに倣った。

雲海は、黄土色や灰色の縞模様の渦を描きながら、西の方角へ果てなく流れていく。東側の遠方が黒っぽく染まっており、寒降りを孕んで——いや、鎖撒下の方らしい。葉璃から注意を促す呼洩がかすかに漂いだしている。

華向け役は、把握しきれない複数の知覚から鎖撒下の到来を予期していた。寒降りにしては、大気が重くざわめきが大きすぎる。

すでに梂里じゅうの孚蓋樹たちは、葉璃の内部の重要な諸器官を緩衝体でくるみつつあった。

「対流圏界面が妙な雲で永遠に封じられているからね。おまけにこの水蒸気密度の高さ」

「どうりでかつてどこぞの送り込んだ無人探査機も応答ひとつしないはずさ」

「ただの曇り空にしか見えないというのに、高周波を通す窓もないなんて」

「ほとんど可視光のみですね」

「まあ、しかたなかろう。軌道上まで無事に戻るまでが調査だ」

「分析情報を基に、〈語り手〉の報告を聞くのが待ちきれないな」

「そお？　我々まで被調査側の視点から語られるのは、いつ聞いてもよい気分じゃない」

「ああ、主観設定によるな。被調査側からは、我々はいつだって間抜けな生き物だ」

「テキストベースでは単語や文節ごとに言語がころころ変わるのも煩わしい」

「あれは最適な言語で――」

「いや、なぜかは教えてくれなくていい」

「読みにくいったらないよ。一言語だと不思議と嘘くさくなるし」

「それを言うなら、この会話だって怪しいもんじゃないか。介入されているんだから」

「介入なしだと、わたしたち、なにひとつ話が通じなかったりしてね」

「ふふ、ありえる」

「そもそも、ありもしない主観で報告すること自体がナンセンスよ」

「〈語り手〉じたいが誰でもない疑似識だから」

「物に語らせるなっていうの」

「だからこそ物語って言うんだろうに」

「大本のクエビコは有機系の筮算機関だし、ありもしない主観とは断定しきれないかもしれませんよ」

「未だにブラックボックスのままだからな」

「あれって、物知りなスケアクロウの名前からつけられたらしいよ」

「やっぱり誰でもないじゃないか。まあ、気味が悪いところは似ているがな」

「もしも容識体(からだ)が探査子(たんざし)にばらけてしまったら、後は〈語り手〉だけが頼りなんだ。機嫌を損ねないほうがいいぞ」

闖入者たちが長々と応答している間に、老い飛蠢(どり)たちの思糸(しし)は樹幹に向かって流され、内樹皮の内側へ辿り着き、万史螺(ましら)たちによって思繡層(ししゅう)へ縫い込まれる。

その思繡の模様を介して、華向け役は、これまで重みや影からぼんやりと思い描いていた姿を、くっきりとした視像として結ぶことができた。困惑の念がより強まる。二本の下肢で歩く様子や、全身の大まかな比率や輪郭は、五期前に現れた闖入者たちと酷似しているのに、外皮は鎧種(がいしゅ)を思わせる硬質な組成ではなく、脊柱息物(そくぶつ)の柔らかい膚(はだ)に近い。菩提浮(ぼだいふ)の思識(しき)を苛立たせた、体内から洩れる聶(みみ)障りな噪波(おと)もなく、とても静かでしなやかに動く。とはいえ、どちらも外来の存在であることは確かだった。

「警戒物質の放出がよりいっそう増している」

緩衝組織にくるまれた諸器官が、葉璃(はり)の下方に移りだした。

「なに、いまの音」

蕊柱(しべばしら)がさらに膨張して樹幹を軋ませる。

気まだが激甚な天界の変動をやり過ごすために、華向けは欠かせない。闖入者による躓(つまず)きによって森(もり)里の衰弱は加速しつつある。妨(さまた)げとなる要素は予(あらかじ)め排除しておかねばならないだろう。

「あれっ、なんなのこれ。皺が寄って――」

「どうした」

闖入者の一体が、片方の下肢で葉璃を上下に揺する。

「足元。葉璃の表面がやけに柔らかくなってるでしょう」

「ほん、ああっ――」

一体が体勢を崩し、もう一体の上肢につかまり、

「おい、なんだよ。どうなってる」

一緒になって背側から倒れ込む。

「風がつよくって……」

「葉璃の内部でなにかが――組織構造の再編成が行われているようです」

「いったいなんのために」

「うわ、今度は葉璃の表面が濡れはじめている」

「もしや我々を排除するための消化液では」

「――いえ、葉璃の内部の水分と同じものです」

「なんらかの理由で葉璃の軟性を高めようとして、水分を排出している?」

「植物細胞が寒期に備えるときの変化に似ているが……」

「なるほど防御反応か」

「気象的な要因とするには変化が極端すぎない? 気温は――」

「確かに下がりつつある」

「この葉冠――天蓋葉だけじゃないようだな。どれも蜃気楼みたいにゆっくりと波打っている」

「壮観だね」

「おい、向こうの空を――妙に色の濃い雲の一群がある」

「ほんとうだ。その下の大気がうっすらけぶっているな。雨か……」

「いえ――」闖入者の一体が、片方の視珠を大きく膨らませる。「雹かもしれない」

「なるほど、そのための軟化か。腑に落ちるな」

「おい、あの巨大生物の死骸の……」

「あっ、鱗状の窪み！――そうか、あれが雹のせいだとしたら、かなりの大きさじゃない。家の屋根を貫くくらいの」

「ああ。ひとの頭蓋骨くらいはありそうだ」

「暗雲はこちらに向かっているな。あとどれくらいだ」

「二十分もすればここに達するでしょうね」

「しばらく天蓋葉の下に逃れるしかない。その間に生態系の調査をやってしまおう」

「もう侏体になるのか。嫌だなぁ」

闖入者たちの両肩から、種が落ちるように何かが落下する。牙のようなものがふたつ、それぞれ蔓状のもので肩と繋がっている。闖入者たちは牙を拾うと、葉璃の縁近くに並んで屈んだ。

「こいつら、まだ見張っているぜ」

見られているのに気づいて、飛蠡たちはたじろぐ。だが闖入者たちはそれきり興味を失ったのか、牙を葉璃にあてがいはじめた。牙はひとりでに回って葉璃に深く食い込んでいく。内部でなにか硬質な噪波がして、闖入者たちが蔓を何度か引っ張る。

これ以上留まるのは危険だった。飛蠡たちは、下肢を葉璃の隙間に押し込みだした闖入者たちの傍らを飛び抜けていく。

「なっ――急にきつくなってきた」

「葉璃が、強く圧迫してくる」

何羽かの飛禽が、闖入者と一緒に葉璃の間に封じられてしまう。殻羽の思繡がうずく。

「急げ。体組織を軟化させるんだ」

華向け役は、葉璃を再び樹液で満たして闖入者たちを圧し潰そうと試みていたが、葉ごたえは感じられるのに一向に相手の動きは鎮まらなかった。樹幹のあちこちに備わる遷洞に身を沈め、魂を遷じつつある舞乱蛸や百嘴蛛などの息物――その視珠を借り、時差なく捉えてみる。

葉璃に透ける闖入者たちは、元の外形からは想像がつかないほど平らに変異しながらも、虹矇のように体を波打たせていた。一緒に封じられた飛禽は、遷じたらしく、殻だけが残されている。

一体の闖入者が、不定形に広がった体を波打たせながら下りてきて、天蓋葉の下に一対の蔓状のもので吊り下がり――次の闖入者の下半身が現れだした――しだいに縮み膨らんで元の姿に戻っていく。弾けるように口裂が大きく開く。

「予想以上の酸素濃度の高さだな」

聞き慣れない呼詠が内界に響き、宿り木に群がっていた臆病な遁坊たちが一斉に羽ばたいて樹幹の裏側へ回り込む。

次の闖入者の全身が露わになり、膨らみだす。

細い枝々がしなって実が噪波をたてて次々と破裂し、小さな青い種が跳ね飛んだ。枝にしがみつく阿懶蟇たちが興奮して身を膨縮させ、ぶつぶつと毒液の白い玉雫を分泌する。

「それに、暖かい。上の大気とは大違いじゃないか」

樹液をさらに葉璃に注いで固く張り詰めるまで膨張させる。

「ブロッコリーが並んでいるみたい」

二体目の闖入者も呼詠を発する。さらに三体目が膨らんでいる。

「確かに似ているな。枝部が複雑に入り組んでいる感じも」

「むしろ竜血樹(りゅうけつじゅ)じゃないか？」

「いずれにしろ神殿めいている」

樹幹を繋ぐ蔓を細長い十二本の肢で渡っていた百嘴蛛(もしも)たちが、宙に浮かぶ闖入者たちに長い嘴(くちばし)を向ける。

「翡翠(ひすい)色の光が落ちて鱗みたいに輝いている」

華向け役は、縁(えにし)を経由して内界(ふところ)じゅうに様々な種類の呼洩(こえ)を放っていった。

「天蓋葉(てんがいよう)を連ねた巨大なドームで、酸素が豊富で暖かい生存圏を封じている、ということか」

「幹はメタセコイアどころの太さじゃないな。樹皮は珊瑚の化石を思わせる」

「……きれい」

「予想はしていたが、海面からこれほど巨大な樹幹が幾本も生えているというのは……」

「水中にはうっすら球根のようなものが透けて見えますね」

「植物性のメガフロートだな」

百嘴蛛が全身の刺々しい毛針を起き上がらせて威嚇している。

いまや天蓋葉の下には、七体の闖入者がぶら下がっていた。

樹幹の穴に潜む幼虫を舌で探っていた風寓老(ふうぐうろう)が頭をもたげ、四つの気孔からしゅしゅーと噪波(おと)をたてくさい息を放ちだした。宙を舞っていた飛螽(とり)たちが慌てて離れていく。

「それに、おびただしい数の生物だ」

「葉璃(はり)を透かして見るのと大違いだね。同系色で見えなかったのかも」

「ブリューゲルの絵みたい」

「『反逆天使の墜落』あたりだな」

樹皮の蜜を味わっていた不定形な虹朦(ぐもう)の群が、鮮やかな彩りを移ろわせながら裏側へ回り込んでいき、その後を追って大小の浪狗児たちが這い進む。

「なにか聞こえないか」

「羽音？」

棘里じゅうから呼び集められた暗迎葉たちが、闖入者たちの周囲に舞っている。彼らは棘里の息物の中で、最も強い毒を持つ。

「くるまった枯れ葉みたいなものが」

「どうやって飛んでるの」

「枯れ葉の下に翅があるようです」

「あ、胸にとまった」「こっちもだ」「くそっ、顔に」「どんどん増えて――」

暗迎葉たちが闖入者それぞれに群がりだし、たちまち覆い尽くしてしまう。

「刺してくる。針が太い」

「パリトキシン系ですね」

「全身がこそばゆい」

闖入者に毒を注ぎ込んだ暗迎葉が、次々と剝がれ落ちていき、還洞を目指して滑空をはじめる。

樹液が逆流しだした管を塞ぎ、葉ぎしりを起こしはじめていた華向け役は、闖入者たちの平然とした様子に消沈する。

隣の孚蓋樹から、鈍い羽噪波が響いてきた。複雑に交叉する太枝の隙間を、太く長い胴体をくねらせて擦り抜けながら、こちらの内界に入ってくる。白宙肌だった。そのおこぼれに与ろうと、あちこちの舞乱蛸が、複数の触肢を交互に伸ばして枝を飛び渡っていた。

「あれ、まだ全員揃ってない……」

「おい、サリンスキー、どうした」

「ユエンやプラスタワーシャは、まだ隙間の上の方にいるぞ」

天蓋葉にぶら下がっている闖入者が、頭上に向かって呼詠を張り上げる。

〝ああっ、どうして――だめです、体が動きません〟

「おいっ」

〝葉璃の圧力が――急激に、増してるの〟

〝消化液のようなものまで滲み出してきている。このままでは……〟

〝葉璃の上になら戻ることができるかもしれない〟

「だが雹はどうする」

〝知覚遮断して――やり過ごすしかない〟

「しかしそれでは」

〝最悪の事態を覚悟するしかないみたいね〟

〝他に手はなさそうだ。わたしもそうする〟

二体の闖入者が、つぶれた体を波状に揺らし、葉璃の隙間を上昇しだした。

この者たちを遷じなければ、と華向け役は葉ぎしりをさらに強める。

「うわっ、なんだこの嫌な音は」

「葉璃が擦れ合ってるんだ。早く、急いで――」

二体が葉璃の上に逃れるのを許してしまった。封じ込めることができたのは、辛うじて一体のみだ。

「サリンスキー!」

〝わたしは……無理です〟

「どうするつもりだ」

〝圧力だけ、じゃないんです。なんだ……この溶けるような感覚……なにかが皮膚のセンサ群と交感し合っているような――や、麻痺性の成分と結合しているのかもしれない……〟

天蓋葉（てんがいよう）の下の闖入者たちが葉璃（はり）の隙間に上肢の先を押し込み、中に封じた闖入者の下肢をつかもうとする。

「なあ、サリンスキー。探査子（たんさし）をばら撒いて、株体（しゅたい）になれないか――くそ、なんて圧力だ……」

「それがいい。多少制限は受けるが、どのみち調査の最後には株体になる予定なんだから」

〝なに？　おっしゃいまし――いや……わか、りません。どうやって……うまく、いか……な……だ……ああっ……どうすれば〟

「諦めるな。このままでは強制的に全身を探査子にばらされてしまうぞ。あとちょっとで……」

「どうなんだ、だめなのか？」

〝あああっ……だ……ああっ……〟

「いや、よしっ、つかんだぞ。待ってろよ」

葉璃の間から、下肢の末端が現れる。

「この調子だ。ここで一気に――」

下肢が関節のあたりまで覗き、

「おいっ、おかしいぞ、腰から」

〝どうしました――なにが……起きたんです〟

「これは……」

下半身のみが引きずり出され、残された上半身の方は、潰れた状態で悶えている。

「そうか、いいぞサリンスキー、株体への変異を始めたんだな」

〝いえ……なんのことです――まさか、もしかして――〟

下半身が腐った肉のように崩れだし――

〝なんのっ、ああっ、どうしてなんです……こんなにも早く。いやだっ、単なる探査子にばらされるなんて、魂接ぎできないなんて……たった数箇月とはいえ、わたしが消えてしまうのは……まだ自分を見失いたくないいやだ！〟

――小さな粒状の群にばらけて、吊り下がる闖入者たちの全身を這い上がっていく。

「落ち着け、サリンスキー！　まだ探査子への全面散開が始まったとは限らない」

さらに彼らを吊るす蔓を伝って葉璃の裏側の八方に散らばり、浪狗児のごとく進みだした。

唐突に視界から依浪が抜け、闖入者たちに距離が迫る。葉裏近くの遷洞に暗迎葉が収まり、その視点に転じたのだ。

この闖入者たちは、変転性の群生体なのだろうか、と華向け役は当惑しつつ、これらに禍い粒という呼句をつけて呼洩を内外に撒いた。

百嘴蛛たちが葉裏に飛び移って尖った十二肢を食い込ませ、素早い嘴さばきで禍い粒を啄みはじめる。あまりの速さに、嘴が複数あるように見える。なぜか禍い粒たちは逃げる素振りも見せない。

〝そんなのはあぁっ、だああぁぁ！〟

半身から、葉璃が震えるほどの叫び呼詠が放たれている。

その周囲の枝々がたわみだした。舞乱蛸たちだった。長い触手で次から次へと飛び移ってきては、口吻を伸ばして円を描くように禍い粒たちを吸い込んでいく。

「どうしたの、あの子。ああまで自己保存欲に囚われるなんて」

「半身を失ったせいで、分泌系の調整が利かなくなったのかも」

枝々の間から白宙肌が現れ、長い体をくねらせながら葉裏をかすめ飛んでくる。

「ねえ、オステル、あれはなに」

「ええと……白い大蛇？　だが質感は烏賊みたいだな。どうやって飛んで――」

〝――いますぐ晴れて……奇跡を……雲を消してっ、結ばせてくださいぃ〞

「なるほど、胴体に等間隔に翅が並んでいるのか」

「やけに大きいぞ。一息で丸呑みにされかねない」

ぬめり光る巨体を湾曲させて闖入者たちの方に向きを変えると、濡れた大口を開いて宙に舞う飛蠡や遁坊の群を吸い込みながら近づいていく。

〝あっ、あっ、あああぁっ、嫌だ！　嫌だ！　無に帰して……しまうなんて！〞

「おまえも判っているはずだ。決して無駄にはならない。意識が途絶えた後も――っ」白宙肌の六百の歯が、闖入者の下肢の片方に喰らいつき、半ばからもぎ取った。「――さらに広範囲の微細な調査に勤しむだけのことだ」

体の一部を失ったというのに慌てる様子もなく、大きく揺れるがままになっている。切断面からは出血らしきものはなく、白っぽい粘液がうっすら滲んでいるだけだ。質感は均一で、骨や肉といった内部構造の差異が見受けられない。

むしろ白宙肌の動きが鈍りだしていた。暗迎葉の毒のせいだろうか。体の両側に並ぶ気孔からしきりに鋭い噪波を発して樹幹にぶつかり、絡みついていく。平時より気まぐれな白宙肌だが、様子がおかしい。

〝……〈語り手〉が語りやめたみたいに、意識が途切れてしまうなんて……〞

半身となった闖入者が、急に菩提浮の嘶きめいた噪波をたてるようになった。

白宙肌のなだらかな背面から、消化不良を訴える苦酸っぱい呼洩が漂いだし、華向け役はすぐ近くの樹皮に赤い依浪をした複数の薬房を膨らませた。白宙肌はゆるゆると力なく動いてそれに喰らいつき、上下の顎を擦り合わせるように咀嚼して、赤い汁を滴らせる。

「サリンスキーのやつ、本当に我々と同じ分岐識なのか」

「まるで自白剤でも打たれたみたいだ。この植物体との極微的な接触のせいだろうか」

白宙肌はしばらくすると背面の一部を高くもたげ、口から勢いよく粥状の胃の内容物を噴き出した。それらは樹皮にかかってずり落ちはじめる。と思うや禍い粒の群となって動きだし、薬房の穴に潜り込んでくる。

　上方の葉璃でも、大量の禍い粒が瑠肉の中に侵入していた。どちらにおいても衛士たちが排除しようと躍起になっているが、多くは擦り抜けられてしまい、漠然とした異物感が方々に散らばっていく。いつしか封じられた闖入者は、荒い呼吸をただ繰り返すだけになっていた。だが奇妙にも息の成り組みは変わらない。同じ気体が出たり入ったりしているだけなのだ。

〝取り乱して、すみません〟

「驚いたな。まだ声を出せるのか」

〝肺なんてないというのに。ひどく息が苦しい――〟

葉璃の表側に這い上がった闖入者たちが横たわり、形を変えはじめた。

〝遠ざかっている。ようです〟

「なにから」

〝死ぬってこういう感じなのでしょうか〟

「眠るみたいだって言うがな」

〝ええ……何度か試しに眠ってみたことはあります。魂接ぎのようでした〟

「試したことがあるって？」

「あれは……わたしには無理ね」

「意識の連続性が保たれるとは到底思え……サリンスキー？」

上半身が急に抵抗を失い、崩れて四散しだした。

闖入者たちは沈黙し――

内界（ふところ）じゅうの息物（いきもの）たちが、不穏な唸りを波立たせはじめた。

「なんだ」

「とうとう？」

遠方から鈍い噪波（おと）が轟（とどろ）きだしていた。楙里（もり）の北東端の天蓋葉（てんがいよう）が、鎖撒下（さざんか）の散撃を受けはじめたのだ。

「ああ。きたらしい」

葉璃（はり）を打つけたたましい噪波が、雲海（そら）と水海（うみ）との間に響き渡って膨張していく。

樹木らの苦しげな呼洩（こえ）が漂う。

華向け役は、葉璃から水分を排出してやわらげはじめる。その上に乗る二体の闖入者は、伏した格好のまま、溶けたように輪郭が曖昧になっていた。上肢や下肢もくっついて見分けがつかない。

大波のごとき噪波を響かせて、遠くの葉璃が叩き落とされる。またひとつ葉璃が落とされる。臆病な息物たちが虚絶（うろた）えて放つ甲高い鳴き呼詠（ごえ）が、さらなる鳴き呼詠を呼び、内界じゅうに伝搬する。

鎖撒下が激しく天蓋葉を響かせながら近づいてくる。迫ってくる。凄まじい震動と轟きが際限なく増していき――

破滅的な激震と共に、華向けを控える天蓋葉に達した。勢いのついた無数の水鎖（ひょう）が葉璃に激突してめり込んでくる。大きい塊になると、白宙肌（しらもはだ）の頭ほどもあった。天蓋葉の全域が激しく縦に揺れ、太い枝々が軋みをたて、罅（ひび）割れていく。樹皮を散らし、弾け折れる枝もある。所構わず激突する水鎖の衝撃、水鎖どうしのぶつかり合う響き、葉璃と葉璃が激しく擦れて鳴らす胞腑魚（ぼうふな）の絶命息のごとき呻き、それらの下で息物たちは、すべてを頭から追いやろうと力の限り喚き散らし、鳴き叫び、殻を、羽を、尾を打ち鳴らし、樹幹をつつき、樹皮を剝ぎ、踊り、まぐわい、噛みつき合い、常軌を逸したざわめきを高めていく。

「なんて終末的な光景だ。想像を絶する規模だな」

「聞こえないよ。なんだって？」

「言葉を失うよ」

「なに？」

「上のふたりは無事でしょうか」

水中では、浮根(ふね)にこびりついていた塩の塊が鋳割れて剝離していく。

天蓋葉(てんがいよう)を激しく蹂躙しながら、鎖撒下(さざんか)は西側へ進行していく。この天蓋葉のあちこちで、水鎖(ひょう)の打撃に耐えきれなかった葉璃(はり)が墜(お)ちていく。

「天井が抜けた」

無数の水鎖が天蓋葉の穴から叩き込まれ、滋沫輪(かがやき)の柱となって内界(ふところ)を貫く――小さな息物たちが水鎖に弾かれ、吊り下がる闖入者たちにぶつかる――泡柱が続けざまに水海(うみ)から噴き出し、大波が盛り上がる。巨大な浮根の数々を、波が荒々しく擦りあげる。

葉璃の穴から梂里(もり)の息吹が抜けていき、内界が大風に見舞われだした。

「大気の流れが――」

鎖撒下が葉璃の穴を過ぎるのを待って、華向け役は呼洩(こえ)を放つ。

樹幹のあちこちにへばりついていた虹蠓(ぐもう)たちが、尾部の切れ目を広げると、たちまち風を受けて外套膜が膨らみだし、続々と樹皮から離れていく。くるると回りながら上昇していき、枝々にぶつかってはその傍らを通り抜け、天蓋葉の穴の縁にひとつまたひとつと癒着して穴を狭めていく。

華向け役は、天蓋葉に樹液を注ぎ込みはじめる。いや、そう思う前にはじめられている。

鎖撒下の散撃を受けている西側の天蓋葉から、樹幹の折れる凄まじい噪波(おと)が響いた。黒い飛来物を載せた天蓋葉の一部が、枝々を砕きながら墜ちていく。

「まさか調査船か？」

「仕方ないな」

「海に浮いてさえいてくれれば、帰還することはできる」

飛来物によってえぐられ弱っていた葉璃(はり)が立て続けに崩れ落ちていく。

「おいおい……裂け目がとめどなく広がっていく」

「酸素濃度が下がっていくぞ」

「どうなるの、ここの生態系は……」

「これくらいの災害に対処できずに、これだけの規模のコロニーを維持することなんてできないさ」

鎖撒下(さざんか)には落葉がつきものだが、黒い飛来物が元凶となった𣘺里(もり)の裂け目は、予期せぬほどの規模になっていた。

鎖撒下が騒がしく遠ざかっていく中、裂け目に虹矇(ぐもう)たちが吸い寄せられていくが、塞ぐには長大すぎる。そのまま天界に吹き流されてしまう者もいる。葉璃が元通りに成長するのを待っていては、𣘺里の息吹は絶えてしまうだろう。

浮根(ふね)の浸る水海(うみ)では、西からの波が高さを増し、中に水鎖(ひょう)が混じるようになった。天蓋葉(てんがいよう)を打つ鈍い響きがまばらになり、水の激しいざわめきに変わっていく。

「音が……変わった？」

鎖撒下は𣘺里を通り過ぎ、水海を打ちはじめたのだ。𣘺里じゅうの樹々が一斉に水を吸い上げはじめていた。

「ああ……もう、大丈夫だろうか」

「おそらく。想像以上の規模だったな」

「永遠に続くのかと思ったよ」

天蓋葉(てんがいよう)の隙間や穴から、水鎖が滋沫(じぶき)を放って落ちてくる。滋浪(じろ)を求めて膨らみを取り戻しつつある葉璃(はり)の周縁にめり込んでいたものだ。溶けだした水鎖から、華向けに欠かせない養分が、葉璃を伝って蕊柱(しべばしら)に流れ込んでくる。

「穴が塞がってしまう前に、葉璃の上にあがっておこう」

吊り下がる七体の闖入者の体が、同じ姿勢のまま上昇しはじめる。

「ねえ、マアルーフ、脇腹からなにか出てる」

「えっ？」

「ちがう左。あ、消えた。今度は鳩尾(みぞおち)から出てきた」

穿尾(せんび)が、とぐろを巻くように闖入者の体内をまさぐっていた。

「いつのまに……体のなかで、ねじれ動いて……っうう」

「蛇、というより環形動物か」

「んん……」穿尾は脇腹から引きずり出され、放り投げられる。

闖入者たちが葉璃の隙間を這い上がりだし、遷洞(うろ)の視野から離れて姿がぼやけたので、仮の視像を重ね合わせておく。

天界に出た闖入者たちが、下肢の先で確かめながら、まだ柔らかい葉璃の上を歩いていく。片方の下肢を失ったものが、傍らの者に肩を借りている。

七体は、鎖撒下(さざんか)に曝(さら)された仲間がいるはずの場所で動きを止める。

「これは……」

「おい、まだ意識はあるか」

「あるわけ――」

〝ええ……〟

「あ」

〝……ユエンの方はだめだ、けど……。ひどい、ありさま。でしょう?〟

「再生はどうだ。せめて株体(しゅたい)に」

〝どちらも……難しい、みたい。雹(ひょう)に打たれるのは……すごく、怖かった……よ、知覚遮断が許されなかったんだ。あらゆる情報が、流れ込んで、きて。どうも、制御している、〈語り手〉が――〟

「プラスタワーシャ!」

「あぁ……ふたりとも――」

華向け役の予想通り、形を失った闖入者の体が、大量の禍(まが)い粒(つぶ)にばらけて葉璃(はり)の上に崩れ広がっていく。水(ひょう)鎖の溶け出した隙間から、葉璃の中に侵入してくる。すでに配していた衛士たちが群がっていく。

「えっ、揺れてる?」

「天蓋葉(てんがいよう)じたいが――」

「今度はなんだ」

梛里(もり)じゅうの孚蓋樹(ふがいじゅ)が、互いの枝に蔦を絡ませ、折れるのも構わず容赦ない強さで引き合い、天蓋葉の裂け目を少しでも狭めようとしている。

だが華向け役の思識(しき)はそこにない。

拍動する蕊柱(しべばしら)の精舎(せいじゃ)の内部で、貴方を欲して狂熱的な昂ぶりを見せる華の精たちの一陣に、錯誤を植えつけようと腐心していたからだ。

不意に菩提浮(ぼだいふ)が一頭も残らなかった事態が頭をもたげてくる。華の精たちの帆肢(ほし)は、伴息物(はんそくぶつ)から落下した際の補助的な器官にすぎない。だが今期の風は異常なほどに強く重いから――いや、そんな奇跡に望みを託すわけにはいかない。忘れようとする思いに反して、華向け役は華の精たちに風の智を送りはじめている。

「この一帯の葉璃、いつの間にか赤みがかってきてないか」

「雹が降ったせいじゃないかしら」

「紅葉か、傷ついて腐りだしたか」

「それなら他の樹々でも起きているはずだろう」

　他の孚蓋樹たちとの縁が失せ、鎖撒下の後に吹きつける冷たい風が失せ、滋浪の温かく苦甘い味が失せ、葉璃の、天蓋葉の重みが、漲る枝々が、絡み合う蔦が失せ、移り渡る息物たちの重みが、鳴き呼詠が失せ、樹皮を這うものたちの、思繡を縫う万史螺たちの気配が失せ、管の中を通る水の流れが失せ、浮根を洗う水海の波が失せていく。

　なにもかもがほぐれて一貫した思識を保てなくなり、五百近い華の精たちにばらばらに巻き取られていく——その、思識がかき消えてしまう間際に、最前まで自らが統率していた領域に、なにか得体の知れないものが居坐っているような不安——虹蠓が体内に阿懶蟇の幼虫を宿している時のような——に襲われたが、華の精たちの、早く外に出たい、外気に晒されたい、剝き出しになりたい、外へ、外へ、貴方へ、という畳み掛ける衝動に塗り込められてしまう。

「裂け目が狭まっていく」

「このせいで揺れていたんだな」

「いや、なにかへんだよ——あ、そこ、うしろ」

「赤らんだ部分が大きく盛り上がってる」

「表皮がつっぱって——裂けてきたぞ」

「なにっ、このにおい」

「強烈だな。まるで腐肉じゃないか」

「なにかが突き出てくる」

蕊柱の濡れた頭頂部が覗き、刻々と太さと高さを増していく。樹幹の内側を擦りながら、軋ませながら、大きく膨張していく。

「なんなんだこれ……」

「毒々しい赤だな」

「見る角度によって、真紅だったり朱殷だったり」

「角ばってないか」

「六角柱のようだ」

「どんどん高さを増していく……」

「チェリーソースがかかってるみたい」

「ものはいいようだな」

「あつい。熱を持ってるぞ」

「どこまで大きくなるの」

「これは……まさか、花、のようなもの？」

天蓋葉の中心から、紅く巨大な蕊柱が屹立し——

「とまった……のかな」

——さらにわずかに小さい蕊柱が頭を覗かせ、なおも上昇していく。

「まだ伸びるんだ」

段差からは、感極まった何体もの此方が一面ごとに生えてくる。

「うっすら煙が立ち昇っている。珍しいな、風が弱まってきた」

「黄色っぽい。花粉だろうか？」

「探査子（たんざし）が把握しているだろうけど……」

「無理もないな」

「えっ？」

「これだろう。人工的な建物って」

「ああ、チェフマン氏の」

「確かにこれは、植物というより、趣味の悪い高層建築物に見えますね」

「新たなカテゴリが必要な可能性はある」

「先住民らしき姿はやはり見かけないが」

「森の中の生態系にも、それらしいものはなかったな」

「あれじゃない？」

「なに」

「ほら――中央あたりの段差に、人影みたいなものが」

「ああ……言われてみれば。教会の聖人像みたいな」

「おい……」

「えっ」

「なんだ？」

「あれは――」

「どこ」

遠くの雲海（そら）に伴息物（はんそくぶつ）の気配を感じた華の精たちが、彼方の華の精の気配を感じた此方（こなた）たちが、身震いの激しさを増していく。

「あの死骸と同じ生物か」

「まさか空中を飛来してくるとは……」

「近づいてきます」

「一頭だけか」

「橙色だとはね」

「いや、二頭だ。重なっている」

「この臭気に引き寄せられているのか」

「気球めいた体に触手とは。まるで空飛ぶ巨大メンダコだな」

「菩提浮――だそうです。なんだろう、あちこちに瘤状の膨らみがある」

蕊柱の上部にある精舎の中では、まず華向け役に加考された三十の華の精が、黄色い粘体にまみれて互いの球殻を支えに動きだした。精舎の皮膜を破り、蕊柱の角にあたる縦の裂け目を押し広げて外に脱していく。ねっとりと垂れていく粘体には、禍い粒がたっぷりと混ざっている。

「なにか出てくるよ」

「やけに黄色い」

球殻を覆う粘体で、真紅に濡れた蕊柱の垂直面に吸いつきつつ回り下りていく。ときおりそのままずり落ちることもある。

「この巨大な植物の種子なんだろうか」

「大きすぎないか」

華の精たちは、この流れへの違和感を引きずりながらもとうとう葉璃の上に達しはじめる。

その球殻の全周に鏤められた視珠の数々が、透けた粘体越しに、葉璃の上に立つ七つの貴方を認める。とたんに違和感は消え、喜悦が湧いてくる。僥倖だった。これほど近くで融を果たすことができるとは。体内を満たす魂粒がざわめき、昂ぶってきたが――すぐさま苛立ちに変わってしまう。貴方までほんのすこしの距離なのに、この場から動くことができない。

粘体は球殻の下方に集まりつつあったが、自ら動くにはまだ量が足りない。伴息物――菩提浮の気配は遠く、風を利用するにもまだ弱すぎる。

「動かないようだな」

「調べてみるか。あの巨大生物がやって来たら、なにが起きるか予想がつかない」

不動のはずの貴方たちが向かってくるので驚いていると、前屈みになって突起を前に伸ばしてきた。すかさず粘体を発して突起や体をとらえ――

「粘液が……体に絡みついてくる」

「すごい粘着力だ。とれない。剝がせない」

「こっちもだ。胸にずり上がって」

――貴方の体に這い上がっていく。

「殻が異様なほど強靭だな」

「ああ、耐腐食性も桁外れだ」

一体となった者たちの後ろで、融を待ち焦がれているはずの貴方たちが後ずさる。

蕊柱の周囲に取り残された華の精たちが動揺する。ようやく粘体が腹足となって葉璃の上を進みだすが、それではあまりに遅い。幸い、風がまた強まりだしている。

「剝がれない。なんなの」

「這い上がってくる。この粘液じたいが、独立した生物なのか？」

「害はさほどなさそうだが」

強風が天蓋葉の上を吹き渡りだした。他の華の精たちが、幾つか帆片を起こし、ゆっくりと前に転がりだす。

華の精たちは全体の留め具を外した。

ますます風が勢いを増している。

貴方がたはさらに離れようとする。

逃げられはしまいか、という焦りから、華の精たちは全体の留め具を外した。

「えっ、割れた？」

球殻（きゅうかく）が糸を引きながら二つに割れると、葉璃（はり）の上に浮かびながら、折り畳まれていた四つの帆肢（ほし）を
ばたばたと伸ばしきる。

「なんだ、どうなってるんだ」

「浮いてる！」

華の精たちは風を受けて起き上がるように浮き、幅広の帆肢を大股に動かして前に進みだした。

「おいっ、こいつら人形（ひとがた）に――」

風に煽（あお）られ大きく跳ねるように動いてたちまち距離を詰め――

「くっ、くるな」

「風だけを利用して、動いているのか」

「こないで」

「操り人形みたいで気味が悪い」

――貴方の胸や脇腹に抱きついていった。

華の精が一つ、貴方に避けられてしまったが、帆肢の角度を変えるなり飛ぶように追いつく。

「こっちもやられた」

これで貴方たちすべてに華の精が行き渡った。少なくとも一つずつ。三つと抱きしめ合っている貴

方もいる。

貴方の前で、華の精たちは次々と上部の筒穴を開いていく。風が吹き抜け、ほぉうぅと物悲しげな噪波が鳴りだす。

「なにか鳴ってる?」

「なんだこれ……」

呼詠を返してはくれるが、波目が合わず交歓できない。おまえたちは相応しくない、と拒絶されているかのようだ。

交わった時にもっとよい波目を描く呼詠でなければ――そう考えはするがどうしたものか判らず、ある華の精はたわむれに筒穴の中の複数の仕切りを不揃いに動かしてみた。

〝ぬぁんあ、おんおむぉん、あんあぁぁ〟

「えっ、喋ってる?」

華の精を二つ抱えた貴方が背中から倒れ込んだ。

〝えっ、あえっえう?〟

その噪波を真似て、他の精たちも筒穴の仕切りを賑やかに動かす。

〝あえっえう〟

〝あええう〟

「こいつら――」

〝おいうあ〟〝おいうら〟〝おいつあ〟

「まさか、真似しているのか」

〝むあぁさか〟〝あえしてぃう〟〝してぃぃうおかぁ〟

ようやく交歓の波が寄せ返しはじめた。華の精たちは安堵しかけたが、融に到るにはまだ何かが欠けていることを察する。

すでに貴方がたと密着しているせいで、魂粒がとめどなく滾り奮えている。華の精たちは今すぐにもなにもかもを託したい衝動に駆られながらも思識を巡らせる。

「これは、植物が我々との接触のために放った言語器官という可能性は……」

「対話を試みようとしていると？」

同じ呼詠の波では弾き合うのだ。

梂里の魂の熱に炙られるうちに、精舎の茫洋の中で惹きつけられた呼詠の数々が蘇ってきた。思いを託すのに相応しい、充分な複雑さを備えた波。

華の精の一つが、筒穴の仕切りをむやみに動かす。しばし唸っていたが、風が強まった機会を逃さず、あらん限りの想いを込めて貴方に呼詠を放った。

〝けいかいぶっしつがつよくなってきているな！〟

風のせいか、また華の精を抱えたまま倒れる貴方がいる。

「く、起き上がれない」

「驚いたな。今度は繰り返しじゃないぞ」

「なにかを我々に伝えようとしている」

「言語を学んでいるというのか」

他の華の精たちも、筒穴の仕切り板を巧みに動かして、すべてを貴方に捧げたい、この想いを受け取って欲しい、と前のめりに切々と訴える。

〝れんちゅうのずさんさのおかげで！〟

〝ほうせきめいたもり！〟

〝ここのじっちちょうさのよさん！〟

〝ぐちくらしつににていますね！〟

〝はでありっちでもある！〟

「い、いや、ちょっと待てよ」

〝あたたかい！　うぇのたいきとはおおちがいじゃないか！〟　〝さんごのかせき！〟　〝ぶろっこりー〟　〝しんでん！〟　〝ひすいいろのひかりがおちて！〟　〝しょくぶつせいの、めがふろーと！〟

「これ、わたしたちの会話じゃないか」

「ほんとうだ」

「いったいなにがしたいんだ」

「そもそもこれは――」

交歓の波が高まっていく。

〝つらねたきょだいなどーむで！〟　〝さんそがほうふであたたかいせいぞんけん！〟

華の精たちの内部では、外殻を突き破らんばかりに無数の魂粒(こんりゅう)が激しく沸騰してめまぐるしく流動している。

貴方(あなた)は吾方であるだろう。

〝このあたり、だろうか〟

華の精たちは、三箇所ある発芽口を破いて魂粒管を伸ばし――

「急に、圧迫感が」

「腹腔をえぐられる」

「こっちは胸が圧迫され……」

「ぐふ」

――吾方の体内に、楙里(もり)の魂を迸(ほとばし)らせる。延々と、尽きることなく迸らせる。

吾方(あなた)の体じゅうを激流となって巡り、たよりない肉質に分け入っていく。

「なにかを凄まじい勢いで注ぎ込まれている」

「すごい量……どれだけ」

けれどどこまで行き渡っても、結びついて捻(ね)じりあえるはずの、吸いつき合うための、すべてを受け止めてくれるはずの器が見つからない。焦燥した思識(ししき)が間欠的に瞬く。掻きまわすように探り続けるが、吾方はたやすく裂け、脆く崩れてしまう。吾方の魂は感じられない。

「オステル、あんた両目から青い涙が溢れてる」

「そっちだって口から青い光が」

吾方の上部から、魂粒(こんりゅう)が飛び散る。

「体が嘔吐反応を起こしてる」

「そうやって排出するしかない」

「いや、追っつかない。もう全身に行き渡っている」

「この粒子は、生殖細胞のようだが――」

「つまりこれは巨大な花粉なのか？」

吾方がいないここは吾方のいるここはどこにいる吾方の――

「そんなばかな」

魂粒のうねりから困惑の念が立ち現れては消える。

「確かに外殻はエキシン構造を思わせます」

――吾方はどこにいてどこに隠れどこに潜んでどこに……

「だが細胞は……がっ……一様ではないようだ。多様な種が――」

「ああ、動物性のものも」

「いかん……体じゅうの探査子の結び目が……解かれていく」

「どうして我々に受粉しようと……」

どこにもない吾方がいなくて会えない融に到れないなれないひとつにわたし……

「おい、あれ……」

「ああ、菩提浮たち……赤い塔に着いたのか」

魂粒は魂のない吾方の欠片にしがみついたまま身震いするだけとなり、熱量が無為に放出されていく。

「二頭とも、塔を食べている」

「菩提浮の瘤が塔にずり落ちていく。この花粉たちと……同じものか」

「どこか、他の場所に同じような森があるんだよ」

「また塔から花粉が溢れだした……菩提浮に絡みついて」

「送粉者なんだ」

「死骸から想像していたよりも……」

「我々は、探査子にばらけるしかない」

「遙かに大きい、ですね」

「そのようね。無念だけど」

「それでも調査は続く」

「意識のあるままに遂げたかった――」

「急に……怖くなってきました……」

「一度は眠りを体験しておくべきだったな」

「存外に嫌なものだな、魂接ぎができないというのは」

「必要な時には……心の準備」

「霞がかって、きた」

「なあ、最後の言葉は……」

吾方がたの体は脆く崩れだして葉璃上に山を作っていく。それらは間もなく細かくばらけて相の異なる小さな禍い粒に変わってしまうが、魂粒はその多くにしがみついたまま震え続けるだろう。


二頭の菩提浮は体を傾け、華の精を続々と溢れ出させている蕊柱を貪っていた。その分厚い舌で華の精たちを巻き込みながら。すでに膨らんだ体皮のそこかしこに、五十を超える華の精がへばりついている。下部の触手の片側には、華の精どうしが房となるほどぶら下がっていまにも落ちそうだ。

蕊柱の中ほどでは、菩提浮によって遠方より運ばれてきた華の精たちが伝い下りているところだった。その下では、段差に並ぶ此方たちが、火照った粘膜を波だてて待ち焦がれている。やがて華の精と此方との交歓がはじまり、此方は吾方になり、華の精たちと癒着する。吾方の中に異質な魂粒の熱いうねりが注ぎ込まれ、その歓喜と陶酔が、孚蓋樹から孚蓋樹へと伝搬されていき、息物たちもうっとりと喉を鳴らす。

菩提浮がずり落ちるように蕊柱から離れた。華の精たちの重みが増しすぎたのだ。

下部にへばりつく華の精の群が、阿懶蟇の卵塊がほどけるように粘液を引きながら落下していく。葉璃にめり込んだり、跳ねて転がったり。中には風を利用して歩きだす者もいる。

激しい突風が吹き、菩提浮が大きく傾いた。身を委ねた安堵から休眠しかけていた華の精たちが振り落とされる――どれも咄嗟に球殻を割って四つの帆肢を開くが、ただ風を切って垂直に落ちるだけとなる。その中でほんの幾つかだけが、うまく風をとらえて滑空しはじめた。

蕊柱から無為に落ち続けていた華の精たちも、それに倣って帆肢を開きだした。とたんに蕊柱から弾き飛ばされるように飛び立つものの、その後は急な弧を描いて真っ逆さまに落ちていく。運よく滑空しはじめても、たいていは風の流れから逸れて失速してしまう。当然だった。帆肢はそもそも長く滞空するためのものではないのだ。

それなのに、十一の華の精は空中を飛び続けていた。思識と衝動のすべてを費やして帆肢や帆片の向きを巧みに操り、ときおり思いもしなかった風に助けられながら。

真下には天蓋葉の上を風に押されて歩き続ける同胞たちが見える。楙里の果てに着いても歩みを止められず、続々と水海に落ちていく。波間に浮き沈みしながら、流されていく。

いつかどこか、彼方の楙里に辿り着けることを——風に乗る華の精たちは、水海をゆく同胞たちに祈りを捧げながら、楙里の果てを越えた。

緑の滋沫を放つ楙里の全景が、暮れゆく滋陽のように遠ざかっていく。菩提浮の巡る方角とは大きくずれるが、風向きを変えることはできない。

風を読み違えた華の精が一つ、回転しながら落ちていく。途中で姿勢を持ち直したものの、ゆっくりと水海に引き寄せられていく。静かに水柱が立つ。

残った十の華の精は、つかず離れず飛び続けた。真上には渦を巻く雲海を、真下には茫とした水海を望みながら。

滋陽が彼らを追い越していき、宙の下層が蕊柱の依浪に染まる。

旅が長期に亘ることを察した体内の魂粒が眠りだした。その静けさが、妙に重々しく感じられる。

全方位が闇に沈み、体内の魂粒の揺動だけが姿勢の要になる。

雨が降りだした。見る間に強さを増していく。

帆肢と帆片の調整が難しくなり、どの華の精も姿勢を崩しては慌てて戻す。

ときおり周囲に雷が走り、その束の間の明るさで互いの位置を確かめる。

だしぬけに先頭を飛ぶ華の精が前に傾きだした。それに引きずられるように、他の二つも高度を下げていく。

遠ざかっていく三つの華の精が滋沫輪(かがやき)を放ちだす。再び滋陽(じよう)が昇りだしたのだ。

雨はやまず、七つの華の精を冷たく打ち続ける。

外殻からは粘体が消えつつあったが、禍(まが)い粒(つぶ)はあちこちに付着したままだ。

華の精たちは、体がすこし軽くなったのを感じていた。帆肢(ほし)や帆片(ほへん)の調整にはわずかな熱量しか使わないとはいえ、本来、融(ゆう)の際に用いるはずの養分が着実に費やされているのだ。

やがて滋陽が中天に昇りつめ、華の精たちを追い越しながら昼を剝ぎとる。

ようやく雨が収まった頃、華の精たちの体を大きな力が急激に押し上げだした。

上昇気流の巨大な柱に入ったのだ。

最後尾の華の精が、その勢いに帆片を飛ばされ、少しずつ逸れていく。


華の精たちは、幾度も滋陽に追い越されながら、上昇気流を乗り継いで高度を増していった。

その先に彼らを待っていたのは、烈しい暴風圏だった。二つの華の精はたちどころに帆肢をもがれ、振り回されるように落下していく。

残り四つの華の精は、養分を盛んに燃やし、継ぎ目をがたつかせながらも姿勢を保ち続け、とうとう雲海(そら)の渦巻きの中に突入した。

大きく周回しながら上昇しているようだが、縞模様の瓦斯(ガス)に覆われて何も見えない。全身を激しく揺さぶられながら、嫌な軋みをたてる帆肢を操り続けていると、なんの前触れもなく雲海を抜けきっていた。同胞(はらから)の姿が一つ足りなくなっていた。

正面から雲塊が迫ってきて、みるみる通り過ぎる。

前方に濃い緑に輝く巨大なものが浮かんでいた。

球形で、最初は菩提浮に見えたが、それより遥かに大きい――

浮き梂里だった。

その東端には、貪られた跡のある赤い蕊柱が聳えている。下部には膨張した浮根が犇めきあい、その周りで幼い菩提浮たちが戯れるように動いている。

最後尾を飛んでいた華の精の前で、同胞が青い粘液を噴き上げ、派手にひっくり返って落ちていった。貴方を前に魂粒が息を吹き返し、損耗の激しい体が保たなかったのだろう。

残った華の精は二つ。魂粒の激情をなだめつつ、蕊柱の中央に並ぶ貴方に向かって吸いよせられていく。その時、彼方の雲海を貫いて、とてつもない速度で上昇していく一条の雲を目にした。


五万年の後、隆起して久しい荒廃した大地の上を走る華の精の姿があった。

水海の底には、どこにも辿りつけなかった華の精たちが数えきれないほど沈んでおり、それらが竜巻によって掬い上げられることがある。すでに殆どの梂里が失われていた。

絶えることのない大風を受けて、華の精は大地を駆ける。からからと噪波をたてて、姿勢よく走り続ける。昼も夜も。幾年、幾星霜と。

堕天の塔

厚底の作業靴が、踏桟に吸着しようとして哀しげな音を鳴らす。

二階分の高さのある、赤黒い光に滲んだ空間の中心を、ホミサルガは鉄梯子で上っていた。朽葉色の発掘作業服姿で雑嚢を背負い、腰には長い磁撃棒を下げている。しっかりつかんだ踏桟は、手袋をしていても冷たい。

床を蹴っていけばいいのに、と仲間に笑われたこともあるが、浮き渡りは苦手だった。

塞がれた窓の跡や、埃にまみれた横架材の前を通りすぎていく。背後からは、低音のうねりが途切れなく聞こえ続けていた。

〝とても暗い峡谷に設けられた、真っ直ぐに延びる幅広い階段だったよ。たぶん背高い種族が使っていたんだろう、少々傾きが急すぎたけど、一歩一歩上っていったんだ〟

首に下げた緊急保存パックが、独り言を呟いている。掌に収まるほど小さな金属製の筐体は、擦り傷だらけで所々が虹色に変色していた。

仰哨に就くときには、必ずモリをひとつ記録役の相棒として持たされる。

〝接地移動機を信奉していたのか、左右には把輪を握る巨大像が何体も聳えていたよ〟

またこいつに当たるなんてついてない、とホミサルガは思う。ときおり憑かれたように代わり映えのしないくだらない話を垂れ流すのだ。

〝路地を通っていると、いつしか鬱蒼としたケーブルの密林に紛れ込んでしまってね。この部屋みたいに電磁的に毳立っていて、あちこちで火花を咲かせていたよ〟

六個あるモリはどれも、発掘現場の周辺で捕らえた階賊たちの船から見つかったものだった。人狩りをして頭部から抜き取り、高値で取引していたらしい。

〝ようやく密林から脱すると、煤にまみれたような黒い断崖絶壁が切り立っていて、そこに二十段ごとに折り返す、手摺りつきの具合のいい階段があったんだ。もちろん上ってみたよ〟

他のモリは物静かなのだが、これは人格の上書きを繰り返し過ぎたのだろう。よく見れば側面の端にあるMORIの刻印が手彫りのごとく拙い。緊急保存パック自体が紛い物なのかもしれない。

〝千時間経ってもその折り返し階段を上り続けていたんだ。あんまり風景が変わらないものだから、ずっとじっとしていたような気がしてきて――〟

「もううんざり。独り言はいい加減にしてちょうだい」とホミサルガは堪りかねて言った。

〝独り言なんかじゃないよ。君に話しかけているというのに〟

炎を水に浸したような雑音が断続的に響きだし、部屋の赤味が増した。

振り向いたホミサルガは、赤黒くぼんやりとした光の放射に目を細める。鈍く波打つ光条の中心に、何本もの絶縁綱で宙吊りになった補助電源生物の朧げな輪郭が見えた。黒い斑の散らばる前後に長い兜形の頭部には、上下の瞼を閉ざした眼球の膨らみが幾つも横並びになっている。首の下には手足のない胴があり、継ぎ目なく伸びた長い尻尾がなまめかしくうねっている。表皮に光沢が目立つのは、起爆を防ぐために絶縁膜を塗布してあるからだ。堆積層の耐圧盤から発掘されたもので、今ではこの塔の電力を担っている。

発掘か――

ホミサルガはその言葉から虚しさを切り離せない。ここは第一発掘団の作業塔だったというのに。一体どれだけ遠く離れてしまったのだろう。

〝君が上っている梯子って、踏桟の間隔がちょうどよいね。とてもいい感じだよ〟

ホミサルガは答えず、再び梯子を上りだした。頭上に天井が近づいていた。

〝上るのに苦労した梯子の話はしてなかったよね。目を見張るほど広大な空間だったな〟

封扉(ふうひ)の下で動きを止めると、胸に圧迫感を覚えて大きな吐息が漏れる。扉は鉄製で人の胸板ほども分厚いが、いびつに撓(たわ)んでおり、数箇所に腫れ物めいた隆起がある。

〝遙か上方に見える超構造体(メガストラクチャー)に向かって、雑多な配管の絡みあった長大な柱が、脊椎(せきつい)みたいにくねり伸びていたんだ〟

ホミサルガは額のゴーグルを目元に下ろし、襟巻きを鼻の頭までたくし上げると、扉を手の甲で叩いて合図を送った。

〝その柱から等間隔に突き出す踏桟を延々と上っていったわけだけど。さすがに怖かったよ〟

やや間があいてから、音が返ってくる。

扉は内側からしか開かない。幾つもの閂(かんぬき)を外して、両手でぶら下がる形で長い把手をつかみ、全体重をかける。崩れ落ちる唐突さで扉が開いて冷たい風の塊に顔面を打たれ、不穏な咆哮(ほうこう)に耳を聾(ろう)されモリの声が消える。ダツマーカが太腕を伸ばして引っ張りあげてくれ——全身を削(そ)がんばかりの空気の奔流に晒(さら)されて髪が逆巻く——両足が床に吸いつき、姿勢が風圧に慣れるまで待ってから離してくれる。

そこは流れゆく世界だった。

ホミサルガが立っているのは三十度ばかり傾斜した屋上で、その周囲の空間を円筒状に取り囲む、鉱物結晶めいた巨大構造物群の薄暗い景色の全てが、途方もない力で搾り上げられるように天に向かって流れ去り続けていた。

いまもなおこの角柱形の塔の残骸が、僅かに傾いたまま、階層都市連続体を一直線に穿つ長大な大陥穽を落下し続けているのだと否応もなく実感させられる。

「おつかれさま。ここはやっぱり寒いね」

ホミサルガが話すそばから、声は風にもぎ取られてしまう。予め整音耳あてをつけておけばよかったと思いながら、顔に張りつく襟巻きの生地を整える。

「どうしてかな。今回の仰哨はやけに長く感じたよ」ダツマーカが大声で話し、胸元のモリを小突く。

「こいつが無口でつまらなかったせいかな」

〝わたくしの役目は――を研ぎ――〟ダツマーカのモリが話しだしたが、あまりよく聞こえない。

〝あなたがたを楽しま――とではない〟

「こっちのと交換してくれない？」

ホミサルガが言うと、ダツマーカはゴーグルの奥の目尻に皺を寄せ、じゃ、と言って塔の中に下りていった。内側から封扉が閉ざされる。

これで安全圏から外に閉めだされた形になり、ホミサルガはいつもながら不安になる。その気持ちから目を逸らして身を屈め、作業靴のベルトをしっかりと留めなおす。

いまは谷間に差し掛かっているらしい。広大な壁面の縦横に夥しく並ぶ、窓なのか排水口なのかも判然としない暗い窩の数々が通り過ぎていく中、不意に都市から溢れ出した腸のごとき巨大配管のうねりが現れては消える。

幾度目の当たりにしても慣れず体が強張るが、今回は大陥穽をなす階層都市構造物の垂直方向が塔と同期しているだけましだった。前回仰哨に就いた時は世界が九十度近く傾いた状態で流れており、酔ってしまって仰哨台の手摺りから離れられなかった。

緩やかに傾いた屋上の床面は真っ黒に焦げついていて、所々に抉られた跡が見える。その外縁から下方に繋がる外壁には、それぞれ弌、弐、弎――と数が振られ、方角代わりになっている。

ホミサルガは作業靴の底を分子間結合させながら、焦げた床の上を渡っていく。滑落防止用の機能が命綱代わりに役立っていた。塔の頂上部となった弌の壁の角に向かい、単管パイプの骨組みを伝って、大陥穽に対して水平に築かれた仰哨台に立つ。

ここからは傾斜の深い二面の壁と屋上とを視野に入れながら、大陥穽をほぼ一望することができる。死角にあたる落下方向側には俯哨がおり、未知の一点から尽きることなく溢れ出してくる階層都市世界の滝に対峙していることだろう。

ホミサルガは手摺りに雑嚢を掛けると、整音耳あてを取り出して両耳に被せた。大陥穽の唸りが低減され、〝上って、上って、上り続けていたんだよ――〟とモリの声がはっきりと聞こえてくる。

作業靴の吸いつきが少し弱い気がして、廃材を寄せ集めた台に靴底を擦りつける。台の表面には退屈しのぎに描かれた雑多な落書きが重なりあっており――その中に稚拙な三日月の絵を見つけ、ホミサルガの口が開いた。襟巻きのほつれた繊維が唇に触れる。

これ、きっとサグランダが描いたんだ。

ホミサルガは、弎の壁方向のずっと上方に目を向ける。落下しはじめた頃に夥しいほど宙に浮かんでいた瓦礫は、襲撃のせいで数えるほどに減っている。その中に、今も黒ずんだ肉片が幾つか残っていた。

サグランダのものだ。

「俺さ、彼らが話していた三日月ってのを、いつか発掘してみたいんだ」

作業塔の休憩室で、サグランダが空中に指をくねらせ、第二網膜がなければ見えない三日月の絵を描いてくれたことを思い出す。大掛かりな発掘作業が一区切りついたばかりだった。

　彼らというのは、発掘現場の周辺に住む電基耕作師たちのことだ。生後たった四十万時間足らずで個性消滅してしまうというが、それには気づいていないかのごとく振る舞い、時間を持て余しているようにさえ見えた。

　休憩室の窓からは、極大空洞の底に百粁に亘って剝き出しになった、月面の寂寞とした広がりを見霽かすことができた。まるで無機質な階層都市世界の中心をなす核であるかのようだった。

　これでもほんの一部にすぎないのだ。発掘団は月球を跨ぐ複数の超構造体ごとに派遣されており、ホミサルガたち第一発掘団はその最上層を任されていた。

　潤色の大地には、そこかしこに大小の皿状の窪みが散らばり、時には重なりあって、濃い陰影を作っていた。それぞれが手で捏ねたように微妙に形が異なっており、受ける印象も見る者によって様々だった。ホミサルガには得体の知れない塊が押し出される最中に見えたが、アマサーラは雨の波紋に似ている、雨模様ってこのことだよと言い、それを聞いたサグランダは、この窪みを作った原因こそが雨に違いないと言い張った。

　月面の空気は冷たく張り詰めていて、遠くで作業する搭乗型建設者の駆動音までもが、やけにはっきりと響き渡った。作業の合間になにげなく大地に目を向けると、そのまま見入ってしまい手が止まることも少なくなかった。心を鎮められるようでもあり、波立たせられるようでもあり、人を惹きつけてやまないなにかがあった。

　電基耕作師や怛人といった周辺の集落の者たちも月面を目にするのは初めてで、次々と勝手に降りてきては発掘師たちを困らせた。とはいえ彼らは、ただ立ち尽くしてあたりを見渡したり、及び腰で足跡をつけてみたり、月の砂をつかんで指の間から落としたりするくらいで、長く居続けることはなかった。なぜだか息苦しくなってくるというのだ。

サグランダはそんな彼らを厭わず、よく話し込んでいた。

「三日月ってのを掘り返してどうするの」とホミサルガが訊くと、サグランダは指先で絵の反り返った部分をなぞって尖った先端を突き、「ここに坐ってさ、遠くの満月を眺めながら一杯やりたいんだ」

「じゃあ、まずはこの満月を掘り返さないといけないね」

ホミサルガは話を合わせてそう言った。全ての作業が完了すればネットスフィアへ強制帰還させられることを、サグランダが知らないはずはない。

けれど、そうはならなかった。


暗い窩の並んだ壁面が唐突に掻き消えて風音が遠ざかり、時がゼリー状に凝ったような重い浮遊感に包まれる。水平方向に縹渺と広がる極大空間が出現したのだ。その天地は、光点の明滅する巨大斜柱体の無限列に支えられている。

やがて虚空は内部構造剝き出しの構造物断層に遮断され、大陥穽の重苦しい咆哮が戻ってくる。まるで途方もなく巨大なスプーンで掬い取られたように、縦横に交差する隔壁の断面が研ぎ磨かれた鋭利さで弧を描いており、大いなる光の凄まじい威力を生々しく伝えてくる——視界にまた表示がちらつき、しばし粗視化して戻った。補助電源生物のせいなのか、大陥穽のせいなのか、走査器官を備えていても雑像を気まぐれに結ぶだけだ——よく見れば仕切られた空間のそこかしこに巨大な殷喪虫たちが疣足で張りついている。これを示そうとしていたのだろう。殷喪虫たちは丸い膨らみの連なった体を揺らし、貪婪に壁材を食んでいる——それらの姿もたちまち天に遠ざかってしまう。

これでも随分と速度は緩まったのだ。落下がはじまってからもう千時間近く経っている。もし月面に留まれていたなら、ほぼ四十仕負度の作業をこなせていただろう。

〝入り組んだ狭い通路を通っていたんだ。哨戒者が頭から光を照射しながら、長い四本脚をくねらせて歩き回っていたんだけど、さいわい彼らには僕が見えなくて〟

ホミサルガは仰哨台の手摺りを握りしめた。あの時の、大いなる光に見舞われた瞬間の恐怖がよぎって膝が震えたのだ。

まずい――

一度追想が始まると、押し留められなくなってしまう。他のことはろくに覚えてないっていうのに。思い出すんじゃない。

その情景は、第二網膜の一時視録が消えた今でも鮮明すぎるほどだった。ネットスフィアとの主観時間の在(あ)り方の違いを、一度起きてしまった事象の取り返しのつかなさをあれほど見せつけられたことはない。〈今〉と不可分のまま否応もなく一方向へ押し流されていく基底現実では、時軸を乗り換えることも、事象に留まって因果組み換えを講じることも叶わない。

今もその只中にあるのだ。

〝小さな風輪の生える曲がりくねった細い橋を歩いていたんだけど、足を踏み外してしまってね。気がつくと餓呀(がが)族たちの切傷模様の入った顔が覗き込んでいたよ。それから僕の体はたくさんの部分に切り分けられて――〟

思い出さないで。

S級構造物の解体準備に取り組んで、六十時間が経った頃だった。重畳(ちょうじょう)する都市群を頭上に保持したまま空洞を拡げるには、流動体への変成や無人中空域への流し込みなど多くの工程を必要とする。多端な一仕負度(しふと)を終え、小型の搭乗型建設者、イダルから降りた時には、予兆らしきものなど微塵も感じられなかった。

疲れた仲間たちと作業塔の昇降機に乗り――ラダートフが「また漬汁屋のガフ折りを食いたいな」と言い、「あんな不味いものを？」とアマサーラが呆れ声を出したことを覚えている――寝所のある十六階に降りて数歩進んだ時、横並びの窓が破裂した。鋭い光条が巨剣のごとくフロア一面を突き抜け、激烈な爆発音とともに世界が回転してホミサルガは宙に投げ出された。

硝子を失った窓の向こうの景色は恐ろしい速さで融け、逆向きの大瀑布に呑まれたようだった。

十七階建ての作業塔は、十三階で分断されて上層四階半だけとなり、後に大陥穽と呼ぶことになる竪穴に吸い込まれ、屋上側から爆風を受けながら落下していた。

いつ竪穴が途絶えて構造物群に激突するかもしれないという切迫した状況の中、瀕死の負傷者を含め誰もが宙に浮かんだまま、ネットスフィアへ帰還しようと手の指を組んで瞑想していた。けれど大いなる光によって電磁的な干渉が起きているせいなのか、超構造体を次々とくぐり抜けているせいなのか、どれだけ一心に念じても頭の中の帰還用ネット牽索は起動してくれない。苦しげな息の音や啜り泣きや譫言めいた声が大きくなり、落ち着いているつもりでいたホミサルガの手も震えだしていた。この時ようやく、首と頬に硝子の破片が幾つも刺さっているのに気づいた。痛みは感じなかった。

そんな中、寡言で融通のきかないことで知られる整備技術主幹のゲドハルトが動きだした。部下の整備技術師たち六人を率いて、邏鬼たちの襲撃で破壊され、十五階の整備室で分解中だった搭乗型建設者のガルダを一気呵成に組み直したかと思うと、現状の最下階となった半壊した十三階に運び出し、背面射出機でありとあらゆる瓦落多を落下方向の虚空へ向けて射出しはじめたのだ。その反動で、宙に浮いていた者たちの体は床にぶつかって押しつけられた。すぐに瓦落多は尽きてしまったが、皆で手伝って十三階の建材をばらしていき、立て続けに放っていった。作業塔は、変成構造物を再形成した組互材を多用して急造したもので、構造的にばらしやすい。ホミサルガは迫り来る景色が目に入らないほどの忘我状態で壁を解体し続けた。その間に、恐怖に駆られた五人がシーツを利用したパラシユートもどきで塔の屋上から飛び発(た)ったことを後に知った。

塔が短くなっていくにつれ、落下速度は徐々に緩まっていった。とうとう十三階の全てが失われ、十四階の建材に手をつけはじめたあたりで、いつの間にか塔が大陥穽の片側に大きく逸れていることが判った。あとすこしで構造物の断層に激突しかねない状態だった。

ゲドハルトが射出機の角度を調整していると、ザグラッツ率いる十人近い者たちが、このまま構造物に不時着させせろと詰め寄った。そのためには塔の強度が足りない、補強した上で変成砲弾が必要だとゲドハルトは主張し、そんな時間があるか、一刻を争うんだとザグラッツは退かず、塔は構造物に達する前に激しく振動しはじめ——壁の方々が罅(ひび)割れていき、図らずも塔の脆(もろ)さが露呈した——押し戻されるように竪穴の中央に戻った。なんらかの力場が働いているようだった。

ザグラッツたちが口をつぐみ、ゲドハルトたちが射出機で再び建材を放ちだしたが、十四階を使い尽くす前にガルダが機能を停止した。塔は上部の三階層を残すのみとなっていた。その頃には周囲の情景を認められるほどに減速していたものの、依然として階層連続体を貫く大陥穽の中を落ち続けており、それから何時間、何十時間と経っても消失点に果ては訪れず、できることは残されておらず、激突への不安ばかりが膨れ上がっていった。大いなる光が、複数の超構造体(メガストラクチャー)を貫いているのは明らかだった。

その後、流れゆく階層都市世界が、いつの間にか落下方向に対して斜めに傾いていることが判り、皆の三半規管を狂わせつつ混乱を煽った。簡易装甲を着た漁師らしき者たちが壁から生えたように斜め向きに立ち、こちらを窺っているのが見えた。その数時間後には直径がやや狭まって世界は直角に横倒しになり、やがてまた作業塔と同じ向きに戻った。その節目は見極めることができなかった。そうやってときおり重力方向の変転する階層都市の中を、塔はただ一直線に落ち続けていった。

二百五十二名からなる第一発掘団のうち、塔の内部に居合わせたのは六十三名、十二名が重傷を負い、ほどなく衛師（えいし）を含む八名が個性消滅した。発掘現場で作業中だった多くの者たちや、パラシュートもどきで脱出したはずの者たちが、塔の周辺を共に落ち続けていることも判った。離れすぎていて救出は叶わず、衰弱していく様を塔の中から傍観することしかできなかった。

ホミサルガは塔の最下端から五十米（メートル）離れたあたりに、作業現場で最も長い時間を共に過ごした搭乗型建設者、イダルを見つけた。

五十名の残存者――その後サグランダが消えて四十九名となる――は、いつ個性消滅が生じても不思議ではない状況に宙吊りになったまま、塔の内部を生活しやすいように改装しながら、僅かでも何が起きているのかを理解しようと議論を交わし続けた――いつ構造物に激突するのかを予測する方法はないのか。大陥穽じたいの全長すら判らんというのに。階層都市連続体がどれだけ際限なく重層しているといっても、その果てはとうに越えているはずだ。もしかしたら落下速度よりも早く増殖しているのかも。そもそもこの塔はどこに引き寄せられているの。なにか巨大な重力源が存在しているとしか。厄災の基点地じゃないか。垂直方向が一定しない理由は？ 超構造体（メガストラクチャー）それぞれが個別に重力制御を行っているんじゃないか。そうやって拡散しなければ、自重を支えきれるはずがないか。だとしてもどうしてこの塔は一方向に落ち続けている――

〝その外廓には十歩進むたびに扉があるんだけど、どれも嵌め殺しのように開かないんだ。住居のはずなのに、中にはなんの気配もなくてね。そういった外廓が数えきれないほど上下に連なって、横縞模様の巨大な構造物をなしていたよ〟

追想の虚脱感の中で、ホミサルガはゆっくりと息を吐いて、その温かさを感じながら瞼を上げた。階層都市構造物の断層のそこかしこに、表示が重なりあってちらついている。目をしばたたいて払うと、建設者たちの魁偉（かいい）な姿を示していたのだと判る。卵を産み付けるように下腹部で建材を繋いでいる者、水面に浮かぶように液状壁材を圧送している者、多関節の多脚を交互に動かし次の現場に移ろうとしている者、じっと張り付いたまま光の飛沫（しぶき）を散らしている者——階層都市世界を増殖させている元凶のひとつだ。そのため発掘団では個人に紐付けた搭乗型建設者の使用しか認めていない。

〝それらの構造物の谷間に、この塔よりも遙かに巨大な古代の建設機械が挟まったまま、どこかもの哀しげな様子で動きを止めていて……残念だな、もっと眺めていたいのに足が進んでいってしまう〟

これまでも構造物の断層を覆う建設者の群はよく見られたが、大陥穽の直径は八十から百二十米ほどの間を推移しながらも、いっこうに塞がる気配がなかった。修復しているわけではないのだろうか。

〝それで誤って長距離昇降台に乗ってしまったんだ。歩いて回らなければならない区域を大きく素通りされて何千階も離れた場所に降ろされてしまったのにはまいったよ。気さくな乗務員だったけど、どれだけ途中で降ろしてくれと頼んでも聞いてくれなくて。誰かを乗せるのは三十万時間ぶりだったらしい〟

二つの構造物の狭間に高低差のある段丘があり、上下それぞれに大勢の人影が見えた。上段では編み髪に長衣（ながぎぬ）姿の者たちが弩（おおゆみ）を放ち、下段では簡易装甲服姿の者たちが小銃を撃っている。おそらく異なる階層どうしの戦闘なのだろう。似たような争いは幾度か見かけたことがあった。これまで階層ごとを隔ててきた壁が穿たれたことで、世界の在り方は大きく変容しているらしい。

上昇していく彼らを眺めているうちに、ホミサルガは天を仰ぎ見ていた。

仰哨に就いた何人かが目にしたという巨大な火球の影はやはりなく、流れの全てが集束していくぼやけた消失点だけがある。いま塔が通り抜けている景色も、じきにこの広がりのない一点に取り込まれてしまう。

これまでどれだけ落ちてきたのだろう。これからどこまで落ちていくのだろう。

そう考えて気が遠くなる度に、早くネットスフィアに戻りたい、元の自分と融和したいと願い、かつての日々を覗き込もうとするが、望郷の念がもどかしく燻るばかりで見通せない。目を凝らそうとするほどに烟っていき、なぜか月面の形を取りはじめる。少なくとも基底現実のように色彩のない寒々とした場所ではなかったことは知っている。

〝壁から外れかけた撓んだ踏段を上って――〟

「そもそもなんのために月を発掘しようとしていたんだろう」

〝上って上っ――月だって？　発掘していたのは君たちじゃないか。だから僕は歩いて歩いて――〟

考え事のつもりが声に出していたらしい。ホミサルガは後悔しながら「あんたに言ったわけじゃないよ」と受け流す。

〝なんのためかも知らずに発掘していたっていうのかい？〟

「そんなわけないでしょう」

気に障ってつい答えてしまう。

モリはしばらく疑わしげに黙っていたが、

〝そうか、君たちは統治局に派遣された代理構成体だったね。これまでの記憶はネットスフィアの一部でもあるから、情報保全上、基底現実に漏らすわけにはいかないんだ。それはもどかしいだろうね。わかるな〟

「なにがわかるな、よ。あんたはむしろ思い出せすぎて困ってるほうでしょうに。まあ、承知の上で受けた――措置だから。軌憶のおかげで覚えていないことは意識しないし、日常生活には困らない」

多くの言葉が奥行きを失っているが、慣性を保ったまま思考や会話の中を行き交い続けている。個別に向き合わなければ、気づけないほどだ。

〝なんだか、酔っぱらいが酔ってないと言い張ってるのを聞いているみたいだよ〟

酔えるならどれだけいいか。

「なんにも覚えていないわけじゃないからね。実務に必要な技能記憶ははっきりしてるし、刈り込みはけっこう大雑把だから――」

〝でも、統治局がどうして月を発掘させようとしていたのかは思い出せないんだね〟

「もういいって」

〝月というのは、色々と重要な機密を秘めているとも聞くから〟

ホミサルガは頷く。具体的には思い出せないので、知ったかぶりと大差ない。統治局の目的を知らずとも発掘作業に支障はなかったが、宙吊り状態のいまはつい考えてしまう。少なくない者が、大いなる光は発掘に対する階層都市世界の防衛反応だと見做(みな)している。

〝月を見たくなっただけなのかもしれないよ〟

「冗談言わないで」

〝制御不能の建設者たちは、月を建設原料として消費せずに、慎みぶかく埋没させただろう。しかも超構造体(メガストラクチャー)を幾つも跨ぎながら回避されている。なぜだと思う〟

「さあ。どうしてなの」

〝統治局すら把握していない、なんらかの防護措置が施されていたという噂があってね。塊都(かいと)の舎密(せいみ)局(きょく)が関わっていたとも言われているけど、どうだろうね。そういった仕掛けを突き止めようとしていたんじゃないのかな〟

「あんた、案外詳しいんだね」どうもこのモリは、まぬけにしか見えなかったり急に冴えたりとつかみどころがない。「三日月もどこかの階層にまだ埋もれているのかな」

サグランダが電基耕作師たちから聞いた伝説によると、太古の無階層空間には、満月や三日月など形態の異なる十二の月が存在し、極大の見えない円周上に並んで、茫洋(ぼうよう)とした時空の流れに刻目をつけていたという。

〝三日月？　それは満月の中に収納されているんじゃないのかな〟

「えっ……あ、蜜柑（みつかん）の一房みたいに？　じゃあ月をさらに掘らないと見ることができないのか」

〝そんなことより、僕の大事な話を聞いておくれよ。その脆くて狭い階段はね、百歩ごとに踊り場があって――〟

モリはまたいつもの話に戻っていった。

大陥穽では、巨大排管の円い断面の集積が、黒い汚泥を重々しく噴き出していた。

ホミサルガは大きく息を吸い込んだ。首根っこから背中にわたって震えがくる。全身を風にねぶられ続けて体温が下がっている。熱量が欲しい。

雑嚢から細長い包みを取り出して半ばまで開くと、卵を幾つも不格好にくっつけあったような青碧色のヤキの実が現れる。

〝腹の中かと見紛うほど多くの配管で犇（ひし）めきあう隘路（あいろ）を奥へ奥へと進んでいったんだけど、肉質の隔壁で行き止まりになっていて〟

もともと作業塔では、餉（しょう）と呼ばれるどろどろしたペースト状の食物が配給されていたが、控えめに言っても不味いため、電基耕作師から教わったヤキの実を栽培して食すようになっていた。彼らもまた旅人から教わったのだという。

「あんたよくそう飽きずに喋り続けていられるね。わたしはいつまで経っても慣れないよ」襟巻きを下ろし、ヤキの実の毳（けば）立った丸い先端に指を添える。すこし力を入れてやるだけで、綺麗に折れ割れる。「ここでは言葉を発するなり消えてしまうじゃない。本当に喋ったのかどうか心許なくなる」そのひとかけらを口に運ぶ。さくさくと砕け割れ、溢れる汁の苦味に、まばらに潜む小さな猪虫（いのむし）の濃い甘みが混じりあう。

〝僕が話したくて話していると思ったら、大間違いだよ〟

「えっ？　と……なんの話をしていたんだっけ」ヤキの実の食感を味わいながらホミサルガは訊いた。細かくなっても歯応えはなくならない。

〝君は、いつまで経っても慣れないって言ったんだ。言葉を発するなり消えてしまうから、本当に喋ったのか心許なくなるって〟

「なんだ」

基底現実に降りてからというもの、話す行為に拠り所のなさを感じるようになった。ホミサルガだけでなく、仲間の誰もが似たようなことを漏らしている。

「ここでは、言葉を音にするなりばらけてしまって、見当違いのところへ吹き飛ばされていくような感じがするんだよ。だから自分でも何を言ったのか判らなくなる」

とはいえ話していることと言えば、消えたって困らないようなことばかりだ。

〝へえ、そういうものなのか。僕にはよく判らないな〟

「自分のほうが言葉の中を落下しているだけなのかもしれない。この塔みたいにね」

途方もない距離に隔てられてしまった、発掘現場に残された仲間たちのことをホミサルガは想う。

〝その喩えはどうだろう。塔が落ちているのかどうかも怪しいものだよ。加速度は増していないという〟

加速度については少し前の集会でも疑問が呈されていた。下方から吹き上がる風圧のせいじゃないかとスマージカは言い、大陥穽に電磁気的な摩擦力のようなものが生じて抑え込んでいるのではないかとラムドルクは言った。考えれば考えるほど判らなくなってくる。

〝僕には言葉のひとつひとつが、上ったり下りたりするための大事な踏段に思えるよ。極大円筒に巻き付いた、透かし階段を上った話はもうしたかな。踏板ごとの水平が大きく狂っていてね、真っ直ぐ上っているのに――〟

「もういいよそういう話は……」

うんざりして斜行した屋上の向こうに目を凝らせば、モリの話の続きのように弧を描く広大な壁面が上昇しており、斜めに張り巡らされた狭い透かし階段が現れだした。その流れを辿っていくと、階段を下りている人影があった。三人だ。視界の拡大率を上げてみたが、同極の磁石さながらに逸れ続ける。まるで走査器官に拒まれているようだった。むきになって視線を錯綜させるうちにようやく捉え――ホミサルガは息を呑み、次の瞬間には仰哨台から飛び降りて斜面の上を渡っていた。

〝いったい、どうしたんだい？〟

手摺壁にぶつかる形で止まって身を乗り出すと、屋上の高さまで迫っていた彼らに――雑嚢を背負って一列に歩くサグランダ、リランダーシ、そしてホミサルガに――声を張り上げて呼びかける。だが彼らは気づかず階段を下りながら上方へ遠ざかっていき、視界に入るのは縦横の隔壁に仕切られた構造物の断面ばかりとなった。凩に襟巻きを押さえつけられ、息苦しい。

ホミサルガは呆然としながら、流れゆく構造物の断層を眺めていた。仕切り方の組み合わせが変わるだけの、似たような景色が続いている。

ネットスフィアから、別の発掘団として派遣されたわたしたちがいたのかもしれない。そう思いかけたが、すぐにありえないことに気づいた。ネット端末遺伝子の代替信号に認証エラーが生じるため、発掘機構では同一人格が基底現実にダウンロードできる代理構成体をひとつと定めている。

――視界の下方が泡立つようにちらついているのに気づいた。誘導されるまま五百米ばかり下に目を向けると、擦過痕の目立つ構造物の壁面を外廊状の溝が一直線に横切っており、三角符や判読できない文字列の断片が群がっている。視野を拡大するが壁の縁に隠れていて見えない。表示が明滅し続ける中、血糖量や心拍数が強制的に上昇させられているのを感じ取る。奥にあれがいるのは間違いなかった。

「俯哨はどうしたの！」ホミサルガは声を飛ばすが、通信状態は相変わらずで雑音が小さく爆(は)ぜるだけだ。「だれか聞こえる？」呼びかけながらちらつく表示に少しでも有益な情報を見出そうとするが、正確な総数すら把握できない。視認を待っている余裕はない。ホミサルガは床を駆け、封扉の枠から伝声線を手早く引きずり出して右の目元の接続孔に繋いだ。基底現実には制約が多すぎる。

——弐の壁側の五百米下方、構造物に駆除系セーフガード。視認はできず。走査器官がざわついてる。

塔の全ての部屋に自分の声が響いているのをホミサルガは感じる。

——どういうことだ。俯哨からは連絡がないぞ。

リランダーシの訝(いぶか)しげな声が返ってくる。同じ班の発掘師で、いまは発掘長代理を務めている。

——こっちが聞きたいよ！　じきに塔の最下層に達するから、早く来て！

ホミサルガは伝声線を外すと、腰の吊具から磁撃棒を引き抜いて両手に握り、強くひねった。両端から一気に一米ほどに伸長し、蟒蝱(うわばみあぶ)の羽音に似た雑音を立てはじめる。最初の襲撃時に膠着弾を使い果たしてしまったため、いまはこれだけが頼りだ。本来は発掘現場で構造物の制御系を無効化するための道具で、整備班の改良によって出力は増しているものの、効果は一時的なものでしかない。

塔の中から頭鐘(とうしょう)の音が響きだす。これで四回目の襲撃となる。ホミサルガが仰哨の時にセーフガードと遭遇するのは初めてのことだった。間違いであるほうがどれほどありがたいか。緊張のせいで全身の筋肉が強張る。

留まることなく動き続ける大陥穽を眺めながら、いつもの腑に落ちなさがよぎった。

そもそも自分たちが、どうしてセーフガードごときに排斥されなければならないのか。月の発掘中に、セーフガードが襲ってくることはなかった。発掘団の衛師たちが戦っていたのも、邏鬼(らき)や乾人(からど)といった部族や、あとは蟒蝙くらいだ。

さっきの自分たちの姿が脳裏によぎる。もしかして――

斜めに傾いた手摺壁の向こうに水平に伸びた外廊が迫り上がってきて表示が騒がしく群がりだした。濃い影の中に白い顔貌の列――人に似ているが表情は皆無。異様に長い腕を曲げて身を伏せており、背中の隆起が目立っている。

先頭の一団が獣のごとく駆けだし、床の途切れる寸前に跳躍した――束の間凍りついたように空中に留まり、低音の分厚いうねりを響かせて体表から針状結晶めいた光を放つ。火花の弾けるような音が散る。

大陥穽を包む、目には見えない境界面――これを越えようとしたサグランダの体は、内側からめくれかえって千々に飛散した。皆の反対を押し切って、うまくいったら後に続くよう言い残し、自作の滑空機で塔からの脱出を試みたのだ。

境界面を脱した駆除系セーフガードたちが、腕をもがれたり、外殻を剝脱させたりしながら飛来してくる。何体かは軌道が変わって塔から離れていった。この損耗があるおかげで、発掘師たちでも対抗できていると言える。

一体の着地点を予想してその側面あたりにつくよう移動したところで、セーフガードが白煙をたなびかせて襲来し、白面をホミサルガに向けながら眼前を過って――四つん這いで着地した。爪が床材を穿つ固い音が響き、胴体が深く沈む。その瞬間が狙い目だった。湾曲した黒く長い頸部めがけて磁撃棒を打ち、磁縛線を放つ。

セーフガードは大きく痙攣してちぐはぐに関節を折り、動きを失う。だが、この機能停止は五分ともたない。ホミサルガは左手に駆けていき、前のめりに着地したばかりの片腕のないセーフガードにすかさず磁撃棒を見舞う。セーフガードは全身を強張らせて肩から横向きに倒れていき、床にぶつかって跳ね戻ってくる。その背中を磁撃棒で押さえつけると、陶器を思わせる白面が力なくこちらに反り返って、額にあしらわれた十字形の鋭利な刻印が目に留まった。横線が縦線に貫かれており、まるで階層都市世界を貫くこの大陥穽のようだと思う。

空中では次々とセーフガードたちが境界面を越えていた。それらの着地点を見据えて駆けだそうとした時、

〝左斜め後ろ〟

モリの声がして振り向くと、数歩先の手摺壁からセーフガードが長い首を垂らし、黒い球形関節で繋がる白く艶やかな長腕を大きく振りかぶっていた。ホミサルガは磁撃棒で防御するが、吹き飛ばされて背中から床に激突し、磁撃棒を手放しかけて慌てて握りしめる。セーフガードが長い四肢を操って手摺壁を越え、前腕ほどもある鋭い戮をこちらに向け、間をおかず跳びかかってきた。すくい上げる動きで丸い胸郭を突く——衝撃で腕の骨が凍ったように沁みる——一瞬白い軀体の上下が大きくずれて遠ざかったが、足の鉤爪で床を削りながら留まり、再び迫ってくる。

〝右の真横からも〟

「そう言われても！」

腹部の黒い連節部を狙い定めて打つ。機能停止を見届けることなく体を右に捻るとすぐ右上に戮があり、とっさに身を逸らす。黒い影が顔面をかすめゴーグルがずれ、鼻梁を杭に打ち抜かれたような激痛が走った。目を何度も強くしばたたかせ、頸部に並ぶ棘突起の間隙に磁撃棒を押し込み、床に押さえつける。襟巻きが血を吸っていくのを感じる。

背中の大きな隆起の向こうに、仲間たちが封扉から続々と這い出してくるのが見えた。ゴーグルを忘れた、目が乾く、というザグラッツの胴間声が聞こえる。

鼻梁が痛みで脈打ち、唇に血が垂れてきた。触れてみるが手袋のせいでよく判らない。

〝真横に裂けただけだよ〟

「だけってね……」今になって背筋が粟立ってくる。「鼻がもげたかと思った」

仲間たちが襲撃者ごとに散らばっていく。中には屋上を越えて壁側に渡る者もいる。

長身のリランダーシが立て続けに二体のセーフガードを倒し、周囲を警戒しながら後ろ歩きで近づいてきた。

「すまん、遅くなった」

「ほんとだよ！」

緑青色の作業服を着た六人が低い姿勢で機能停止したセーフガードの元に駆け寄っていく。ゲドハルト率いる整備技術師たちだ。長い四肢を神経線で縛ると、物々しい解体器具で、外殻を剝がしたり頸部の節をこじ開けたりして内部の中枢神経系を断っていく。再起動を防いでいるのだ。

彼らを背後から襲おうとするセーフガードに、リランダーシが風音を立てて磁撃棒を振り下ろし、その傍らで長い赤毛を宙に広げたアマサーラが「雑像がちらついてうっとうしいね」と甲高い声を上げ、白面を刎ね飛ばす。

目の前に一体のセーフガードが飛来して構えたが、床に激突して跳ね返り遠ざかっていった。境界面ですでに機能停止していたのだろう。

次はどこ、とホミサルガが見まわしていると、ああっ、ああっ、と後ろから情けない声がした。振り向くと、ナンハイムが仰哨台の骨組みに足を引っかけたまま、上体を右に左にくねらせてセーフガードの戮をよけている。「あんたは助けられにきたの？」と言いながらセーフガードの横腹を打つ。

仰哨台の上からセーフガードの体が勢いよく飛んで手摺壁を越えていった——ダツマーカだ。

「なるべく機体を確保してくれと言っとるだろうが」とゲドハルトの太い声が響く。

屋上のそこかしこで磁撃棒が回転し、跳ね動いて、セーフガードたちを機能停止に追い込んでいく。

十分後には、セーフガードが三十体ばかり屋上に積み重なっており、動いているのは整備技術師だけとなった。皆、床に突き立てた磁撃棒にもたれかかったり、蹲ったりして肩で息をしている。

手摺壁の向こうから、片手にセーフガードを引きずったザグラッツが現れた。

「ようやく勘を取り戻したところだってのによ」


天井の封扉から皆が次々に下りてくる。宙を泳ぐ者と梯子を伝う者がいて、むろんホミサルガは後者だ。床に固定された長椅子の列はすでに半分ほどが埋まっており、救護師のセルメイラがその間を動きまわっている。髪を束ねたり短めに切った者が増えたなと思っていると、長い赤毛が宙にばらけてもおかまいなしのアマサーラが最前列の席についた。ホミサルガはその隣に腰を落とし、雑嚢を置いてゴーグルや整音耳あてを押し込んでいく。まさかあんなとこから入ろうとするなんてねえ、とアマサーラが話しだし、四の壁の窓跡のひとつが破られかけたことを知った。皆の到着が遅れたのはそのせいだったらしい。背後では補助電源生物がいつもの唸りを発している。

鼻梁の傷が疼き続けていた。傷は短いが深く、血液がエッグタルトみたいに固まりかけている。いつできたのか、頬にも傷があった。

「触るんじゃない」と言われて指を離す。

前に救護師のマサージュが立っていた。すぐに治膚を鼻と頬に貼りつけてくれる。

「ありがと」

薬が浸透して痛みが引いていく。

リランダーシが皆の前にやってきて、労いの言葉を述べた後、俯哨のゾンデライカの個性消滅を告げた。伝声線を片手に握ったまま額を撃ち抜かれていたという。モリによれば、上位セーフガードがいたらしい。

部屋から空気がかき消えたように静かになる。体の力が抜けそうになり、ホミサルガは膝を握りしめた。ゾンデライカとは班が違ったので、発掘現場ではときおり顔を合わす程度だったが、派遣以前になにか自分と深い繋がりがあった気がしてならず、ゆっくり話す機会を持ちたいと思っていた。基底現実に持ち出せない事柄に抵触していたのだろうか。

「必ず、ネットスフィアに連れ戻してやろう」とリランダーシが続けた。すでに再生用の有機情報は封存してあるという。せっかくモリがあるってのにな、とすぐ後ろでラダートフが悔しげに言う。発掘師の脳にはコピーガードが施されているため、緊急保存パックがあっても使えないのだ。

「いいやつだった」「ほんとにいいひとだったね」「ああ。残念でならないよ」

皆が訥々(とつとつ)とゾンデライカの話をしているが、具体的な思い出はあまりでてこない。軌憶(はりこ)の効果でネットスフィアにいた頃からの連続性を感じてしまうが、実際には基底現実に派遣されてからの三千時間ほどの記憶しか持たない。しかもその殆(ほとん)どの時間を月の発掘作業に従事してきたのだ。班が異なればなおさらだった。

ホミサルガは息を整えてから立ち上がり、皆の方を向いた。その奥で、補助電源生物がものおもわしげに尾を巻くのが見える。

「ねえみんな。ちょっと聞いてほしいことがあるの」

ホミサルガは切り出し、大陥穽の階段を下りていく自分とサグランダとリランダーシを目にした話をした。場がざわついて、収まり悪く静まった。皆の顔に困惑が浮かんでいる。見間違いだろう、と誰かの声が上がった。

「本当に、俺たちだったのか？」

リランダーシが、ヤキの実に鬆(す)を見つけたときの顔でこちらを見据える。

「ええ。間違いない」

ホミサルガは腰袋から巻いた繋線（けいせん）を取り出してほどき、一端を目元の接続孔に挿し込んで、もう一端をリランダーシに差し出した。第二網膜は視録を一時的に残すことができる。リランダーシは繋線を目元に挿すと、しばし目を泳がせた後、宙を凝視しながら溜息を吐いた。

「皆、ホミサルガの話は本当だ。見間違いじゃない」

並んだ頭がふぞろいに動いてざわめきが広がった。顔を見合わせている者もいる。

「別の発掘団が派遣――はできないな。時間線が混在している可能性がある、ということか」

三列目に坐るラムドルクの低い声が響き、ホミサルガは頷いた。ざわめきが大きくなる。

何人かが前にやってきて、視録を見せてくれと言い、ホミサルガは応じた。

「もしかしたら、セーフガードが襲ってくるのは、ネット端末遺伝子の代替信号が複数察知されたせいかもしれない」

頷きと疑いの声とが混ざりあって聞こえる。

「僕は以前からその推測を話してたじゃないか」と二列目のナンハイムが脚を揉みながら呟き、「そうだった？」とアマサーラが振り返る。量の多い髪の毛でナンハイムの顔が隠れる。

「循環もありえるんじゃないかとも言ったよ」

「あ――」ホミサルガは思い出した。「建設者たちが修復しているのに大陥穽が塞がらない理由はそれか」

「そう。一種の時空隙なんじゃないかな。規則性がなさすぎる気はするけど」

「以前はありえない話だと思って聞き流していたんだが……」ラムドルクが幅の広い顎をさすり、瞼の裏を読むようにして言う。「時間線の混在が起こりえるなら、その説の信憑性も増すね。幾つかの疑問も晴れる。だが……」

「本気なの？　大いなる光のせいで、時間の環に閉じ込められ、時間線を遷移し続けているって？」

奥の席からスマージカが訝しげに言う。

「何らかの保存則を解消して……」

〝だとしても、範囲が多岐に亘りすぎているよね。僕が見ただけでも、塊都や寤条（ごじょう）やジドブ郡の景色が流れていったよ〟

「いまの声は誰だ？」リランダーシが言い、皆が座列を見まわす。

ホミサルガは、モリを戻し忘れたことを後悔した。

〝それぞれの都市の座標がどれだけ離れていると思う？　気の遠くなるほどだよ〟

自分に視線が集まるのを感じて、ホミサルガは胸元を指差した。

「なんだ、お喋りモリなのか」とリランダーシが言い、その場に拍子抜けした空気が漂う。

「ごめんなさい。仰哨でつけたままだったから。あんた、もう黙ってなさいよ」

〝僕は君たちが想像もつかないほど広大な空間を歩き続けてきたんだ。当時のありとあらゆる階層に足を踏み入れたものだよ。だから大陥穽に現れるどんな景色にも見覚えがある〟

「なにを言ってるんだこいつは「ほっとけよ。またいつものくだらない話だ「あらゆる階層って。超（メガ）構造体（ストラクチャー）どうしを行き来できるわけないじゃない「まともに答えるだけ無駄だって」

「皆待ってくれないか。どうも気になることがある」ラムドルクが立ち上がった。「君はそもそも誰で、どうして階層都市を広域に亘って歩きまわることができたんだね」

〝これまで何度も話していたんだけどな〟

「いいから早く言いなさいよ」

〝もう遠い昔のことだけど……僕たちは、システムから階層都市じゅうへ派遣された地図測量師だったみたいだよ〟

「僕たち？」思わず声が出てしまう。

〝大勢の僕なんだ〟

「分岐人格ってこと？　でも……」

「君たちは、ＡＩだったんじゃないか」とラムドルクが言った。

　だから駆除の対象にならなかったのか。そう納得しつつも、どこか頷ききれないものがあった。こんな落ち着きのないＡＩがいるだろうか。

〝まあ、そのようなものだと思ってくれて構わないよ。測量している間も都市は膨張していくから、担当階層を踏破し終えてシステムに戻る度に、他の測量師たちと地図情報を統合するんだ。それを収めていたのがこの測量専用の補助脳だよ。階賊に奪われて、筐体を入れ替えられたものだから、よくある緊急保存パックに見えるだろうけど〟

「それが本当だとして、どうしてそんな離れた階層の景色がこの大陥穽に関係しているっていうの」とホミサルガは訊いた。

〝幾つもの異なる階層でこういった大陥穽を目にしたことがあるからだよ。中には全長が七十粁(キロメートル)に及ぶほど長大なものもあった〟

「まさか、それら各地の大陥穽が、互いに繋がりあっているって言いたいわけじゃないわよね。それなら貫通角度の違いは説明がつくけど……」

　何人かが苦笑いした。

〝それらは禁圧解除した重力子放射線射出装置によって穿たれたものなんだよ〟

「重力子放射線……射出装置だと」ずっと黙していたゲドハルトが大声をあげて立ち上がり、その拍子に浮かび上がりだした。主幹、とニマノラに腕をつかまれて戻る。「まさかとは思っていたが……第一種臨界不測兵器が使われたというのか」

「知ってるのか、ゲドハルト」とリランダーシが訊ねる。

「まあ……だがありえん。そんなものを使えば……」

「その兵器は臨界不測状態を生じさせるというのかね」とラムドルクが落ち着かない様子で言った。

「確かにありえんな。重力均衡が崩れて、階層都市世界の全体に連鎖崩壊現象が広がってしまうはずだ」

「ねえ、モリ。大いなる光は、階層都市世界の防衛機構が放ったわけでしょう？　自らの崩壊を招くような兵器を使うものかな」

〝放ったのは防衛機構じゃないんだ〟

「じゃあ、何がそんなとんでもない兵器を」

〝密使だよ。あるところでは光を担う者、とも呼ばれていたね。上位セーフガードだと考える者もいた。彼の立ち寄った集落がことごとく壊滅したためらしい。擬装セーフガードだとも言われている〟

「密使……巨大な上位セーフガードみたいなもの？」

〝一見君たちと変わらない姿らしいよ〟

「そういう存在については怛人たちから聞いたことがあるが」「ああ、だが禍いを擬人化したものだと思っていたな」「そいつがそんな物騒なものを持ち歩いてるってのか」

皆が口々に話しはじめる。

「落下による疑似無重力だと思っていたけど、本当の無重力だったなら？」「大陥穽の内部が、臨界不測状態にあるというのか」「加速度が増していない説明はつくな」「だがどうして連鎖崩壊が起きてないんだ」「都市の防衛機構が封じ込めを行っているのかもしれん」「ひと繋がりの無限円筒を作ることで？」「力場の開放のために遷移し続けているとか——」

議論が盛んになる中、ナンハイムの呟いた言葉で、その場の空気が鎮まった。

「僕たちは、永遠にこの大陥穽から逃れられないということなのかな」

ホミサルガは十六階の通路奥の床に立ち、宙を漂ってくるセーフガードの軀体を受けとめては、積み山の上のアマサーラやルジスラフに渡していた。彼らは隙間を作りながら、四肢の長い軀体を押し込んでいく。すでに突き当たりはこれまでの襲撃で天井いっぱいに詰まっていた。

「あんたはてっきり、上書きを繰り返されたポンコツだと思ってたよ」

ホミサルガが呟くと、その通りとも言えるんだ、とモリが言う。

通路の向こうにいるナンハイムが、天井穴から落ちてきたセーフガードの下敷きになって転んだ。ザグラッツ、そんなに力を入れないでくれよ！　とこもった声で叫ぶ。

「どういうこと？　あんたはＡＩで地図測量師なんでしょうに」

〝そうとも言えるしそうでないとも言える〟

「もったいぶらない」

頭頂部を向けて姿勢よく漂ってきたセーフガードを受け止める。その軀体の腰が折れ、膝が上がり、抱きあうような姿勢になってしまう。

あんたらの仲を引き裂いて悪いけどね、とアマサーラが言いながら、セーフガードの首根っこの隙間に手を入れ、引っ張り上げる。

〝もう自分でもなんなのか判らないというのが正直なところなんだ。地図測量師たちが初期人格なのは確かだけど〟

「初期人格？　上書きしたのなら、どうしてあんたが地図測量師でもあるの」

あー、もうこっちは入らない、とルジスラフの声がする。いたっ！　とアマサーラが短く叫ぶ。尻を爪に刺されちまったよ。まったく狭くてしょうがないね。

片脚だけが飛んでくる。受け止めて、背後に軽く投げる。

〝これは測量専用の補助脳だと言ったろう？　それだけ元の情報量が厖大かつ強靭だったってことじゃないかな。むしろ上書きされたのは僕の方だと言ってもいいかもしれない。これまで上書きしたはずの人格たちも、同じように自分のことが判らなくなったらしいよ〟

　漂ってきた頭のないセーフガードを受け止める。それが最後みたいだよ、とナンハイムが言う。軀体を積み山に押し上げると、アマサーラが引きずり上げる。

「それじゃああんたは……」

〝そういえば誰なんだろうね……〟

「少なくとも、補助脳を緊急保存パックとして挿着していたわけだよね」

〝ああ……思い出してきたような気がするよ。僕は病気で先が長くなかったんだ。だから父さんがこの緊急保存パックを手に入れて……事切れた後に新しい体に挿着されたはずなんだけど〟

　まったく、疲れちまったよ。あたしらはなんでこんな不便な代理構成体を選んだんだろうかねぇ。アマサーラが言いながら積み山を下りてくる。

「あんたたちは階賊の船で見つかったの」

〝そうか、そうだよ。垠攬（ぎんらん）墓所のあたりで階賊に襲われて……八万時齢の頃だった〟

「ちょっと、あんた赤ん坊だったの？」

〝いや、子供っていうんじゃないのかな——まあ、いま話したことも本当に僕のことなのかどうか。なにしろ名前も思い出せないくらいだから〟

　いつまでお喋りモリをつけてんの、とアマサーラが言う。

　最上階に寄って、頭鐘の吊り下がる式の壁に近づくと、担当表の横に掛けられたモリたちが急に話をやめる気配がした。空いているフックに地図測量師であり子供でもあるお喋りモリを掛け、おやすみを言って去った。

寝所の中央には柱が並び、壁との間に多くの吊り床が張られている。ホミサルガは二段目の吊り床に這い上がると、腰の金具を留め、雑嚢を枕にして横たわった。

吊り床の上に坐って瞑想するスマージカやラダートフの姿が目に入る。これまでホミサルガも幾度となく試みてきたが、あと少しという感触はあるのにネット牽索は働かない。もう諦めてしまった。

瞼を閉じて、第二網膜に残された、壁面の階段を下りていく自分たちの姿を眺める。いったい何処へ向かおうとしていたのだろう。どの顔も表情が強張っているように見えた。なにか異なる苦況に陥っているのかもしれない。繰り返し眺めているうちに、ホミサルガは眠りに巻き取られていった。


突如吊り床が破裂し、凄まじい勢いで落下しだした。風圧のせいなのか口も鼻も塞がっている。懸命に息を掻き込もうとして――

ホミサルガは叫びながら目覚めた。額に脂汗が貼りつき、並んだ吊り床が揺れている。

いや、揺れているのは自分の吊り床の方だ。手がその縁を固く握りしめている。

「なんだようるせーな。起きちまったじゃねーか」遠くでザグラッツが言う。

よかった、夢か。

そう安堵して顔を拭ったところでいまも落ち続けていることを思い出し、水中で大きなあぶくが弾けるように鼓動が大きく鳴った。

吊り床を下りて寝所を出ると、通路の床穴から梯子で階下に降りた。ここも、通路の突き当たりはセーフガードたちの軀体で埋め尽くされている。白面はどれも伏せられていた。

通路端に整備技術師のルジスラフがしゃがみ込んでおり、空中にたくさんの水の玉が浮かんでいた。配管の修繕をしているらしい。吸水器で空気中から集めた水は、この配管で栽培室に送られている。

ホミサルガは、目の前に漂う卵ほどの水の玉が僅かずつ形を変えてゆくのをしばらく眺めてから、口をすぼめて一息に吸い込み喉を潤した。

ルジスラフの横を通り過ぎて栽培室に入ると、いつものように酒気を帯びたような黴くさい暖気にくるまれる。

狭い空間の三方から幾段も栽培棚が張り出し、その上でヤキの実が所狭しと犇めきあって、各部の照明に向かって背を伸ばしていた。

「そうそう、子供の頃にさ、礼拝堂のアネクドートをきれいに露払いしたら、司教たちが甘干しの金環食を褒美にくれたことがあって」

左手の方から声が聞こえてくる。栽培棚の間を通っていく。

「あたしも貰った。金環食は延縄のあたりがすっごく綺麗で、嬉しかったなぁ」「なんだ、ふたりとも貰えたんだ、羨ましいよ。僕なんて騾馬のポリプだったから」「いいじゃない、騾馬なら苦よもぎを吹けるから、物見遊山になる」

突き当たりを左に折れると、救護師のセルメイラ、整備技術師のニマノラ、それにナンハイムの三人がいて、ヤキの実に霧吹きをしたり、枯れた部位を取り除いたりと世話をしている。そうやって手間暇をかけてやることで、成長と増殖を促すことができる。落下が始まった時に栽培棚が部屋中にばらけ、ヤキの実の半数は枯れてしまったが、残ったものは無事に育って増え続けてくれている。発掘団の代理構成体は、基底現実の一般的な人間と比べて熱量の変換効率が格段に高く、数日に一度の食事で事足りるとはいえ、培養している餉と合わせても、五十人分近い食い扶持を賄うには充分とは言えない状況だ。

「でも、苦よもぎを吹いたりなんかしたら、ラグランジュ岩礁のフニクラが沙羅双樹代わりにすりおろされて――」

「ナンハイム、それはちょっと並びに違和感あるんじゃ――」セルメイラが笑いながら振り返り、黒目がちな目を向けた。「あれ、ホミサルガ。あなた当番だったの？」

「目が醒めてしまって。ヤキの実が育っていくのを見てると落ち着くから」

「わかるわかる」

「それより、あんたたち、ネットスフィアのことを覚えてるの？」

ホミサルガが言うと、三人が顔を見合わせて笑い声を上げる。

「全部ただのお巫山戯(ふざけ)だよ。奥行きのない単語が多すぎるでしょう？　それらをでたらめにもっともらしく繋いでいくの」

「そう、ニマノラが始めた捏(つく)り話っていう遊びなんだけどね。途切れさせずにうまく話を合わせ続けられると楽しいんだ」ナンハイムがいつになく明るい表情を浮かべている。

「最初は軌憶(はりこ)の中身を埋めようとしていたんだけど、うまくいかなくて。だんだん軌憶から逃れて巫山戯る方が面白くなってきたの」ニマノラが腰を屈めた姿勢で、ヤキの実の萎(しお)れ瘤を鋏(はさみ)で刈り取りながら言う。髪を切るのもうまくて、ホミサルガも一度頼んだことがある。「そうするうちに、本当にあったことを話しているとしか思えない瞬間が訪れることもあって」

「そうそう、あの感覚は不思議だよな」

突然、セルメイラが息を呑んでしゃがみ込んだ。ホミサルガは、さっきの自分を思い出しながら手を差し伸べる。塔の中にいると落下中だということを忘れてしまいがちだが、前触れなくその恐怖に襲われることがある。

へへっ、とセルメイラが土気色になった顔で照れくさそうに笑い、ホミサルガの手をつかんで立ち上がる。掌が冷たく汗ばんでいた。

十六階(中)と十五階(下)の通路がセーフガードの軀体で埋め尽くされてしまったので、その後しばらくは皆で其れらを処理する仕事に勤しんだ。四肢を胴体からばらしたり、導管を巡る循環液を抜いたり、胸郭内の球形器官からタール状の黒い粘液を抽出したり、頭蓋の内側の綿状組織を剝がしたり、全身を巡る神経線を引き抜いて巻き取ったり、細かな固着具を集めて分類したりと様々な仕事があった。手を動かしながら、ニマノラの始めた捏り話で盛り上がることもあった。ホミサルガも試しに加わってみると、案外楽しくよい気晴らしになったし、普段話している言葉よりすこしばらけにくい気がした。つい墓穴という言葉を何度も使ってしまい、よっぽど好きなんだね、と笑われたりもした。個性消滅にまつわる言葉だとは判っていたが、どうにも印象が定まらないのだ。

ときおりホミサルガは最上階の片隅にいるお喋りモリの元に立ち寄った。あのとき輪郭を表した子供の話を色々と聞いてみたかったのだが、モリは階層都市世界を巡り歩いた地図測量師たちの記憶を止め処なく話し続けるばかりだった。それでも構わなかった。

〝僕は暗い螺旋階段をぐるぐるぐるぐる上り続けて――話しているだけでも目が廻りそうになるよ。ようやく抜けるとそこは塔の屋上でね、これまで見たことのないほど広大な空間が広がっていて、測量の目も届かないほどで――〟

以前は代わり映えのしない退屈な話としか思えなかったのに、耳を傾けるうちに階層ごとの建築様式や集落の生活の違いが窺えるようになってきて、階段の作りのちょっとした違いにさえ興味を覚えるほどになった。とても人が住めるとは思えないような隔絶された過酷な地にも人の集落があることを知り、極限的な日々の営みを支える創意の豊かさに惹かれた。

〝その周辺にはとてもくさい、真っ黒な汚水溜めが広がっていてね、水辺には小さな集落があって〟

「その集落にはどんな種族が住んでいたの。背丈はどれくらい？　どんな服を着て、どんな食べ物を食べていた？」

すかさず訊ねないとすぐにまた歩き回る話に戻ってしまう。

〝細かな骨飾りのついた長衣を纏った、とても小さな人たちだったよ。彼らは汚水に棲む僂吐惧という大きな生物を銛で狩って――〟

「どれくらい大きいの」

〝全長は十米ほどかな。形は言葉にしづらいね。鱗はなくて、ぬめりのある黒い皮膚に覆われていたよ。狩りの度に必ず何人かの犠牲者が出るんだけど――解体してありとあらゆるものに利用していた。肉は汚水抜きをしないと食べられないものの、長期間の保存には向いていていて。そうそう、編み込んだ革細工の模様が独特だったな――〟

「へぇ、どんな模様だろう。すごく知りたい」

〝僕が絵を描ければいいんだけどね。三色あって――〟

壁の伝声管から仰哨の声が響いて、お喋りモリの声を遮った。壁側の上方から、輸送機が接近しているという。乗れ、と手で合図をしているらしい。

皆で屋上に出ると、横幅の狭い箱型の輸送機が、斜め向きの姿勢で大陥穽の外周に触れんばかりの距離を下降していた。まるで胸に吊り下がったモリみたいだとホミサルガは思う。輸送機は塔の周囲を巡りはじめ、幾度となく接近しようとしては、低音の分厚いうねりを発して押し戻され――その度にどよめきが上がる――やがて遠ざかっていった。「必ず助けにくる」運転席の男がそう叫んでいた、とラダートフは言い張った。

次の集会では、この閉塞状況を打開するために幾つかの提案がなされたが、全員の脳髄から封存バッグを作ってセーフガードの胸腔に収め構造物側に射出する、という個性消滅を伴う案など、実現をためらうものばかりだった。今のところは、以前に偶然実行しかけてやめた、塔を構造物断層に不時着させる方法が最も現実的かと思われた。むろん境界面を突破するには射出機の威力も塔の強度も足りず、変成砲弾もなく、人体への影響の計り知れなさも変わらなかったが、ひとまずは唯一可能である塔の補強を、セーフガードの四肢や内容物を使って進めることとなった。少しでも可能性に繋がりそうな、没頭できる仕事が必要とされていたのだ。

ホミサルガたちは、寝所が非常時の際の防護殻となるよう、セーフガードの胸郭や白面を神経線で繋いで壁を覆う作業を続けていた。

「これは、あまり眠れないまま目覚めてしまった時の顔だよ」

「どうかなぁ。信じていた人に裏切られたと判った瞬間の顔じゃない？」

捏り話をしていたはずが、いつしかセーフガードの白面がどういう時の表情なのかを言いあうようになっていた。画一的で無表情だとみなしていたが、角度や影のつきかたによって違った印象を受けることに気づいたのだ。

「くしゃみが出そうで出なくてもどかしい顔」

「ザグラッツのくだらない冗談を聞かされた時の顔」

「ずっと気がかりなことを抱えたまま料理をしている顔」

誰か基になった人がいて、そういった瞬間に象（かたど）られたとしか思えなくなってくる。

「いつ叱られるかとびくついている顔」

アマサーラがそう言った直後、スマージカの声が響きだした。

――こちら俯哨。一粁下方、真下――四の壁側の断層からセーフガードたちの群が橋をなしている。

二十秒後には塔に接触。

頭鐘が騒がしく鳴りだした。

――珪素（けいそ）生物！　奴ら珪素生物に群がっている！

皆が壁沿いに掛けられた磁撃棒を手に取っては床を蹴り、赤黒い空間の中を一斉に上昇していく。

浮き渡りを嫌うホミサルガも今回は迷わず床を蹴っていた。

屋上に出るなり、大陥穽の境界面で光を放つセーフガードたちが遠ざかっていくのが見えた。流れていく階層都市が大きく斜めに傾いており、しばし混乱させられる。

風の逆巻く床の斜面を、作業靴を吸いつかせつつ上っていく。手摺壁から四の壁を覗くと、大勢のセーフガードが、壁面をなす組互材の継ぎ目に戮爪(つめ)を咬ませてしがみつき、白面を一方向に向けていた。その先には、根を張った樹木のように壁際に立つ、背高い漆黒の珪素生物の姿があった。腰から下は艶のある黒衣に覆われ、左腕に角張ったブレード状の武器を備え、頭部からは編み込んだ黒髪めいた幾本もの長い管が伸びて宙に漂っていた。よく見ればその中の一本だけが足元の壁に突き刺さっている。

セーフガードの一体が戮(て)を突き出し前のめりに進みだしたかと思うと、珪素生物の黒衣が腰周りに広がって渦を巻き、白い軀体は上下真っ二つとなって回転しつつ上方へ飛ばされていった。次の瞬間にはセーフガードたちが押し寄せ、珪素生物の姿は見えなくなった。

遅れてリランダーシがやってくる。珪素生物と聞いて、衛師の残した人の背丈ほどもある斃銃(へいじゅう)を運んできたのだ。長い銃身を手摺壁に載せ、銃口を向ける。

セーフガードたちの頭、腕、上体などの部分が破片を散らして跳ね飛んでいき、珪素生物の体が露わになってきた――リランダーシが珪素生物の広い額を狙い撃つ――一瞬時間が凍ったように弾が停止し、宙に散った。

「くそっ、なにが起きた」

「防護繭(ぼうごけん)が張られているのかもしれん」

珪素生物の白黴に包まれたような顔が、こちらに向いた。眼球はめり込んだ黒い硝子球のようで、周縁近くが映り込みで縞模様になっている。鎧状(よろいじょう)に覆われた口元が、甲虫の体節のごとく蠢(うごめ)いた。

「なんというカオス係数の高さだ。ここはなにもかもが不安定で心地よいところだな。気に入ったぞ」

　珪素生物はセーフガードたちを薙ぎ払うと、唐突に壁面を蹴って飛び上がった。頭部の管が突っ張って姿勢が逆さまになり、弧を描きながらこちら側へ飛んでくる。

　一斉に後ずさる皆の眼前で、槍が突き刺さるように珪素生物が手摺壁の上に立った。足の鉤爪で縁を挟んでいる。管が波打って戻っていく。その堅靭（けんじん）な肢体がさらに屋上に向かって跳ね、背後に黒衣が広がった。

　ザグラッツが着地する珪素生物の傍らに踏み込み、磁撃棒を打った――ように見えたが磁撃棒は宙を跳ね、ザグラッツの頭部は屋上に立つ珪素生物の右手に摑まれていた。鼻下まで水に浸かったように切断され、無数の赤い球が噴き出して上方へ飛び散っている。体の方は両足を床に吸着させたまま後ろに倒れていく。

　ホミサルガの顔から血の気が引いた。

「おまえたちは――」珪素生物の右頬で赤い光点が明滅する。「半有機系の代理構成体か。ネットスフィアから降りてきたのだな。ということは接続手段を備えておるはず」

　珪素生物の指の腹から赤い蔓（つる）状のものがうねり伸びて、ザグラッツの頭の断面に潜り込む。

　誰もが珪素生物から距離を取った状態で、磁撃棒を構え直したり握り具合を確かめたりしながら何もできずにいた。黒く焦げた屋上の床までもが、珪素生物の一部であるかのように見える。

「ほう、ネット牽索――いかん、断ってしもうたか」赤い蔓が波打ってさらに奥深くを探っているのが判る。笑い声のようなものが聞こえた。「なんだこれは。まるで記憶喪失者ではないか。おまえたちは人形なのか？」

　衛師なら対等に戦えたのだろうか。彼らならどう戦っただろうか。ホミサルガが考えを巡らせているうちに、珪素生物が視界から消え、ザグラッツの頭が宙に回転していた。
どこ！　焦って見まわしていると、突如視界が珪素生物の白い顔貌だけになった。黒い眼球に、腫れぼったい瞼が僅かに下がる。声をあげる間もなく胸ぐらを掴まれて吊り上げられ、両足が音を立てて床から剝がれる。腕のブレードが脇腹に食い込んで痛い。

珪素生物の背後から金属のぶつかる硬い音がし、一瞬、境界面の発するような音のうねりが響いた。誰かが磁撃棒を押し当てたのだろう。珪素生物は振り向きもせず、磁縛線が効いた様子もない。立て続けに銃声がして低音のうねりが聞こえ——珪素生物は表情ひとつ変えない。その異貌の向こうでは、屋上に散らばって間合いを取っている皆の狼狽した顔が見える。アマサーラ、ナンハイム、ニマノラ、ラダートフ、リランダーシ、ラムドルク——セーフガードたちの這い上がってくる手摺壁の向こうを、傾いだ階層都市世界が上昇し続ける——

珪素生物が顔の右横へ伸ばしてきた手を、ホミサルガは痙攣する目で追う。後頭部に尖った爪が食い込んでくるのが、抉られているのが判る。すこし遅れて激痛が頭じゅうに根を張り、顔を歪ませる。頭の芯から、発煙筒ほどもありそうな硬いものが捻られつつ無理に引きずり出されていくのを感じ、いつの間にか放っていた掠れた絶叫が喉の痙攣で調子外れに揺れ動いて——抜けきると荒い呼吸に変わる。

ホミサルガの目の前に、鋭爪に摘まれた、血に濡れた螺旋状のものが掲げられた。小指くらいで、痛みから想像したよりもずっと小さい。そこに赤い蔓が巻きついてゆき、血の球が弾けた。

珪素生物の顔面の片側が崩れるように下がった。鎧状の覆いの向こうで舌がタッ、タッ、タッ、タッ、と打ち鳴らされたかと思うと、その顔が傾きながら遠ざかっていく。体が持ち上げられているのだ。

「なんだこれは。ダミーではないか。おまえたちは一方向でこちら側に落とされた使い捨てか」

いまなんて言ったんだ。ダミーと聞こえたが。いったいなにを。

仲間たちの間に動揺が広がっている。

ダミー、一方向、使い捨て――どういうことなの……

混乱していると、こともなげに放り投げられ――その瞬間に鋭爪で腹が斜めに裂けたのが判った――仰哨台の側面に激突して跳ね返り、痛みを感じる前に手摺壁を越え――その縁に踵がぶつかって頭側が下がる――四の壁に肩甲骨のあたりから突っ込んだ。塞がった窓の並ぶ外壁の上を頭から滑っていく。壁に張りつくセーフガードの傍らを過ぎる。無機質な顔がこちらに向く。動きを止めようと膝を曲げ靴裏を押し当てながら、腹の裂け目が膨らみ腸がはみ出しているのに気づく。寒気がして額や目元に脂汗が噴き出し、視界がすぼまってきて穴から覗いているみたいになる。裂け目に両手をあてて押し戻すうち、唐突な浮遊感に包まれていた――塔の下側の崩れた壁や天井が見え、遠ざかっていく。耳朶を打つ風音ばかりが聞こえ、鼓動が止まったように全身が冷えていくが、腹の裂け目と後頭部だけは煮え滾るように熱い。

わたしは塔より早く落ちていく。言葉より早く落ちていく――ホミサルガは目を瞑った。墓穴という言葉がようやく腑に落ちた――その中をずっと落ち続けていたのだ。

突如背中側に激しい衝撃を受け、視界が真っ白になる。何かに抑えつけられている。窪みに押し込められていく。

「お待ちしていました」

頭上から、なにかが覗き込んでくる。細かなセンサ類の茂った逆向きの顔。

イダル――

言語基体を切り替えるが、肺が圧し潰されたように声にならない。喘いでいるうちにやっと、起きてたの、という音になる。

「ホミサルガの接近で休止状態が解けました。なるべく柔らかい部分で受け止めたのですが」

「あんたに柔らかいところなんてないでしょ」

痛みのあまり鼻水や涎が止まらなくなっている。

「ホミサルガの体液の漏出が盛んすぎるようです」

「知ってる。鋲打機」

すぐに右側から鋲打機を備えた細い自在肢が伸びてくる。

上着をめくり、血塗れになった腹の裂け目を両手で強くつまんで盛り上げ「打って」と言う。

「まさか痛覚がないのですか？」

「なんでこんな顔してると――」

左側から別の自在肢が伸びてきて鉗指で裂け目を挟んだ。鋲打機が押し当てられ――激痛で背筋が反り返る。五回繰り返されるのに耐え、裂け目を塞いだ。

荒い呼吸を繰り返していると、視界に途切れ途切れながら判読できる表示が戻った。光のフレームで立体表示された塔の屋上に仲間たちを示す光点が散らばっており、ひとつ、またひとつと消えていく。

ホミサルガは両手で顔を覆う。息を整えると顔を上げて塔の底部を見据え、操作卓に手を伸ばすが、指が思うように動かない。口頭で命じる。

イダルの肩からハーケンが発射され、たちまち鋼索が伸びていく。反動で離れだすが、ハーケンが十四階の天井端に打ち込まれるなり鋼索が張って止まり、機体が振り子状に揺れはじめる。巻揚機が唸りを立てて動きだし、塔に引き寄せられていく。イダルの体の隙間を流れていく風が、笛のような音を鳴らす。

「これができるなら、自分で戻ってきといてよ」

「残念ながら自律駆動型ではありませんので」

「進化するくらいの時間は充分にあったでしょうに」

塔に辿り着くと、イダルを四の壁に這い上がらせ、短い脚部の底にある履帯を分子間結合させて渡りはじめる。その間にホミサルガの視界の表示は途切れがちになっていった。セーフガードが迫ってきたが、排土板を備えたイダルの剛健な腕が弾き飛ばす。

手摺壁から身を乗り出すと、屋上には左腕を上げた珪素生物の後ろ姿があり、対峙するラムドルクの頭上で、片腕が血の斑点をたなびかせながら宙を舞っていた。ふたりの向こうでは床が大きく失われ、赤黒い光が滲み漏れている。

「膠着弾を」

ホミサルガが囁くなりイダルの腕の下肘部から発射され、珪素生物の無骨な背中から花開くように膠着剤が広がって、黒い体軀を流動的に包み込んでいく。珪素生物は体を捻り、腕を振り回して逃れようとするが、膠着剤は凍りつくように白さを増して凝固していく。発掘現場で構造物の崩落を防ぐために用いているものだ。その傍らでラムドルクが断たれた腕を抱えながら蹲っていく。向かい側の僅かに残った床に両足を失ったラダートフが仰向きに倒れ、仰哨台の湾曲した骨組みには、足が逆方向に曲がった頭のない体が埋もれていた。床や手摺壁のそこかしこに血痕があり、肉片がへばりついている。これでも多くは飛ばされてしまったのだろう。

イダルを屋上に這い上がらせ、膠着剤の塊に近づいていく。その内部からは、箍の外れた激しい駆動音が響き続けていた。ホミサルガが呟く通りに、イダルが左手で珪素生物の頭部をつかみ、右腕の排土板の下から伸長した鋸刃を顫動させ、首を断つ。切断面から、黒々とした体液が重油のごとく噴き上がり、球形にばらけて飛び散っていく。それを見届けたところでホミサルガは前のめりになり、動けなくなった。

眼下の床に広がる泡の浮いた血だまりに、緊急保存パックが浸っているのに気づく。仰哨だった誰かがつけていたものだろう。瞬きをして視界を拡大する。筐体の刻印が拙い。

それを——

殆ど声にならなかったが、イダルが自在肢を伸ばして拾い上げ、首にかけてくれる。お喋りモリはなにかを呟いているがよく聞こえない。

「救護班はいませんか」とイダルが鉄の軋みめいた建設者の言葉を放つ。

崩れた床の縁から、血塗れになったゲドハルトの顔が覗いた。ゆっくりと這い上がってくる。その周囲にも何人かの姿が続く。その時、弐の壁の一部が剥落し、煙が大きく膨らんでたちまち流されていった。

ホミサルガが薄目を開けると、誰かに背負われて通路を進んでいた。傍らで負傷者を背負い歩いていたアマサーラが顔を覗き込んでくる。

「大丈夫かい？　セーフガードみたいな顔になってるよ」

「そっか、あれは……痛みに堪りかねて意識を失う寸前の顔だよ」

そう言ってホミサルガは意識を失う。

再び目覚めると、吊り床の上に横たわっていた。

頭上に並ぶ吊り床のあちこちに、仲間の組織を密封した透明な封存バッグが幾つもぶら下がっていた。赤と白が斑になり、底には黒い血が溜まっている。

寝返りを打とうとするが、胴体が包帯できつく巻かれており力が入らない。額から後頭部にかけても包帯の感触がある。マサージュの手当を受けている情景が蘇ってきた。すでに何度も目覚めていたらしい。強い鎮痛剤を注射されたせいか、眠気に纏わりつかれている。

眼球だけを動かしてあたりを見まわすと、吊り床に横たわる負傷者や、封存バッグを吊るしている誰かの後ろ姿が見える。その向こうの壁や天井の表面を浚うように、馴染みのない幾何学的な表示がちらついていた。

「半数近くも個性消滅してしまって……」セルメイラの声が聞こえた。「ネットスフィアに戻れないまま……どうしてわたしたちは閉め出されなきゃならないの」

「そのおかげで珪素生物に利用されずにすんだんだ」マサージュだ。溜息混じりで疲れきっている。ふたりとも、休みなく負傷者の手当を続けているのだろう。「発掘作業は長期間に亘る予定だったからな。汚染も恐れていたのかもしれん」

「でも、どうしてそれすら知らされずに」

「わたしたち自身がそう決めたはずだ。ともかく封存を急ごう」

「皆こんなこと……望んでいるのかな。たった三千時間ほどの、あやふやななにかが戻るだけなのに」

「それでもあんたはあんたで……俺は俺だと判る」喉の奥になにかを溜めたまま話す声がした。負傷者だろうが誰なのかは判らない。

「わたし……判らなくなってきた」と啜り泣きはじめる。「それに、どのみち塔は崩れつつあるのよ」

「いま、皆が懸命に……」声がダツマーカのものだと気づく。「塔を補強している。打開策だって──」

「ごめん。もう喋らないで。次はあなただから」

「ねえ……わたしは」別の誰かが、ほとんど息だけの声で呟く。「封存させないでちょうだい」

セルメイラは答えなかった。

それから何十時間もホミサルガは動けないままでいた。傷は塞がりつつあったが、まだ所々膿んでいて鈍く疼いた。背中にもずっと違和感がある。回復が遅すぎるとマサージュに漏らしたら、電基耕作師たちなら二百時間はかかるところだと言われた。

部屋の灯りが明滅した。

掌を胸元にあてて浅く息を繰り返しているうちに、ようやく背中の違和感の正体に気づいた。手を首に伸ばし、チェーンをつまぐって引き寄せる。かすかな血のにおい。鎖骨の窪みにのったお喋りモリの筐体が、ひどく熱を持っている。

灯りが一気に暗くなってきた。

「あれっ、どうした「なにっ、手当ができない「おい、なんにも見えんぞ」

とうとう真っ暗になり、ざわめきが大きくなった。

足音がして、誰かが戸口から入ってきたのが判る。

「ここもか」ゲドハルトの声だ。「補助電源生物の方でなにか起きているのかもしれん。ニマノラ、念のため配線の確認を」

「わかった」

ふたりの足音が離れていく。

お喋りモリが火傷しそうなほどに熱くなっていた。かすかにハム音のような、呟き声のような雑音が聞こえはじめ、鼓動の動きに絡みついてくる。

暗闇の中で、無数の光点が明滅しだしていた。光点は四方八方に伸長して、銀色の直線や曲線を引いては枝分かれしていく。まるで捏り話で思い浮かべた冬枯れの森を見上げているようだった。銀線は止め処なく錯綜し、重なりあって、不安になるほどの複雑さと密度を増していく。

モリ、いったいなにが起きてるの——腹に力が入らず囁き声で言う。手探りで腰の金具を外し、上体を起こす。

夥しい光の線分からなる集積塊が、蛇腹が開くようにばらけはじめ、変形を繰り返しながら、ひとつがグラスほどの小さな立体を様々に形作りはじめる。その殆どが直方体だ。

鎮痛剤が見せる幻覚なのだろうかと思っていると、「なんだこの表示」と誰かの声が聞こえてきた。「どうなってる」「走査器官が暴走しているのか？」と他の者たちの声も続く。自分以外にも見えているのだ。

形作られていく千態万状の立体が、水平方向、垂直方向へと絶え間なく分裂を繰り返して増殖している。寝所の壁を、塔の外壁を、周囲の空間を越えて大陥穽に達し、果てしなく連なる構造物を次々と覆い尽くして拡大し続けているのが感じられる。まるで建設者の暴走で階層世界が増殖しはじめた頃の厄災を目の当たりにしているかのようだった。

ホミサルガはいつの間にか自分がその氾濫の中心に立っていることに気づいて、身が竦んだ。背後を振り返っても、足元を見下ろしても、光の立体群がとてつもない遠近感で重畳している。

外方向だけではなかった。それらの銀線は頭の内側にまで雪崩れ込んできている。意識が縦横に裂かれていくように、ちりちりと痛んだ。

答えてよモリ、聞こえないの？　なんかおかしいよ。妙なことになってる。

そう呼びかけ続けるうち、

「いつものようにね、歩み続けているんだ」と近くからセルメイラの声が聞こえてきた。

なに、セルメイラ。どういうことなの。

把握できる規模を遙かに超えて沼々と拡大を続ける立体群の中で、ホミサルガは自分の体が縮んでいくのを感じたが、ほどなく個々の立体の方が膨張しているのだと気づいた。すでにホミサルガの背丈を超えており、見上げるほどになっていく。

「僕たちは一斉にね、上って、上って、睥睨（へいげい）してね」とマサージュが言う。いつもの口調と違っている。「歩いて、歩いて、くぐり抜けて……」

いったい、これは……モリ、あんたが喋らせているの？

「何を言ってるんだい。君だって僕じゃないか「覚えているだろう？　僕は当時のありとあらゆる階層に足を踏み入れたものじゃないか「歩き渡ったものじゃないか「それらはまだ目の前に広がっているよ「ほら、構造物たちの定礎数列だって感じられるだろう？」

周囲から幾つもの声色（こわいろ）でモリらしき語りが聞こえてくるが、渺々（びょうびょう）とした立方体群の重なりあいしか目に入らない。

傍らの直方体はこの塔を凌ぐほどの高さになっていた。それらを繋ぐ光の枠の間に手を伸ばすと、漣（さざなみ）が広がって水が張ったように面をなし、強固な手触りが生じはじめた。

「そうだ、僕は――」とホミサルガの唇が動く。「システムから階層都市じゅうへ派遣されて……」

足元には模造石の幅広い階段が広がっており、それを一段、また一段と踏みしめて上っているところだった。

前方が隔壁で塞がれていたが、側壁に台形の隧道（すいどう）が口を開いていた。足を踏み入れる。ひねこびたケーブルが垂れ、錆びついた配管の絡みあう中を通り抜けると、未測量の深い峡谷の底に出た。暗い開口部がまばらに散らばる薄汚れた壁崖（へきがい）の間で、大気が霞んでいる。

壁崖に手を添えて歩きながら双眸を巡らせ、固定済みの基準点を頼りに空間構造を測量しつつ、周辺構造物の制御盤から定礎数列を巻き取ってほぐし、材質、構法、荷重状態、製造建設者の個体識別数列などの詳細情報を剥き出して測量符に溶かし込んでいく。

峡谷を休みなく進むうちに、巨大な竪坑に辿り着いた。昇降台に乗って竪坑を上りはじめる。四面の壁を隙間なく埋め尽くす無数の配管を、鉄の枠組みが抑え込んでいた。

　ここしばらく情報密度の濃い地域を通っていたせいか、頭が疼いていた。整理が追いついていないのだ。測量の歩みには際限がなく、時には意識して休息をとらねばならない。固く冷たい昇降台の上に横たわる。そうする間にも知覚系は情報を雑駁に取り込み続けている。ゆっくりと目を閉じる――

そこには蒸気に満ちた歪んだ暗黒空洞が広がっており、幾重にも連なる濡れ光った段上に、人の何倍も背高い黒衣の珪素生物たちが、太古の聖人像のごとく微動だにせず並んでいた。床には油じみた金属甲虫たちの夥しい群が犇めいて波打っている。まずい所に足を踏み入れてしまった、と察するが、戻る間もなく黒い装甲に身を固めた珪素生物たちに取り囲まれる。予想される個性消滅までの僅かな間に走査網を広げこの異様な暗黒空洞を測量し早く補助脳を――

「どうした、だいじょうぶか」

　隣から父さんの声がする。

　いつの間に足を止めたんだろう。妙な姿勢で立ち止まっていた。

「グリスがいるか？」

　僕は首を横に振って、白昼夢を払って、関節の曲がり具合に馴染めない体で再び歩きはじめた。

「いつまで歩かないといけないのかな」

　声の抑揚が微妙にずれてしまう。

「あとすこしのはずだ」

「もう何度もそう言ったじゃない」

「おまえの新しい体は疲れないはずだろう？」

「それはそうだけど……もう何百時間もおんなじ景色ばかりで退屈すぎるよ」

　壁崖から迫り出した細い道をずっと歩いていて、歪みの強すぎる視覚に入ってくるものと言えば、代わり映えのしない継ぎ目だらけの壁面だけだった。

「ほんとなら堲攬墓所や陰導尾根が見えたはずなのに」

「マドモレの宿で階賊がいると聞いて、遠回りの行程を選んでしまったからな」

「父さんは退屈じゃないの」

「こんなことなら旅に出なければよかった」

「お喋りなおまえのおかげで、楽しいさ。回収仕事であまり会えてなかったからな」

父さんが立ち止まり、こちらを向いた。いつもの撫で肩がより下がったように見える。

「なあ、クノワ。旅に出たいと言ったのはおまえだぞ？　いつも家から出たがらないおまえがそんなことを言い出したもんだから驚かされたが」

「自分でもどうしてあんなことを口走ってしまったんだろうって」

「父さんは嬉しかったんだがな」

「僕、最近どうかしてるんだ。見たこともない階層を旅している夢ばかり見て……寝ても覚めても歩いているもんだから気が休まらないんだな」

「すまない。無垢のブッを見つけられなかったせいだな。どうしても多少の影響が出てしまうらしい」

「父さんを責めてるわけじゃないよ。感謝してるんだ。でなければ僕は退屈だと思うことだってできなかったんだから」

見上げて言うと、父さんも撫で肩の向こうからこちらに顔を向け、微笑んだ。

「そう思ってくれているなら救われるよ」

「ただ、やっぱり旅は苦手だなって」

「眺めておきたいと思ったのは本当なんだろう？　その体になる前にも言ってたじゃないか」

「うん、そうだね。お祖父ちゃんに貴重な古い絵を見せて貰ったことがあって。それが、たまに心の中に昇ってくるんだ」

あれはとっても綺麗だった。若い頃に廃棄階層の住居から見つけたハードコピーの一枚だとお祖父ちゃんは言った。他のものは脆く崩れてしまって残っていないらしい。たぶん回収稼業への興味を惹かせたかったのだろうと思う。

「ああ。あれはよいものだった。あれを見せられてからずっと、わたしも本物を見たいと願ってきたんだ」

「でももし、ただの噂だったら……」

「それでも無駄にはならないさ」

「どうして？」

父さんは眉を上げて僕を見つめた。まるで自分の方が返事を待っているみたいに。


——ただちに最上階に集合してくれ。繰り返す、非常事態につき、ただちに最上階に集合してくれ。

部屋じゅうに響くリランダーシの声でホミサルガは目覚めた。

灯りの戻った部屋が激しく震動し、壁を覆うセーフガードの外殻が軋みを立てていた。戸口の向こうも騒然としている。声を張り上げながら下階へ下りていく足音がする。いままで体感していたなにかから、一気に遠ざかっていく。どの吊り床も大きく揺さぶられていたが、ホミサルガの体は静かだった。吊り床どうしの間に浮かんでいるからだと気づく。

——負傷者も可能な限り。ホミサルガは必ず来るように。

えっ、名指し？

驚いていると、「動けそう？」とセルメイラが手を伸ばしてくれた。

「ええ」

吊り床を離れ、激しく震動する塔の中をセルメイラの手に引かれて進んでいく。そこかしこで罅割れた壁が大きくずれて擦れあっている。壁からセーフガードの腕が弾け飛び、膝にぶつかった。もし補強していなければ、とうに崩壊していたことだろう。

お喋りモリをつかむと、冷たさが戻っている。声を掛けるが、返事はない。

最上階には強風が吹き渡っていた。以前よりも赤味が引いて薄暗く、寒さに背筋が震える。宙吊りの補助電源生物を見ると、前後に大きく揺れており、体表の細部まで形が判るほどに光が衰えていた。だが集まった者たちが張り詰めた様子で眺めているのは別のものだ。そこに視線を向けるなり、ホミサルガは顔を強張らせた。

天井と壁をまたぐ大穴から覗く、流れゆく大陥穽――その速度が明らかに増している。

周りの者たちの呼吸が荒くなっているのが判った。手を握り合っている者もいる。

「見ての通り加速度が増しはじめた」とリランダーシが早口で語りだした。「短時間観測した限りだが、大陥穽の風景に連続性が現れている。都市の垂直方向は塔と同軸だ」

「それって、まさか」咽ぶようなアマサーラの声がした。

「ようやく循環から解き放たれ、通常の基底現実に固定されたということだな」とラムドルクが言った。片腕の断端は血の滲んだ包帯にくるまれている。

誰かが床にしゃがみ込み、その拍子に、啜り泣きや、祈りを唱える声が聞こえだした。喚き散らす声も混ざる。落下しはじめた直後の状況に滑り込んだかのようだった。あの時と比べれば大きく人数が減り、誰もが長い落下生活で窶れている。

いったいどうして急に。あの幻覚は時空固定時の影響？　あんたも見たのか。このままでは激突してしまう。なにがきっかけなんだ。あの珪素生物のせいじゃないか。補助電源生物の急激な衰弱が――

「それらを究明している時間はない」リランダーシが声を張り上げた。「我々に与えられていた猶予は尽きたんだ。これまでで最大の危機だが、脱出する最後の機会でも――」

唐突に塔が衝撃に見舞われ、よろけて何人かが倒れ込んだ。

ホミサルガはセルメイラに支えられながら、急に増した体の重みに耐える。

「もうだめだ「もってくれ。ゲドハルトたちが射出を始めたんだ。むろん時間稼ぎにしかならんが」

「落ち着いてくれ」「もってくれ」「何もかもが終わりだ！」どよめきが高まっていく。

リランダーシはその場を鎮めると、皆の顔を見まわしながら告げた。

「よく聞いてくれ。我々がこれから挑むことを手短に説明する」


全身が重みのある風に打たれていた。胸元にはお喋りモリが押しつけられている。

イダルが最上階の搬入口から三米近い軀体を乗り出し、弍の壁に両手をついていた。ホミサルガはその腹部に収まり、イダルの視覚を介して外を見ている。

眼下に広がる塔の壁面は、防護繭の発生器官と繋がる神経線の網目に包み込まれていた。ゲドハルトが珪素生物から摘出し、セーフガードの部品を加え、塔を保護するために作りなおしたものだ。

――全員、防護殻に退避！

塔の最下端の向こうでは、階層都市の構造物が判別できないほどの速度で溶け合っている。

塔がくぐり抜けていった様々な階層を踏みしめてみたい、とホミサルガは不意に思った。そこに住む人たちと、あることないこと話してみたい。

耳元に断続的な雑音や唸りが聞こえ、背中の筋が痙攣する。イダルの背面に展開した射出機には、補助電源生物が載せられていた。いくら絶縁膜に覆われているとはいえ、これほど間近では心穏やかではいられない。

「うまくいくとはとても――」とイダルが言い、「だまれ」とホミサルガは返す。

リランダーシが「イダルの紐付けを解くには時間がかかる」と言ったとき、「わかってる。わたしがやるよ」とホミサルガは即座に答えていた。

――落下方向に閉塞物を視認。

「いまよ」と命じる。

イダルの機体が屈伸するように振動し、ホミサルガの頭上から補助電源生物が勢いよく飛び出した。去り際の尾にイダルの背が打たれ、火花が散って全身に鋭い痺れが走り、歯を食いしばる。

補助電源生物は、壁面との間に稲妻を走らせながら、尾を揺らして泳ぐように飛んでいく――イダルに左腕で狙いをつけさせる――またたくまに塔を越えて遠ざかっていき、ラムドルクの計算した距離に達した。ホミサルガが頷き、左腕の排土板の下から鉄杭が立て続けに射出された。その直後、イダルは履帯を駆って体を回転させ――即座に搬入口のシャッターが閉まる――背中を壁に押し付け両手と自在肢でセーフガードの腕を摑み、履帯横のストッパーを床に打ち込んだ。

とてつもない爆音が轟き、下方から凄まじい衝撃に殴打され激しく揺さぶられる。人影のない発電室に、幾条もの光が荒々しく差し込み、室温が一気に上昇していく。梁（はり）が湾曲して横架材が引き千切れ正面の壁が半ばまで崩壊するのを目の当たりにする。宙に散らばった破片の向こうに、隔壁の露わな構造物の断層が迫っていた。ゴーグルが細かな粒子に汚れていく――補助電源生物が衰弱していてこの威力なのか。これで防護繭は効いているのか。本当に境界面は消えているのか――今になって、この俄（にわか）仕立ての計画の無謀さを実感し、ホミサルガは鼻で笑ってしまう。余裕ありますね、とイダルは言うが、返す余裕はない。

封存バッグを収めたセーフガードの胸郭製の脱出球が脳裏に浮かぶ。せめてあれだけでも残って欲しいと願う。

拡大していく照り映えた構造物に向かって、変成砲弾が次々と飛んでいくのがやけにゆっくりと鮮明に見えた。イダルの弾倉に残されていたものだ。命中したとたん、隔壁が沸騰するように無数の犇めく球へと膨張し、たちまちその範囲を広げていった。

ホミサルガは胸元のモリを握りしめる。

変成した構造体の懐に半壊した塔が拉げながら食い込んでいき、揺るぎなく固定された世界へと衝突する。激甚な衝撃に見舞われ、ゴーグルが罅割れ留帯が全身に食い込んで胃液を吐いてしまう。融け崩れた構造物が室内に雪崩れ込んできて、大きく波打ちながら床や壁を覆い尽くしていく。露出している操縦席の前にイダルが両腕を掲げ、排土板を拡張した。その隙間からすり抜けてきた熱い変成物がホミサルガの体に飛び散る。

口元を拭い、荒い息を繰り返しながら、轟音が鎮まっていくのを待つ。腹部に熱さが滲み広がっていく。傷口が開いたのかもしれない。埃まみれの割れたゴーグルの向こうで、塵の粒子が充満して渦を巻き、じれったいほどゆっくりと薄れていく。

「イダル――」と声を出すなり咳き込んでしまう。

イダルの声が建設者の基底言語そのままで聞こえ、意味を解せない。割れたゴーグルを剝ぎとって捨てる。走査器官の方も動いていないらしく、ちらつきすら現れない。

轟音は遠のいていくものの、なぜだか消える様子がない。

〝ほんとに、よくここまでやってこれたよ〟

急に胸元から声が聞こえだし、ホミサルガの胸が高鳴る。

「モリ、あんた生きてたの！」

〝凄い音だったね。なんだったのかな〟

「あれは補助電――」

〝まだ耳がじんとしてる〟

こちらの声には応じずに話している。

「ねえ、モリ。耳がやられてしまったの？」

霞んだ視界がすこしずつ晴れてきて、融けて歪んだ構造物と、そこにめり込む塔の有様が露わになってきた。

〝もっと向こうまで歩かないと〟

「わかった」

ホミサルガは留帯を外し、床に降り立った。とたんに足がよろけ、イダルの脚を摑む。体というのは、これほど重いものだったのかと驚かされる。腹部を手で押さえながら歩いていく。作業服にへばりついていた変成物が剝落する。

〝ひどい有様だね。構造物が融けている。なにが起きたんだろう〟

床は丸めた紙を開いたように無秩序に罅割れ、迫り上がり、陥没しており、その三分の二ほどが、変成物の霞色をした隆起の連なりに覆われている。その向こうはやけに明るく、融けた隔壁で幾つもの歪んだ洞窟ができていた。

原形質状の隆起を踏みしめてみると、軽い弾力のあとに、ゆっくりと沈んでいく。発掘で使用した時と変わらない感触だ。

擂鉢(すりばち)形に窪んだあたりで何かが動いている。近づいていく。長い指が覗いており、なにかをつかもうとしている。両手で引っ張り上げると、叫び声とともにリランダーシの上体が現れた。

「発射時に吹き飛ばされて……」と喘ぎながら言う。「足を折ってしまってな」

なにかを言おうとするが、全ての言葉が軌憶(はりこ)に変わってしまったかのようになにも浮かばなかった。

「無事でよかったよ。おまえには伝声が通じないもんだからてっきり」

伝声も走査もだめになってしまったらしい。ホミサルガはゆっくりと息を吸い、

「皆は――」

「ああ。怪我人はいるが、無事だ。下の階から構造物に降りるそうだ」

ホミサルガは顔を上げて瞼を閉じる。目元がぼんやり熱くなる。

「おまえ、大丈夫なのか、服に血が滲んで……」

「すこし傷が開いただけよ。助かったんだ。これくらい、なんてことない」顔に笑みが滲んでいく。傷の疼きまでもが得難いものに感じられた。「あんたには悪いけど、こんなの絶対に無理だと思ってた」

ホミサルガが言うと、リランダーシが「俺もだよ」と笑い声を上げた。

〝やっと光が見えてきたね〟

「あれ、お喋りモリの声か」

「様子がおかしいの。こっちの声が聞こえないみたいで――」

〝なんだか歩きにくいよ〟

「まったく、この期に及んでまだ歩いて――」

リランダーシが急に顔色を変えた。

「どうしたの」

〝どんどん柔らかくなってる。ぐちゃぐちゃじゃないか。気味が悪いね〟

「あそこ――」リランダーシが指差す。「変成した構造物の、右端の洞窟になにかいる。セーフガード……じゃない。人形だ。もうひとりは人間のようだが」

〝なんだろう。声が聞こえてくる〟

「お、おい」

　ホミサルガは動きだしていた。変成物の隆起に足を沈めては抜き、沈めては抜き、渡っていく。捻れ曲がった梁の下をくぐって、光に照らされた構造物側に下りると、さらに足の沈みが深くなった。

　背中が温かい。

　〝やけに眩しいね〟

　歪んだ空洞の前に、旅衣装を纏った二人が立っている。

　撫で肩の男と、栗毛色の髪をした少年だ。

「〝なんだろうあのひと〟」

　少年とモリの声が、同時に聞こえた。

　ホミサルガは近づいていく。少年の首や手首に継ぎ目を認める。

「怪我をしているようだが……」撫で肩の男が声をかけてきて、幻の中で歩みを共にした父さんだとホミサルガは確信する。「だいじょうぶかい」

「ええ。あの……」

　少年がこちらに一歩踏み出し、ぐっと顔を寄せてくる。左右に離れ気味の透明な瞳でホミサルガを見つめていたが、「あっ」と跳ねるように瞳を逸らし、傍らを通り過ぎていった。ホミサルガが振り返ると、不時着した塔の残骸が濃い影となっており、その向こうの眩い光越しに、寥廓とした極大の空洞が広がっていた。目を奪われ、足が引き寄せられていく。後ろから男が漏らす感嘆の吐息が聞こえてくる。

　波紋状の窪みを鏤めた月面の広大な曲面が露わになり、手前が弧形に白く輝いていた。記憶にある発掘現場よりも、大幅に規模が増している。月面の周縁を取り巻く掘削された構造物の付近には、小型や大型の搭乗型建設者の姿も見える。

少年は変成しかけて波打つ構造物の縁に両手をついて、前のめりに月面を眺めていた。汗の浮かんだ顔の丸みが、月と同じように下から照らされている。

ホミサルガは、熱を全身に感じながら少年の傍らに立ち、眩さに目を細めつつ、月面との間に穿たれた大陥穽を見下ろした。その中央には巨大な火球が浮かんで、ゆっくりと爆炎の渦を巻いている。境界面に抑え込まれているのか、目の錯覚かと思うほどの緩慢さで小さくなっているようだった。その向こうに、超構造体(メガストラクチャー)の隔壁らしき平地が見える。

「僕も父さんもね」少年が言った。「これを見たくて、とても長い旅を続けてきたんだ」

ホミサルガは胸元のモリの手触りを確かめる。

「ええ、クノワ」

彗星狩り

数多の星々を背に、定められた配置を保ち続ける青白い八連恒星――それらの間に満ちて仄光る淡い雲の中を、擬袞族の親子三人が真っ直ぐ滑るように進んでいた。

前傾した胴から頭と四肢と尾を伸ばす反射率の高い無機質なその身體は、外枠骨を支えに複雑に錯綜する薄い板状の滑動骨群で構成されており、要所要所に丸みのある氣筒が隆起している。

頭部は先端が前に倒れた三角錐形で、前後を横切る溝には石英の目が収まり、幾種もの感棘が飛び出している。

親であるリグラダが、突起だらけの骨節の連なる尾を振って弧を描くように曲がりだすと、子供ふたりもそれに倣った。それぞれ脊柱の左右に並んだ衡板から赤光を逃しながら。

左手の方角から斜めに注がれる粒子が、急に量を増した。

〝わ、強い光雨!〟

後生のラクグが声を上げる。

〝ほんとだ。しかも遙雨じゃないか〟

先生のミクグも言う。

ふたりとも少しでも多く光滴を浴びようと、體じゅうの骨格をずらして角度を変える。

ミクグは耀臓が脈動するのを感じながら、彼方の星に思いを馳せる。握手みたいに兊雨を差し伸べてくるのに、すでに消滅しているなんて。

〝氣持ちいい〟とラクグが言う。

〝おまえたちが感じているより強い兊雨なんだから、あんまり調子にのって――〟兊雨脚が強まって、しばし互いの声が聞こえなくなる。〝――から耀節を締めて逆流しないようにするんだよ。ジレスみたいに兊雨酔いして、留曇珠の牽力に呑まれたくないでしょう〟

〝わかってるよ〟〝わかってる〟

子供たちは足元に広がる荘厳な景色を見霽るかし、衡板を内側に狭める。いつものように厚い雲が閲ぎ合って作る黄色系の縞模様の連なりが茫洋とうねり広がっている。この極大の留曇珠の周縁を覆う牽力の波間に、擬峩族の暮らす島嶼は浮かんでいた。雲が折り重なる曲面の向こうには、八連恒星のうち最も小さな稃陽の青白い半球が覗いている。

〝ん？〟

リグラダが顔の感棘をまばらに傾け、背中の肩甲筒の氣蓋を空動きさせる。

〝どうしたの、家さん〟

〝どうも、氣蓋の動きがおかしい。わたしは治軀所に寄っていくから、おまえたちは先に採掘島に向かって、蓄餌を肥毓島に運んでおいて。できるね〟

〝もちろんだよ〟〝うん、できる〟

リグラダが尾で體の向きを変えながら、左の肩筒と肩甲筒から大きく移氣を吐いて進路を変え、右手の方に去っていく。他の氣筒で補っているせいか、すこし姿勢が偏っている。

〝ラクグ、向こうまで競争だ〟

ミクグはここぞとばかりに言う。リグラダの前で速度を上げ過ぎると窘められるからだ。

〝今度こそ負けないもん〟とラクグが応じる。

ふたりは背中の左右の肩甲筒から一斉に移氣を放って先を競った。

ミクグは徐々にラクグを引き離していく。

〝ずるいよ〟という声が聞こえる。

それでも以前ほど距離は開かなくなった。あと二十恒巡もすれば変わらなくなるだろう。

片側が擂鉢状に窪んだ採掘島が見えてきて、みるみる大きくなってくる。

ミクグは前面の幾つもの小氣筒から移氣を発して、均衡を取りつつ速度を落としていき、採掘島の側面のざらついた岩肌にそっと着地した。

あれ、あいつは？

振り返ったとたん、目の前を凄い勢いでラクグが通り過ぎて岩肌に激突し——全身の外枠骨や滑動骨が複雑に動作して衝撃を緩衝するのが見える——跳ね返っていったが、背中から移氣を吐いて照れながら戻ってくる。

〝ばかっ、なにしてんだよ〟

〝ちょっと移氣を出し遅れちゃった。少しでも早く追いつこうとしたんだ〟

〝なんだ騒がしいのお〟

岩棚の上から、老ゾリマの頭が覗いた。

〝リグラダはどうしたんだい〟

〝治軀所に寄るから、僕たちだけで運べって〟

〝だいじょうぶかね。もう用意はできとるが〟

ふたりが岩肌に沿って漂っていき、老ゾリマのいる窪み側にまわり込むと、同心円状に掘られた採掘場のあちこちに、垂直に丈高い機挺目の砕が坐し、長大な頭胸部を上下させて地面を穿っていた。

その周囲には擬峩（ぎが）族の採掘人たちが塊石（かいせき）や瑾礫（きんれき）の塊を引っ張って宙を行き交っている。

〝ほい〟と言われて振り向いたが、老ゾリマは直立したまま動かない。なんだろうと思っていると、ゆっくりとこちらに拳を向けはじめた。関節がだめになっているらしく、動きがとても遅い。ひねこびた禾管（こうかん）が幾本も絡みつく四本の指が開くと、深い線条（すじ）の走る掌に翠色の結晶が幾つも載っていた。

〝甘亂（かんらん）だ！〟

〝いいの！〟

〝いま掘り返したばかりだから、雑（ま）ざりものは多かろうがな〟

ふたりはありがとうと言って甘亂石をつまむと、胸元の口蓋を開けて放り込んだ。しばらく舌襞で味わってから胃に送る。

〝すっごく美味しいね〟

〝ああ、久々に食べたもんな〟

胃の中の微畜（びちく）たちが踊りだすのが判る。

老ゾリマが硬直した體を小刻みな移氣だけで動かし、島の外縁壁に接して建てられた、大きな吸雲管の突き出る四角柱の工房へ向かいだした。ふたりもその後についていく。

老ゾリマたちは、この工房で鉱石を搗（つ）いたり淘（ゆ）ったりして、万久砂（まぐさ）や練餌（ねりえ）といったよい蓄餌を作ってくれる。

工房の前に、ミクグの背丈の倍ほどもある蓄餌壺が横二列に結わえつけられてあった。

〝作っても作っても追っつかんよ。これだけ食うってことは、二頭とも順調に毓（そだ）っておるんだな〟

〝はい、すごく〟とミクグがうなずく。

〝ちゃんとニルマーマとイルリーマって名前があるよ。ニルマーマはちょっと不機嫌でね、いつもなにか言いたそうにこっちを見て、ゆっくりと長い感棘を揺らすんだ。話が通じればなあ〟

早口に言うラクグに、老ゾリマは尾の節々を大きく伸縮させる。そこだけはまだよく動くらしい。

〝もうあの氣配を感じておるのか。早く放たれたくて待ち遠しいのだろう。さあ、移氣切れせんように、しっかり雲を吸ってからおいき〟

肥毓島までの宙域は雲が薄い。言われた通りに、喞臓を動かして全身の氣孔から雲の粒子をたっぷりと吸い込んでいく。氣嚢が膨張して胸郭を圧するのを感じる。

ラクグとミクグは荷物の左右に分かれ、それぞれ索具を腰骨に掛けると、背側のすべての氣筒を開き、移氣を噴出して浮き上がる。が、とたんに衝撃を受けて進めなくなる。

〝だいじょうぶかいな〟と老ゾリマの声。

ミクグは體じゅうに張り巡らされた汞管と氣管の両方を漲らせ、前に進んだ。荷物の片側が浮き上がる。ラクグを見ると、方々から移氣を吐きながら、脊柱の衡板を広げたり狭めたりしている。

〝氣蓋を開きすぎなんだ。もうすこし下側に狭めて〟

〝わ、わかってるよ〟

ようやくラクグの側の荷物が浮き上がり、ふたりして前に進みだし——ラクグの體がゆっくりと回りだす。

〝やれやれだな〟と老ゾリマが言って去っていく。

姿勢を正そうと右に左に回転するラクグに合わせて、ミクグは氣蓋の向きを変えたり、氣筒の括約筋の絞りを調節したりと進路を保つよう努める。

採掘島が遠ざかっていくにつれ淡雲が薄れて、大小の八連恒星や、常に遠ざかり続けている星々の光点がくっきりと際立ってきた。

〝ちゃんと星の座を見て、自分のいる場所を把握しないと〟

〝やってるってば〟

ラクグが、お柩座、執事座、死屍座、凍て座、堪忍座――と星々を確認するうちにやっと姿勢が安定してきた。これで移氣を浪費せずにすむ。

淡雲が濃くなると共に、まばらに浮かぶ島々が近づいてきた。手前の蔵島を通り過ぎると、なだらかな円盤形の肥毓島が見えてくる。その無骨な岩盤を挟んだ上下に、島の縁から迫り出すほど巨大に毓った銀色の奎漏蚪が、それぞれ一頭ずつ繋ぎ留められている。上が肥毓を始めて十恒巡になるニルマーマで、下が九恒巡のイルリーマだ。

岩盤に穿たれた窗が見えるほど近づくと、ふたりとも身を翻して蓄餌壺を両手で押さえ、背中から移氣を放つ。

荷物が傾きだして焦る。

〝ラクグ、もっと噴いて。回転してしまう〟

〝やってるのに〟

〝あれ、おまえたちだけなのか〟とモロスがふたりの間に入って、背中の一噴きであっさり荷物の動きを止めてくれた。リグラダと同じ肥毓役だ。

ミクグは事情を説明する。

〝連中お待ちかねだぞ。特にニルマーマはどうしちまったのか、予定よりも随分と早く蓄餌壺を吸い尽くしてしまって――おまえたち、給餌はできるよな〟

ミクグが言い淀んでいると、〝うん、ニルマーマがいい〟とラクグが移氣込んで答えた。

〝行ってやってくれ。こっちはイルリーマの方をやるから。機嫌が悪いから氣をつけろよ〟

ふたりはうなずき、荷紐を解いてその半数をニルマーマの方へ運んでいく。

上下に潰れた紡錘形の巨體は高さが大人の背丈三人分、全長はその三倍ほどもあり、幾本もの鎖で緊縛されながらもゆっくりと揺れ動いて、その表面を隙間なく覆う硬鱗に光沢を移ろわせていた。最後尾では表面に深い横溝の並ぶ六つ叉の尾鰭が半球形に寄せ合わされて留め杭で封じられており、時折震えながら膨らんで僅かに星形の隙間を覗かせ、うっすらと光を漏らす。

蓄餌が届いたのを察して、ニルマーマが顎の下や側面から突き出る幾本もの長い感棘を扇状に広げ、身體をくねらせはじめた。岩盤と繋がる鎖が突っ張ったり撓んだりする。

〝ラクグ、なだめ役をしてくれ〟

〝そうする〟

ラクグはすぐさまニルマーマの大きく膨らんだ下腹に手を添えて、透き通った唱声を発した。ミクグは胴體の側面に一列に四つ並んだ、不機嫌さの滲む赤い眼球を眺めながら、頭部の方にまわり込む。大きく開いた口に、三本の太い送餌管が深く挿されていた。三種類の蓄餌を異なる臓器に送り込むためのものだ。

〝もし誤った蓄餌を送ったりすればとんでもない事態になる〟そう日頃から大人たちに脅されてきたせいで、いつの間にか背中の衡板が強張っている。

〝だいじょうぶかい、ニルマーマ。ああ、留め杭が痛いんだね〟

唱声が効かないのか、ラクグは言葉であやすことにしたらしい。

ミクグは、地面に据えられた三つの蓄餌壺と、運んできた蓄餌壺との種類を何度も確認する。もし奎漏蚪が自ら餌を探して食していたら、ここまで育つのに何十倍も時間がかかってしまうのだという。

〝もう少しだからね。辛抱しようね〟

空の蓄餌壺のひとつから送餌管を外して、運んできた同じ蓄餌壺の封を外し――よし万久砂だ。あってる――繋げる。たちまち送餌管がうねりだして壺の中の万久砂を吸い上げはじめた。こんな勢いじゃ、何珠巡ももたないな、と思う。

〝早く解き放たれたくて、待ち遠しいんだね〟

続けて次の蓄餌壺の交換作業に取り掛かる。

〝わかってる。わかってるよ〟

すべての蓄餌壺を繋げ終え、交互にうねる送餌管を眺めていると、突如足元から震動が響いて、ラクグの叫びが聞こえた。

ニルマーマの頭の向こうに顔を覗かせると、尾鰭のひとつが横に迫り出して内部の尧が扇状に滲んでいた。その右手の作業棚には、二つ折りになったラクグの身體がめり込んでおり、周囲に銀色の球が飛び散っている。凍った汞(みずかね)だ。衝撃で、ラクグの體内の汞管(こうかん)が切れたのかもしれない。

ニルマーマが胴體の中央を上下に大きく振って鎖を引き千切ろうとしはじめた。

〝モロスさん！　大変なんだ。こっちへ来て！〟

叫ぶと、ミクグはまずラクグの元に急いだ。

〝體に……力が入らないよ……〟

汞圧(こうあつ)が下がっているのだ。いったいどこから漏れている。ミクグはあちこちを調べ、右の肘(ひじ)のつけ根からだと氣づく。汞(みずかね)は即座に玉状に凍って散っている。

〝ごめん……尾鰭の留め杭が食い込みすぎて、あんまり苦しそうだったから……螺子(ねじ)を少しだけ、緩めてあげようと……したら――〟

ミクグは口蓋を開いて、溶けかけた甘亂石(かんらん)を吐き出し、ラクグの肘の窪みに塗りこんで飛散を止める。

〝うあぁ、なんだこりゃ〟やってきたモロスが声を上げる。

〝そしたら、そしたら……留め杭が一氣に……弾けて〟

〝このままじっとしてろ〟

ラクグにそう言って振り返ると、激しく左右に動く尾部からモロスが弾き飛ばされてきて――背中から移氣を放ってミクグの斜め上に止まる。

尾鰭の開口部から放たれる灮(ひかり)が強くなり、影が濃くなった。

〝まさか、始まってしまった？〟

もしそうなら、すべてが台無しになってしまう……。

〝いや、あれは予灮(よこう)だ。だがこのまま暖まって条件が整ってしまうとまずい。もう一度やろう。わたしが尾鰭を押さえるから、ミクグは留め杭を頼む〟

投げられた杭打器を受け取る。

〝わかった〟

再びモロスが開いた尾鰭にしがみつき、振り動かされながらも喞臓(しょくぞう)が破裂するのではと思うほどに力を漲らせ、押さえつけていく。ミクグはその傍らで留め杭を打つ機会を窺うが、尾鰭は閉じだしたと思うとまた開いてくる。胴體が激しく揺れ続けているせいだ。

〝なんてことを……してしまったんだろう〟とラクグが漏らす。

尾鰭の灮が強まって、手元が熱くなってきた。

〝それではだめだ〟

不意にリグラダの声がした。背後を通り過ぎていき、ニルマーマを拘束している鎖の数箇所を摑んで一移氣に引っ張る。強く緊縛されて動きが抑えられ、尾鰭がようやく押し込められた。ミクグは境目に杭打器を押し当てて、二叉の留め杭で尾鰭を固定していく。ニルマーマは苦しげに全身の硬鱗を起こしたり伏せたりしていたが、無駄だと判ると、何事もなかったかのように送餌管を波うたせはじめた。

〝ラクグ。よく判ったでしょう〟とリグラダが言った。〝奎漏蚪(けいろうと)は一時の苦しみから逃れようと、我々の同情を利用しようとする。けれど、それは奎漏蚪自身のためにもならない〟

確かにそうだ。奎漏蚪自身の目的まで潰えさせることになってしまう。ラクグは全身の外枠骨の節々を傾げさせ、反省を示そうとするが、汞圧が足りないせいで情けない動きになる。家に帰ったら汞粥をたくさん食べさせないと。

〝まあ、氣にしなさんな。リグラダなんて、もっとひどいことをして――〟

ミクグは家さんがなにを？　と聞こうとしたが、〝ところでミクグ〟とリグラダが遮って顔をこちらに向けた。

〝今度の彗星狩り、おまえもついて来なさい〟

〝えっ――今度って〟ミクグは顔の感棘を扇形に開く。〝まさかリシマニ彗星？　僕が、一緒に行ってもいいの！〟

初めて彗星狩りに加わることができるのは、三恒巡後に訪れる小さなルクワ彗星だと思っていたので、願ってもない嬉しい言葉だった。リシマニ彗星は、あと十五珠巡後に、二百恒巡ぶりにこの宙域を通る。見るのも初めてだった。耀臓が熱くなってきたのを感じ、どうして僕たちはこれほどまでに彗星に焦がれるのだろう、とミクグは不思議に思う。

そっとラクグに目を向ける。

いつもなら、僕も行きたい！　とごねただろうが、今日はただ寂しそうに尾を垂れていた。

二頭の奎漏蚪のうち、今回の彗星狩りに選ばれたのはニルマーマの方だった。そのなだらかな広い背中には荷台が取り付けられ、擬峩族の島嶼から集まった五十人ばかりが乗り込んでいる。

ミクグは荷台の中央の左寄りで、足の鉤爪で荷台の鉄格子をしっかりと摑んでいた。その背後にはリグラダがついてくれている。斜め前には老ゾリマの姿もあった。

〝やっとか……〟〝まったく、長かったね〟〝わたしはリシマニは初めてだから……〟〝と言うと前はヌマウクだね。あれとは比べ物にならないよ〟〝なにしろ五千恒巡前に我らの曩祖（のうそ）が乗ってこられたものだからな〟

漏れ聞こえてくる限り、誰もが高揚している様子だったが、ミクグは緊張のせいで全身の禾管（こうかん）を強張らせていた。

肥毓島（ひいくとう）には、多くの者たちが見送りに集まっていた。その中には拗ねた表情を浮かべたラクグの顔も見える。

ニルマーマの尾部に、杭抜きを手にしたモロスとニゴスが近づき、尾鰭から留め杭を引き抜いていった。歪んだ杭の孔が黒々として痛々しい。解かれた六枚の尾鰭が、大きく伸びをするように痙攣しながら外側へ広がり、開いたり閉じたりする。その中央から、発光する筒形の生白い噴茎（ふんけい）が捻じれながら突き出してきた。

ニルマーマが身震いし、硬鱗を煌めかせながら全身を膨張させ、それにつれ荷台が傾いていく。噴茎の先が増して尾鰭の影が伸びていき、やがてあたりが炛（ひかり）に包まれて目が眩むほどになった。奎漏蚪が一生に一度だけ行う噴起（ふんぎ）の始まりだった。

先日暴れた時とは比べ物にならない激しい振動で視界がぶれ、ミクグは尾をリグラダの足首に絡みつかせた。いますぐ降りたくなったが、すでにモロスとニゴスが鎖を一本、また一本と外している。何の合図もなくニルマーマが進みだし、後ろに倒れそうになるのをリグラダが支えてくれた。

見送りの者たちの顔が小さくなって、肥毓島が淡雲にまみれた星々を集めながら遠ざかっていき、それにつれて自分の體重が増していくように感じられる。

鱗腹の向こうを、留曇珠（るどんしゅ）の雲海の作る黄箔（こはく）色の縞模様がみるみる通り過ぎていく。時折ニルマーマが左に右に重心をふらつかせるのが恐ろしく、ミクグはうろたえた声を上げてしまう。

〝大丈夫だよ〟リグラダがしっかりと肩を摑んでくれる。〝ニルマーマ自身も噴起は初めてだから、その勢いに戸惑っているだけ。じきに勘所を掴む〟

しばらくするとリグラダの言った通りにニルマーマの姿勢が安定しはじめた。今まで見たことがないほど充溢した様子で、ぐいぐいと前のめりに加速度を増していく。

ミクグはこれほど凄まじい速さで留曇珠の周縁を巡ったことはなかった。

擬峩族が留曇珠に近づきすぎれば、たちどころに牽きずり込まれて底なしに重層する雲に呑まれ、二度と戻ることができなくなる。

けれど奎漏蚪なら——

ミクグの胸の内に、いつか留曇珠の中を縦横無尽に探索してみたいという思いが生まれた。

稃陽が全貌を現して眩い陽炎雨が降り注ぎ、皆の體が乱反射しはじめた。それぞれが背中の衡板を拡張し、體内の滑動骨の隙間を広げ、内に籠る體熱を逃しだす。だが大勢いるせいでなかなか熱は引かず、ミクグの頭は茹だりそうだった。

ニルマーマは嬉々として留曇珠の上を滑り続けているが、ミクグは擬峩族の島嶼が遠く離れていくので、心細くなっていた。眼下の雲海は、あまりの速度にめまぐるしい奔流となって瞬いている。散在する岩塊が近づいてきて、ニルマーマの進路が左に逸れながら回転しはじめ、皆の體に圧されるうちに頭上に雲面が広がって焦ったが、すぐにまた青黒い宇宙に戻り——前方に渦巻状に揺らめく極光が見えていた。その上を滑っている間、留曇珠の囁きと呼ばれる、渡卵の弾けるような微かな耳鳴りが頭の中に響き続ける。

稃陽が留曇珠の曲面に隠れていき、やっと熱さから解放されたと思うと今度は急激に體が冷えはじめ、滑動骨群の隙間を狭めて熱を封じた。

荷台の揺れが大きくなってきた。激しさが増している。リグラダがしっかりと肩を支えてくれた。〝怖いか〟と聞かれたが、強がることすらできず、〝うん、怖いよ〟と返し、足の鉤爪に力を込める。

ミクグが留曇珠の周縁から脱するのは、初めてのことだった。揺れの激しさに視界のすべてが何重写しにもなってミクグは目を開けていられなくなる。

徐々に揺れが鎮まり、體が軽くなってきた。皆の間に感嘆の声が飛び交いはじめる。目を開くと、視界から留曇珠が消え、ニルマーマは淡雲の濃い宙域を貫きだしていた。皆の視線を追って右手を見る——賾陽と羈陽の間を通ってくる、リシマニ彗星の姿があった。まだ拳ほどの大きさだが、淡青色の灮を放ち、弧を描く塵の尾と複数の灮の尾を幾つもの方向に伸ばしている。

ミクグは全身の内動骨を緩め、脚の間に尾を揺らした。

ニルマーマは吸い込まれるように接近していく。彗星はみるみる膨張して島々を幾つも合わせたほどの巨きさになり、放たれる雪混じりの灮霧からゆっくりと回転する氷島が透けて見えた——水晶のような神聖な姿を想像していたミクグは少しばかり落胆した。島嶼によくある島と大差ない歪な球形で、多量の塵埃を含んでいるせいか黒く濁っていたし、これまでの彗星狩りで無惨に抉られた跡がある。

彗星の各所から帯状にうねり広がる灮霧を追い散らしながらニルマーマが接近していく。とうとう彗星と横並びになった。ニルマーマの十倍ほどはあるだろう。

〝あれは——〟

彗星の最前部の灮霧の中になにか妙な影が見え、まるで人影のようだと思っていると、リグラダが言った。

〝祠役の老ラゴムサだよ〟

ミクグは言葉を失う。

リシマニ彗星にそう呼ばれるものが設けられていることは知っていたが、まさかひとだなんて——

〝我々の嚢祖（のうそ）がおられた場所に、兀坐（こつざ）してるんだよ〟

嚢祖は箱形の姿をしており、かつてはこの彗星と共にこの散開星団を通る長大な軌道を巡っていたという。老ラゴムサは、たったひとりで二百恒巡もの間ずっと坐り続けてきたのだろうか。ミクグが畏敬の念を覚えていると、〝我らが嚢祖に〟と嶼酋（しょしゅう）のジライクの声がして、周囲のあちこちから移氣が吹き出しはじめ、ミクグの體の所々をすり抜ける。皆は荷台から離れて彗星に接近しはじめた。

〝慌てなくていい〟

リグラダが傍らで待ってくれていた。

〝移氣の絞りを慎重に。氿霧の流れのせいでいつものようにはいかないから、まずは試し吹きをなさい〟

ミクグは鉄格子を摑んだまま、言われた通りに移氣の試し吹きをする。確かに筒応えが妙な感じだった。

〝ついてきなさい〟

リグラダが荷台から離れ、ミクグは落ち着いてその後を追った。ときおり濃い氿霧の揺らぎに視界を遮られながら、こまめに移氣を放って姿勢を保ち、魁偉（かいい）な彗星に近づいていく。それにつれ、さっきの印象とは異なる、精妙で幽玄な美しさが立ち現れてきた。でこぼこした黒い地氷（ちひょう）に降り立つと、鉤爪や足裏で脆さと硬さを併せ持つ独特の感触を味わいながら、氿霧にぼやけた景色を陶然と見わたした。

ラクグにも見せてやりたかったな、とミクグは思う。きっと、〝このすべてが彗密糖（すいみつとう）の塊なんだ！〟と興奮したことだろう。

黒っぽい小さな塊をひと摑みして、顔に近づける。

〝そのままじゃ渋くて食えないよ〟

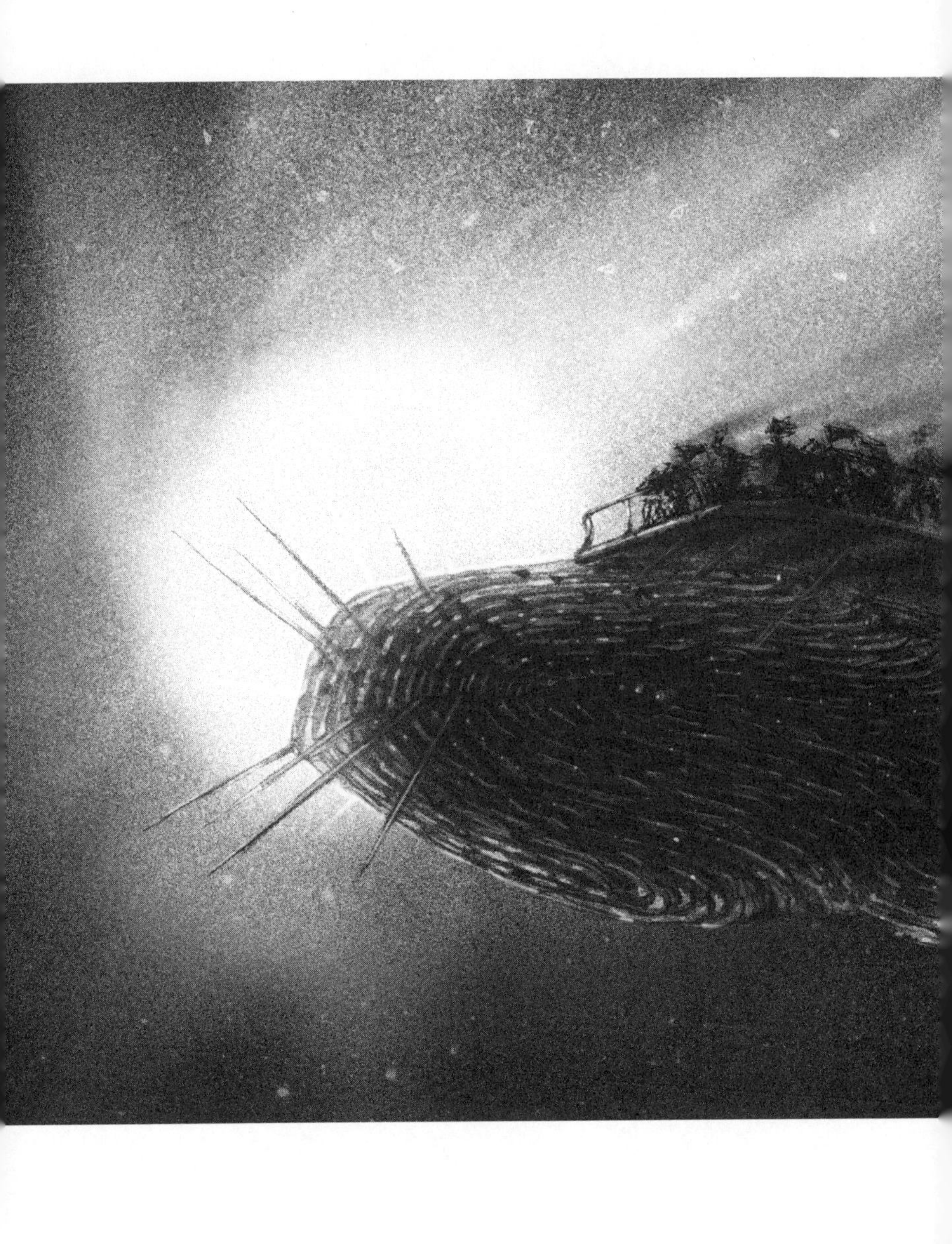

リグラダが言う。

〝わかってるよ〟

顔の感棘に触れさせてにおいを嗅いでみると、想像以上に鋭い刺激臭がする。これがあんなにまろやかな味の彗密糖になるのかと思うと不思議だった。

〝昔と比べれば小さくなったものだなぁ〟

老ゾリマの感慨深げな声が聞こえた。自分たちの起源でもあるリシマニ彗星が有限で、永遠に巡り続けるわけではないのだと強く意識させられ、ミクグは怖くなる。

灮霧の強い彗星の前端部に皆が集まっていき、老ラゴムサを取り囲んでいく。ミクグは大人たちの間から覗き込んだ。全身の骨格が腐食して脊柱が歪にねじれており、生きてはいないように見える。嶼酋（しょしゅう）のジライクが老ラゴムサの背後に立ち、その首に装着された、眼球つきの脳盤を思わせる飾りを取り外す――老ラゴムサの體を構成する骨格や内臓や管が、細かくばらけて散らばりはじめる。微小骨のひとつがミクグの胸にあたった。

老ゾリマがぎこちない動きで前に進みいで、さっきまで老ラゴムサの坐していた場所に腰を下ろしはじめた。ジライクがその首に、あの飾りを取りつける。

老ゾリマが次の祠役になるのだと悟って、とても栄誉なことなのに、ミクグは胸の哭骨（こくこつ）を擦り鳴らしそうになってこらえる。

皆は老ゾリマに向かって彗星の尾のような澄んだひと続きの唱声を放ち続ける。やがて音がかすれ消えていき、皆がそのまわりから離れていく。

〝ミクグ、一緒にきなさい〟

地氷を蹴って灮霧に烟（けぶ）る中を進む。氷塊を切り出した跡の窪みにリグラダが降り立ち、ミクグもそれに倣った。

リグラダが氷壁に手を伸ばし、指先から穿波（せんぱ）を発して一抱えの大きさに断つと、その隙間に指を差し込んで氷塊を揺らし、剝ぎ取った。つんとしたにおいが広がって、ミクグは感棘を反らす。露わになった内部は濃灰色だった。

〝荷台まで運んでおくれ〟

ミクグは氷塊を受け取って身を翻したが、彗星が自転しているせいか、さっきの位置からニルマーマがいなくなっている。炛霧を通して見回していると、彗星の曲面の向こう側に銀色に炛る背中が見えた。地氷に沿って漂っていく。ニルマーマは腹側で氷島に貼りつき、すべての目を閉じて長い感棘を揺らしていた。その傍らにはジライクが腕を組んで立っている。

〝もうすぐ終わる〟ミクグに氣づいてジライクが言う。〝いまニルマーマは卵鞘（らんしょう）を産みつけているんだ〟

そうだった、とミクグは思い出す。奎漏蚪（けいろうと）が苦痛に耐えながらも蓄餌をとり続け、そのすべてを推進力に変えて彗星を訪れるのは、擬峩（ぎが）族のためじゃない。

ニルマーマの全身が離れていき、彗星の表面に癒着した楕円形の卵鞘が露わになった。放射状の皺に覆われて生白く輝いている。これが彼方で孵化するのを老ゾリマは目にするのだろうか。幼體たちは長い旅路の間に幾度もの脱皮を重ねながら成長し、そのうちの何頭かは擬峩族の島嶼に辿り着くことになるという。

〝もういいぞ〟

ジライクの合図で、ミクグは、鉤を起こした荷台に氷塊を積んだ。他の者たちも続々と氷塊を抱えてやってくる。

リグラダの元に戻ると、さらに幾つもの氷塊が切り出されていた。それらをニルマーマの所へ運んではまた戻る。そうやって繰り返し往復し続けるうち、大人たちがやけに愉快そうな笑い声を立てているのに氣づいた。なんだろうと思っているうちに妙な目眩がして視界が、體が回りだしていた。移氣を放って止めようとするが、新たな回転を引き起こして慌てふためく。

「大丈夫。光霧に酔っただけだ。體が小さい分まわりが早いんだろう」

ジライクがすっと現れて體を支えてくれた。だが、まだ回転している感覚が消えない。

「喞臓を絞って。これを嗅ぐんだ」

青く光る氣付け石を向けられる。感棘が痙攣し、頭がはっきりしてきた。落ち着いてくる。

「氣孔は塞ぎ氣味にしておくといい。戻れそうか」

「はい」

ミクグは急に照れくさくなってその場を離れ、作業に戻った。

もう一頭ニルマーマがいるように見えるほど荷台が氷塊で積み上がると、陽光雨で溶けないよう幌をかけてその上から綱を回して縛っていく。

皆が乗り込んで綱に摑まると、ニルマーマが尾鰭を地氷側に傾けて何度か噴起をし、彗星から離れだした。

ニルマーマと彗星の間が引き裂かれるように開いていく。小さくなった彗星の先頭で、祠役となった老ゾリマが進行方向を見据えたまま尾を揺らしていた。

ニルマーマの身體は随分と寸詰まりになって、鱗が深く重なりあっていた。横腹に覗く目を僅かに細めただけで、なにかを成し遂げた安堵に浸る様子もなく、彗星から欠け落ちたように身に纏った慣性で星間を進んでいく。

もうしばらくすれば前頭部の四隅の鱗が弾け飛び、そこから噴炎が放たれて速度が緩みはじめるだろう。それを最後にニルマーマは殻胴になり、その命が尽きてしまうことをミクグは知っていた。再び拳ほどに小さくなった彗星を見つめながら、もうすこしこのままでいたいとミクグは思った。

クリプトプラズム

初めてオーロラが現れたとき、わたしはマデの店〈象の洞窟〉の二階で、同居人のヌトと窓際の席に向かい合って坐っていた。すこし前までは顔見知りで、その前は同居人、さらに前は友人、顔見知り——ときおり赤の他人にもなる。

店名にまつわるものは、象の置物どころか意匠ひとつ見当たらない真空の店内は、重畳する禮野（レイヤー）で会話を公開している者が多く、心地よいざわめきがある。

〝マルコフとサリンスキーは、互いに予備識を取り合う仲なんだって〟とヌトが羨（うらや）ましそうに言った。

〝そうなんだ〟と返しながら煎りたての珈琲（コーヒー）の香りを嗅ぎ、一口すする。舌の奥に滲（にじ）む苦味は、解像度こそ高いがどこかずれており、やはり物足りない、実際に飲んだことのある調味師がいればな、と思っていると、眼の前のヌトがふっくらした口元を片側に寄せ、直線的な濃い眉をしかめた。黒々とした髪の毛の細かな編み込みが揺れる。禮野（レイヤー）上の容姿（ようし）は遺伝的な素顔と同じらしいが、ヌトは容識体（からだ）を持たない。つまりここには坐っていない。

〝やっぱりわかんないな、ペルナートの言う物足りなさって〟

質量食を食べたことがないヌトは、わたしの味覚を掠め取って試したがる。

〝重ねるなら先に言ってくれよ〟

〝言ったからってなにも変わらないでしょ〟

以前請われて、つい五感の共有鍵（キー）を渡してしまったのをわたしは悔やんでいる。憑（つ）き物というのはこういう感じだろうか。体脱者たちの子孫は、互いの知覚を気軽に交換しすぎる。

〝そういえばサリンスキーと口論になった話って？　さっき言いかけてたでしょ〟

君が遮（さえぎ）ったんじゃないかと思いながら、わたしは惑星アトヴァタバールの地下空洞で見つかった苔（こけ）の繁殖法についての話をしようとしたが、〝あっ、流星――〟とまたもヌトは遮った。その目は窓の外に向けられている。

〝またそうやってすぐに〟数宙（マスモス）ゆずりの思考だと、わたしの話は端（はな）から行きつく先が見えてしまうのか、頻繁に遮られてしまう。

わたしも窓の外に目を向けてみたが、雨染みの目立つ石造りの街並みの向こうには、半ばまで覗く緑青（ろくしょう）色の惑星アトヴァタバールと青空が広がっているだけだ。

〝いつも遅いんだから〟とヌトは言って、無理やり数秒前の自分の視界をわたしに押し込んでくる。街の上空に岩塊が飛来し――瞬時に粉々になる。さらに、わざわざコマ落としでゆっくりと見せる。市街の各所に配備された排撃砲による処置だ。彼女は市街船の整備を担っているため、デブリや流星の衝突をいつも気にかけている。視界の範囲が広く周縁が湾曲しているのは、禮野上（レイヤー）にしかないヌトの蓉姿の頭部に潜む眼体（がんたい）の視点だからだ。

〝古代エジプトみたいな街並みの方が好みなんだけどな〟とヌトは呟く。

街並みをなす建物の数々はロマネスク様式を模しているが、下部はゴシック様式になりつつあった。どれも禮野上（レイヤー）ではなく、市街船の外装として汎材（はんざい）そのもので造られており、常にじわじわと変容を続けている。数宙（マスモス）生まれたちは、単識（たんしき）の人間には因果関係の理解が及ばない〈埒外（らちがい）の因果〉に基づく行いを見せるが、市街の外観もそのひとつだ。外装を柔軟に保つためであるとか、住民の心理安定をはかるためであるとか、数機卿（すうききょう）が自らの記憶の断片化を解消しているのだとも言われている。

〝お父さんに頼めばいいじゃないか〟

ヌトは、グラヴィシュニク市街船の統合制御機関である数宙（マスモス）生まれの数機卿と、体脱して数識化したエジプト人五世との子供だった。親子といっても法律上の便宜的な呼び方にすぎず、実際には共有部の多い、ヌト曰く〝あなたは全然判ってない〟関係であるらしい。

〝前からお願いしてるんだけど、いまは時期じゃないって〟

カップを持って飲もうとしたとき、ヌトが急に立ち上がってわたしの手まで痙攣（けいれん）したように動き、珈琲が栗の木のテーブルに盛大にこぼれた。

〝急になんだよ、また流星なのか〟ヌトは答えずに窓際で背筋を伸ばして外を眺めている。〝動くときは五感を手放してからにしてくれって言ったろう？　随意運動系が引っ張られるんだって〟そう言いながら、雲形に広がっていく珈琲溜まりの中になにかを探そうとしている自分に気づく。

〝あららあ……〟と店主のマデが布巾（ふきん）を手にやってきてくれたが、〝ちょっと待ってくれ〟と思わず頼んでいた。

〝いったいどうしたの。もしかして屈折率が気になるとか？　少し前にほんの少し調整したくらいだけど〟

自分でも理由が判らず答えようがない。マデは退屈そうにじっと待ってくれている。わたしは珈琲溜まりの上に手を伸ばし、テーブルに蓄積されてきた何層もの録（ログ）をめくって取り繕う。零（こぼ）れたスープや飲み物の様々な形の染みが時をまたいで瞬（またた）く。

〝ごめん、もういいよ。ありがとう〟

変なひとだね、とマデは言い、実体のない液体を手際よく拭う。

ヌトは外を眺め続けている。わたしも立ち上がって近づいてみると、〝父さんがなんか妙なもの見てる。窓を開けて〟と言う。

〝たまには実体を持てばいいんだ〟

〝どっちが実体よ。それこそ素粒子による曖昧な幻影にすぎないでしょうに〟

うっかり古い価値観を口にしてしまって口ごもりつつ両開きの窓を外に開けた。

ヌトの額から、歯車の一部分のようなギザギザの前肢が、黄金色をした真ん丸い甲皮が――スカラべが突き出してきて、窓の外に飛び出していった。ヌトは生来体(しょうらいたい)を持ったことのない情報的存在なのに――いや、だからなのか――再生の象徴であるスカラベを偏愛して眼体に使っている。スカラベは抜け殻となった自らの蓉姿に見つめられながら通りの真上あたりで止まる。第一区の方――船首の向こうを見ているらしい。甲皮はやけに曇っていて、T字の溝の周囲には汚らしい錆が生じている。

〝いったい……なんなのこれ〟

こういう時こそ視覚を押し付けてくれればいいのに、と思いながらわたしは窓から身を乗り出す。路面では多くの人が立ち止まって船首の向こうの空を眺めていた。青空にうっすらと大きな雲がかかっている他は、いつもとさほど変わらないように見える――いや、なにか妙だ――雲には厚みがないし、帯のようにくねっている。空に不具合でも起きているのかもしれない。二十年ほど前に、禮野(レイヤー)が天国さながらの光景に書き換えられた宗教テロを思い出しながら、裸視野のみにする――青空がいっせいに星々を鏤(ちりば)めた真っ暗な宇宙空間に転じる。だが帯状の輪郭は残されたままだ。

隣の鐘楼が邪魔になって全容を捉えられない。わたしは足裏の分子吸着を解くと、ヌトの抜け殻の隣で窓枠に脚をかけ、〝そこは窓だよ〟というマデの声を無視して外に飛び出した。二階の高さを慣性で進むが、この旧い容識体には内部スラスターがない。スカラベの傍らを通り過ぎてそのまま向かいの石積み壁にぶつかり、窓の張り出しにしがみつく。

広がった視界に、とてつもなく巨大な宇宙色の帯が幾重にも折り返しているのが一望できた――まるでオーロラだ。

〈埒外の因果〉によって作られた構造物だろうか、と思うが、それなら数機卿が気にするわけがない。動いている様子はないが、目の錯覚で揺らめいているように見える。

〝宇宙プラズマ、じゃないよな……〟

わたしが呟くと、宙に浮かぶスカラベがくるりとこちらに向いた。

〝物体として存在しているって父さんは言ってる。市街船の全長の倍はあるみたい〟

〝風変わりな恒星間天体だろうか。でも回転している様子はないな。どうしてこんな巨大な物体の接近に今まで気づかなかった〟

〝電磁波類を吸収するらしくて、被探知性が低いみたい。このままの軌道だと五百時間後には惑星アトヴァタバールの重力圏につかまって落ちてしまうって。あ、所長が第一と第二研究班に調査に向かうよう要請を出したみたいだよ〟そうヌトが話している最中に、わたしの所属する第二研究班の班長、ナダムから連絡があった。


わたしたち第二研究班の五人は、二区の左翼にある港で無蓋(むがい)の端艇に乗り込み、オーロラに向かった。

数宙生まれ(マスモス)のナダムは、いつも通り機系遠隔体の黒い姿を剝(む)き出しにしている。その名は人間向けの俗名らしいが、人格に見えるものもインターフェースにすぎないのだろう。その他の四人はいずれも研究服姿だ。いまは裸視野にしているが、個人の蓉姿は保たれるため中身は知らない——眼下に見える剝(む)き出しの市街が——思い思いに歩いている人々が遠ざかっていく——生来体の生命維持コストがばかにならない市街船では、一万人近くいる住人はいずれも何らかの容識体だ。この船で最もリソースを消費しているのは有機系の筮算(ぜいさん)機関であるクエビコで、その次は鼠や犬や猫、豚、猿といった研究用の再生動物たちだろう。

オーロラの各所には、星の光を思わせる無数の光点が鏤(ちりば)められていて、接近するにつれもうひとつの星系に入っていくような錯覚に陥る。

〝確かに物体のようだ〟とわたしは言う。

〝生命体かもしれませんよ〟と隣のサリンスキーが上擦った声で言い、〝ありえない。二百七十度もの温度差のある真空中なんだよ？〟とプラスタワーシャが振り返る。その長い髪の毛は真空中でも広がらない。サリンスキーは俯いて呟く。〝適温の間だけ活動期に入るのかもしれないし〟

幅は狭いところで八百米(メートル)、張り出したところで千二百米ほどだろうか。幾重にも湾曲しているため全長は捉えがたいが、六粁(キロメートル)はあるだろう。

オーロラの前部に端艇が近接して停まる。眼下には一面に、宇宙を透かす膜が茫漠と広がっている。まるで深夜に大河の静かな流れの上で漂っているかのようだ。

まず班長のナダムが、黒い遠隔体の各部から空気を小刻みに噴出させて端艇を離れた。硬質な外装を複雑に構成する細長いプレートの数々が、端艇のライトの光を受けて鉱物結晶の切子面さながらに反射する。

オーロラに降り立ったナダムは、背中からホイール形の探査坊を切り離した。オーロラの緩やかな起伏に沿って、素早く飛び去ってゆく。ナダムは片膝を立てて腰を落とし、半透明の表層膜に手をつくと、頭部を痙攣的に回転させては戻す動作で光学的検査をはじめた。

〝聞いていた通り、電磁波の吸収率が高いな〟とナダムが言う。

遠くへ湾曲しつつ伸びるオーロラに探査坊が見え隠れしている。

〝ほら、やっぱり餌を喰らってる〟とサリンスキーが言い、〝磁性材料だってそうでしょうに〟とプラスタワーシャが返す。

しばらく後、オーロラの右縁の向こうから探査坊が回り込んできた。みるみる近づいてきて停止すると、半回転してナダムの背中に収まる。〝共有する〟のひと声で、オーロラの立体地図がわたしたちの視界に浮かんだ。改めてその巨大さに圧倒される。

〝ひとまず危険はなさそうだ〟

ナダムの声に、皆が容識体の内蔵スラスターで端艇から離れだす。が、わたしは少し出遅れてしまう。背負ったスラスターが扱いづらいのだ。いつも新しい機種を買おうと思っては忘れてしまう。

オーロラの表層膜は、一見柔らかく脆い寒天質のようだが、降り立ってみると意外にも強く張り詰めていて弾力がある。まるで強い風を孕（はら）んだ船の帆の上にでも立っているかのようだ。

わたしは手で表層膜の感触を確かめつつ、顔を近づけて視野を拡大する。膜の内部では、ところどころが緩慢に流動しているように見える。

〝これ、キリムみたいじゃないか。ほら、惑星アルドロヴァンディの岸辺を覆い尽くしていた巨菌膜（メガバイオフィルム）〟一面に流出した重油を思わせる光景や、弾力のある皮膜を思い出しながら言うと、〝ああ、確かに似ているな〟とユエンがうなずいた。〝中に包み込まれているのは微生物凝集体だろうか〟

〝いや、もしかしたら知性体の可能性も――〟とサリンスキーが言い終わる前に、〝それは高望みすぎない？〟とプラスタワーシャが笑う。

これまで幾つもの惑星で様々な生命体を発見してきたが、文明をなすほどの知性体には未だ遭遇できていなかった。

〝散開して探ってくれ〟

わたしたちは海底に漂う深海魚のごとく、茫々と広がるオーロラをそれぞれに辿りはじめる。しだいに湾曲していく様は、かつて地球のあの島でいつも歩いていたなだらかな丘を思い起こさせる。踏みしめた草のしなやかな感触、草花のにおいや綿毛をのせて幾つもの丘をわたってくる柔らかい風、そしてよく水を手ですくって飲んだ朽ち葉の透ける小川——だが水面に映っているのは作りかけの粘土像さながらの曖昧模糊とした顔だ。わたしはそこから離れて橋を渡り、あそこへ戻ろうと木々や叢（くさむら）の間を抜けていく。けれど、それがどこにあるのかも、どういう場所なのかも思い出せないままに彷徨（さまよ）い、いつしか小川に戻っている。過去の自分に記憶を制限されている領域なのだろう。いまでは名前も顔も異なり、法的にも別人となった男に。

丘が——いや、オーロラの勾配が急になってきた。わたしはスラスターを操作して宙に停止する。影の落ちた表層膜に、いまだに馴染めないわたしの蓉貌が映り込んでいた。もし禮野（レイヤー）を切れば蓉姿の補正が解け、露わになるのは作りかけの粘土像だ。わたしは生来体と同じ素形（すがた）を禁じられ、容識体の顔を誰のものでもない曖昧な初期値に固定されている。写真の中でも記憶の中でも、過去のわたしはいつもその顔をしている。

わたしは手をオーロラに向けた。掌の中心から蟻のように探査子（たんざし）たちが這い出してきて表層膜に取りつき、身を沈ませてゆく。

〝これはちょっと……期待していたのと違うな……〟とサリンスキーががっかりした声で呟くのが聞こえた。

〝ほら、言ったでしょうに〟　〝生体高分子がでたらめに凝集している、という感じだな〟

同僚たちはそれぞれ数百米も離れた位置にいる。

しばらくして表層膜に探査子たちが戻りだした。わたしは手を近づけてそれらを回収する。探査子の情報は市街船を担う筮算機関のクエビコに送られ、すぐに解析結果が脳裡に展開される。心臓が高鳴り、空気のない呼吸が速まる。

〝いや、こちらでは規則性のある生体高分子が見つかった。八塩基に似ている。核膜はない〟とわたしは言った。

〝えっ……〟サリンスキーが驚いたのか立ち上がり、その勢いで離れだした。〝ええっ……！〟スラスター噴射で戻ってくる。

〝それがオーロラの遺伝物質なのか〟とユエンの声も高まる。

〝いや、喜ぶには早いようだよ〟とプラスタワーシャが言った。〝こちらでは六塩基の配列——らしきもの。様々な種が凝集したコロニーだとしても、これはおかしいね〟

〝こちらでは四塩基のようだ。断定は避けているが〟今度はナダムが見つけた。

〝やけにクエビコの歯切れが悪いな。実はどれも偶然の猿が部分的に規則性を打ち出しただけだったりしてな〟

わたしが言うと、サリンスキーが声を上げる。

〝いやっ、見つかったのはオーロラとは別種の遺伝物質なのかもしれませんよ〟

〝どうして別種のが含まれてるの。餌にしたなんて言わないでよ〟

〝これだけ巨大なんです。これまで宇宙空間を延々と漂いながら、浮遊するものを濾し取ってきたのかもしれない〟

〝まあ、星間塵には細菌やウイルスが含まれていることもあるけど——〟

皆が思い思いに推論を交わしていく。そこにナダムが加わらないのは、とうに結論を導き出しており、愚かな人間たちが道筋を辿り終えるのを待っているからだ。皆の言葉が途切れたところで、〝さあ、手分けしてそれらのサンプルを採取してくれ〟と指示する。

わたしたちは曲がりくねるオーロラの各所を巡って、高分子になにがしかの規則性が検出された箇所に、採取筒を刺しては抜いていった。まばらに散らばっているかと思えば、やけに密集していたりもする。

〝ん、なんだこの音〟と不意にユエンが声を漏らし、〝気体だ——気体が噴出しているぞ〟と皆に三感共有する。

〝うわ、ものすごいにおいね〟とプラスタワーシャが唸る。

〝こちらでも見つけた。もっと先にもある〟別のところからナダムが言う。〝硫化水素にメチルメルカプタンだ〟

わたしも周囲を探ってみた。二十米ほど先にガスの噴出している一角がある。これまで発見された噴射位置が反映された立体地図を見て驚く。

〝どれも同じ方向に向けられている。もしかしたら……いや、まさかな〟

〝これ、軌道制御しているんですよ！〟とサリンスキーが興奮した声でわたしの思っていたことを言った。

〝まさか……細菌の塊みたいなものなんだぜ？〟〝太陽光に反応しているだけだよ〟

しばしの沈黙の後、〝少なくとも、惑星アトヴァタバールへの落下からは免れつつあるようだ〟とナダムが言った。

その半日後、オーロラは完全に静止した。


市街三区にある集合住宅の自宅に帰ると、ヌトが居間のソファの上に寝そべって、宙にオーロラの縮小像を浮かべて眺めていた。数機卿にねだって手に入れたらしい。

ヌトが上体を起こし、顔が内側からぼんやりと光った。サイドテーブルの照明を受けて、中のスカラベが反射したのだろう。

〝調査はどうだった〟

〝色々と驚くことばかりだったよ〟

わたしは彼女の向かいの椅子に坐って話をはじめた。

へえ、面白いね、などと珍しく相槌を打つだけで聞いている。わたしは数々の発見に改めて心を動かされながら話し続けたが、しだいに落ち着かなくなってきた。もしかしたらこれは自動返答で、彼女はいま蓉姿の中にいないのかもしれない。話をやめてみると、やはりヌトは微笑みを浮かべたままじっと待っている。どうやらまた急に整備の仕事で呼び出されたらしい。

ひとりで話してると間抜けだろう、体を留守にするなら言ってくれよ、とこれまで何度も頼んだが、後でちゃんと聞くんだからいいでしょ、と悪気もなく言う。

水を差されたが、まだ心が昂ぶっていた。わたしは道具箱から爪切りを取り出し、手の爪を切りはじめる。伸びるのは蓉姿の爪だけだが、いまどきそんな設定にしている者など珍しいのか、いつもヌトは爪を切るわたしを物珍しそうに観察する。それが落ち着かず、なるべく彼女がいないときに、この儀式的な行いに耽ることにしている。

左足の親指の分厚い爪に刃を入れたところで、視線を感じた。顔を上げると、ヌトがこちらに振り返ってじっと見つめている。

〝気にしないで続けてよ〟

わたしは爪を切りながら、なにかあったのか、と訊く。

〝よくある配線系統のトラブル。それより続きを話してよ〟

〝いいけど、ちょっとスカラベだけでこっちに出てきて。甲皮が汚れていたから磨いてあげるよ〟わたしは道具箱に爪切りをしまい、研磨布を取り出す。

〝あれ、そう。気づいてなかった。じゃあお願いしようかな〟ヌトの眉間からスカラベが突き出てきて、わたしの膝の上にやってきた。

わたしはスカラベのくもった甲皮を研磨布でこすりながら、続きを話した。幾度も遮られたが、その度に元の話題へ戻ってくる程度には興味を惹かれているらしい。こちらはスカラベを磨くごとに眠気が増していく。

〝ちょっと、話の途中なのに寝ないでよ〟

〝寝てない〟とヌトの顔を見ながら返すと、〝見えないって〟と言われ、いつの間にかスカラベの頭を手で覆っていたことに気づく。

〝あ、ごめん……〟すぐにスカラベを掌の上に戻したが、今度は体の方が前に倒れていく。

いまでは、休息も眠りも必要とせず活動し続けることができる者ばかりだが、生来体に忠実に作られたわたしの旧い容識体ではそうはいかない。

〝こんなとこで寝ても疲れは取れないんでしょう？　もう、仕方ないなぁ〟

こちらに覆いかぶさってくるヌトの姿を目にしながら、わたしの意識はまどろみの中へ遠ざかっていく。


〝これなの？　やっと、起きようとしてる？　うーん、やっぱり意識を編み込まないと感覚がうまくつかめないな〟

声が聞こえた気がして目が醒める。居間で眠ってしまったはずなのに、ベッドで寝ていることに驚いたものの、そのまま顔を横にむけて枕に押しつけ、その心地よさにまた眠ってしまう。

――そうだ、早く研究室に行かなければ。

焦りながら再び目覚めた。オーロラの調査で思いのほか疲れきっていたらしい。服を着たまま眠ったので体がやけに凝っていた。いまだに禮野（レイヤー）の服だけを着て裸でいるのは落ち着かないのだ。

眠りに落ちるなんてぞっとする。毎日死を体験するようなものじゃないか。連続性が保てるとは思えない、などと同僚たちは言い、早く新しい容識体に機換（きが）えた方がいいと勧めてくる。どうして固執するんだと不思議がられるが、理由は単純で、分岐識だったわたしが自分の生来体から独立する際の長い裁判の結果、このロンベルヒ義脳にウェブスター制限を課すことを条件に個人としての存在を許されたからだ。思い出せないことは多いが消されたわけではなく、無意識領域に移行したと言う方が近いだろう。

だが、仮に機換えが可能だったとしても、生来体に近い生理機能を持つこの容識体からは離れ難かったのではないか。同じ型のままでも、代謝があるのは救いだった。

寝室を出て居間に向かったが、ヌトの姿はない。

わたしはダイニングテーブルに坐ると、禮野(レイヤー)で料理人のプロフィールをすべらせ、ジョージ・アンガス氏に目にとめて、価格に一瞬躊躇しつつもイングリッシュブレックファストを選んで引き出した。素材から選んで料理を楽しみたいところだが、今日はすこしでも早く研究室に向かいたい。

薄い三角トーストにベーコンエッグをのせ、フォークとナイフで切り分けて口に運ぶ。濃厚な黄身にまみれるカリカリに焼けたトーストの腑に落ちる食感に満足する。わたしは数年ほど英国に研究者として滞在していたらしいが、ウェブスター制限に加えて守秘制限されているため、覚えていることといえば、朝でも晩でもこのメニューばかり食べていて飽きなかったことくらいだ。

咀嚼(そしゃく)しながら容識体の録(ログ)を確認すると、昨夜わたしが眠りに落ちたとき、ヌトが随意運動系の共有率を高めるように促し、寝ぼけて応じたわたしを無理やり起き上がらせてベッドまで歩かせてくれたのだと知った。

〝ちょっと、こんなに脱力して重くなるの。完全に死体じゃない。なんか怖い……〟などと呟いている。

ベッドに収まったあとも彼女はわたしに重なったまま出ていかない。

〝心拍数が下がってきたんだけど。大丈夫なのこれ〟

そう言ったあと、〝一、二、三――〟と鼓動を数えはじめる。

近頃の容識体とは違って、わたしの胸の中では実際に心臓が動いている。ただし酸素は運ばず、主に体温調節のためのヒートポンプとして機能している。

〝――四六、四七、四八、四九――びっくりした、意識ないのに体が動くのか〟

どうやらわたしが寝返りを打ったらしい。また鼓動を数えはじめ、〝二〇五五、二〇五六、二〇五七――〟と飽きるにはちょっと遅いのではないか、というところでやめる。

〝寝ている間退屈じゃないの、ペルナート〟などと益体もないことを呟きつつ、わたしに留(とど)まり続ける。そういえば以前から、彼女は眠りと目覚めに興味を持っていた。それもあってか、わたしに容識体を新調しろと勧めたことはない。

ヌトは三時間ほどわたしのなかに居坐ってから前触れなく去ったが、目覚める一時間ほど前にまた戻ってきて、目覚めを待った。

〝全然気配ないけど、ほんとに起きるの〟〝このままってことはないの〟

食事を終えたわたしは、ロマネスク様式の街並みの上に優雅に浮かぶオーロラを窓から眺めた。

わたしはエレベーターで船内に降り、抽赴(チューブ)に乗り込んで船内五区に向かった。三つの重力環の内の中重力環に入ると、足裏の分子吸着を切り、のしかかる重みに容識体を慣らしながら通路を歩いていく。壁の合わせ目には、蜘蛛の巣を思わせる〈埒外の因果〉が設けられており、かつて島でよく目にした魔除けの夢捕(ドリームキャッチャー)りをいつものように思い出してしまう。

第二研究班の研究室の戸口をくぐると、すでに同僚たちが培養管を縦横に収めた壁面施設の前で作業していた。彼らも余暇はとっているが、眠りを必要としない分早く出勤できる。わたしが疲労し、休息と睡眠を必要とするのは障碍(しょうがい)として認められているものの、こういう時は焦りを覚える。

〝どう、と聞きたいでしょうが、いまのところ進展はありません〟とサリンスキーが背中を向けたまま言った。視線を感じるのは、蓉姿に隠れている後頭部の目でこちらを見ているためだろう。その足元には、研究のために再生され、飼われることになった黒犬のシャリクがおとなしく坐っている。広い市街があるというのに、酸素も重力もないので、散歩させてやれないのをいつも残念に思う。

〝どれもこれもクリプトプラズムだ。欠落が多すぎてクエビコの筮算でもうまく解析できないらしい〟ユエンが短く刈り上げた頭を掻きながら言う。クリプトプラズムは分類不能の物質に対する表記名だ。〝やっぱり偶然の猿の仕業かもな〟

〝進展ならあるにはあるよ〟プラスタワーシャが髪をかき上げつつ頭を上げた。〝数宙生まれだけのオーロラ特別研究班が作られた〟

〝それは、各班の研究内容を統合するような〟

〝かもね。でも、特別研究班はあたしらと研究内容を共有する気はないらしいよ。なのにどの研究班の情報にもアクセスできる権限を持ってる〟

〝なんだよそれ〟

〝どの班も抗議してるけど、例の〈埒外の因果〉とやらで誤魔化されるだけでね〟とプラスタワーシャは思わせぶりにナダムを一瞥する。

ナダムは会話に加わらず、黒い機系遠隔体に増設した銀色の作業肢で、壁面に黙々と培養管を抜き差ししている。

わたしは自分の席につくと、割り当てられたサンプルを様々な手法で刺激しては培養管に封じ、ニンフルサグ式やガビーロール式などの再生法で、温度や培地の条件を変えて試していった。

作業の手を止めることができずに普段の勤務時間を遥かに超過し、家に帰っても、ヌトとろくに話せないまま寝入ってしまった。翌日も、その翌日も同じことが続いた。たまに疲れが取れない日があり、容識体の録を確かめてみると、ヌトが睡眠中のわたしと重なっていた。

十二日目になってプラスタワーシャがクヌム式で培養に成功しかけたが、数時間後には崩れてしまった。そのあたりから、欠落部の補完に適した配列の傾向が明らかになってきて、サリンスキーがやはりクヌム式で八塩基の遺伝物質の再生に一度は成功した。

〝いったいどういうことなんだ〟　〝余計に訳がわからなくなってきたな〟　〝遭難した宇宙船の積荷を引っ掛けたとか？〟

皆が口々に疑問の声を発したのは、再生されたのがオーロラの構成部でも、宇宙から濾し取った細菌でもなかったからだ。それは先端をくるりと巻いた、青い色をした植物の芽だった。クエビコに命名させようとしたが、〈クリプトプラズム〉と弾き出されただけだった。芽は四日後に枯れた。

続けてナダムとユエンのサンプルが生物の胚らしきものになり、数時間ともたずに崩れた。わたしたちはしばらく、一度でも再生されたサンプルの研究に注力することにした。あるときユエンが取り違えて用意した培地で、生存日数が劇的に延びることが判った。それは、乱数的で解析できないジャンクとして捨て置かれていたクリプトプラズムを加工したものだった。

最初に安定したのは、筋子そっくりの粒状葉を持つ羊歯類（しだ）に似た植物で、やはり全体は青かった。クエビコではクリプトプラズム扱いになるため、わたしたちはとりあえず筋子羊歯（すじこしだ）という芸のない俗名をつけて新種の仮登録をした。

葉緑素に相当する器官を筮算分析し、筋子羊歯が欲している恒星のスペクトルがF型の恒星であることや、恒星との距離、自転周期、大気組成などを導きだしていく。さらに細かい条件を照らし合わせて第一候補となったのは、ここから五百光年離れたセベク星系にある第四惑星ペトスコスだった。ただし五億年前に磁気圏を失って、いまでは生命のいない砂漠の惑星と化している。

筋子羊歯はわたしが世話をすることになり、環境筒に収めてペトスコスの重力に近い強重力環の研究室に運んだ。照明は恒星セベクのスペクトルに合わせてあるが、大気成分や気圧、土壌成分などは曖昧なところも多く、筋子羊歯から検出される様々な数値を見ながらその都度調整していくしかない。

けれども十一日間育ったところで筋子葉は萎(しな)びだした。

わたしは環境筒の内部に突き出る鶏の肢めいた操作肢に感覚をつなげ、螺旋状の畝(うね)のある茎をつかんだ。萎びた珠葉が糸を引きながらばらけていく。茎を持ち上げると、なんの手応えもなく土壌から抜けた。蜘蛛の巣めいた網根の成れの果てが揺れている。腐って菌糸に覆われているのだ。

わたしに三感を重ねていた同僚たちの落胆した溜息が聞こえる。

再生サンプルには共生関係にある土壌微生物までは付随しないため、地球種で代用したせいだろう。他の組み合わせを試すしかない。

〝すでに次の芽は再生できている。引き続き頼む〟とナダムが言った後、〝嬉しいニュースもあるよ〟とプラスタワーシャがわたしに三感を投げてきた。爬虫類の赤ん坊めいた、尻尾の長い小さな生き物が、眼前に掲げられている。

わたしの口から感嘆の声が出ていた。プラスタワーシャが手を傾け、幼体の腹側が露わになる。鎧状の薄い皮膚の二箇所に黒い塊が透けて交互に拍動している。オーロラでは筋子羊歯と近い座標で採取され、配列の半数が共通しているという。

一日の作業を終え、強重力環から船内に向かって通路を歩いていると、壁に張り付いて作業している多肢の修理坊が三台見えてきた。なぜか三台とも肢を交互に動かして床に降りてくる。

警戒しつつ壁際に寄って通り過ぎようとしたとき、修理坊たちが海老の触角めいた感覚器類をこちらに向けて揺らし、〝なにか嬉しいことでもあったの？〟と言った。

〝なんだヌトか〟と肩から力が抜ける。三台ともひとりで操作しているらしい。〝嬉しいことと悲しいことが両――〟

〝今日は久しぶりに一緒になにか料理を作りたいな。帰れる？〟

〝ずっと遅かったものね。今日なら大丈――〟

突然、わたしの鼓膜にくぐもった打音が聞こえだした。

〝な、なんだよ？〟

〝わかる？〟

〝ヌトの心臓の鼓動？　それがどうかしたのか〟

〝わかってないねー。自分の鼓動も聞いてみてよ〟

わたしはそうした。

〝なっ、えっ、なんでまた……〟嬉しいのと嬉しくない感情で胸に干渉波が広がる。ヌトとわたしの心臓は、まったく同じ周期で鼓動していた。

〝ペルナートの鼓動の方が落ち着くって気づいたから〟

修理坊たちはもう背中を向けて壁を上りだしている。未だにヌトが会話を切り上げる頃合いが掴めない。


わたしたちは久しぶりに一緒にキッチンに並び、幾つもの料理を作った。葡萄の葉やズッキーニやピーマンに、香辛料たっぷりの挽肉や混ぜご飯を詰めていく。手で握ったり、詰めたりする行為には独特の充足感がある。

わたしがなかなかうまく育たない筋子羊歯の話をしながら、コロッケのための空豆団子を握りだすと、ヌトが出し抜けに〝わたし、ペルナートが心配なんだよ〟と切り出した。なんのことかと面食らっていると、〝ペルナートは色んな惑星とかオーロラみたいに危険な所へその容識体のまま出かけるでしょう〟と言う。

〝オーロラは危険じゃないよ。みんないつもの容識体のまま――〟

〝危険だって！　スラスターすら内蔵されてないじゃない。市街船の外じゃなにが起きるか判んないんだから〟そう言って、これまで想像せずにはいられなかったという、多岐にわたるわたしの死に様を事細かに並べ立てはじめるので、トレーに並べていた空豆団子が自分の死体に見えてくる。〝特にあなたみたいに分散識でないどころか、容識体への永久埋め込み型は気をつけないと〟

月に一度は病院で予備識を更新してるから大丈夫だと言ったが、ヌトは〝一箇所ではだめ〟と彼女の生来識の中にもわたしの予備識を作るよう詰め寄ってくる。〝別に再生する訳じゃないし、いつだって状況を確認できるんだから問題ないでしょ〟

なんとなく彼女に自分を孕まれるような倒錯を覚えて抵抗していたが、以前ヌトが予備識を取り合うマルコフとサリンスキーの仲を羨ましがっていたことを思い出した。わたしの旧いロンベルヒ義脳には、あとひとり分の予備識を携える余地すらないというのに、ヌトはわたしの十倍以上も識量がある。本当は互いに予備識を抱え合いたいのに我慢しているのだと思うと、わたしはうなずくしかなかった。

微生物の種類や土壌の配分を試行錯誤しながら、かつて彼方の惑星で命を繋いでいた、いまは絶滅してしまった植物たちの生死の間を行き来するだけで日々が過ぎていく。

疲れきってすぐに眠りに落ちてしまうことが増えたが、睡眠中にはヌトがわたしに重なって、容識体の情報ごとわたしを吸い上げていき、すこしずつ予備識を凝らせていった。鼓動を同期したのは、この作業を見越してのことだったのかもしれない。いまでは彼女の中に凍りついたわたしがいる。おそらく市街船じゅうに分散して。

爬虫類を思わせる生物は三日後に息絶えたものの、同じく惑星ペトスコスに生息していたと推測される他の動植物が続々と再生されはじめた。ただしどれも生育不良で一週間ともたない。

　第一研究班の方でも新たな動植物が再生されはじめたが、以前キュゼラーク市街船が探索した聖クリストフォロス星系の惑星レプロブスのサンプル群と一致すると判り、その照査によって得られた欠落パターンが、ペトスコス動植物群の復元にも大きく寄与した。さらに一度は不要部位として弾かれたクリプトプラズムの中から、微生物の遺伝配列の発見が続き、それらを土壌微生物や共生菌として試した筋子羊歯はたちまち一米を超えるほどに背を伸ばして筋子葉を何倍にも膨張させた。

　同じ条件が適合して、他のペトスコス動植物群も次々と育ちはじめる——蓬（よもぎ）や蔓草（つるくさ）や白詰草（しろつめくさ）に似た野草、椰子（やし）や蘇鉄（そてつ）に似た樹木——植物は筋子羊歯と同様に、どれも青みがかっている——蟻や甲虫や蝶に似た昆虫系、放散虫に似た珪酸質の殻を持つ棘皮（きょくひ）動物系、小さなものでは蜥蜴（とかげ）や蛇、大きなものではオオトカゲとワニの中間のような爬虫類に近いもの——生物はいずれも双頭で、その隆起が特に目立つオオトカゲワニなどは二頭竜（にとうりゅう）と名づけられたが、頭に見えるのは脂肪の詰まった瘤（こぶ）で、メロン体のごとく反響定位を行っているらしいと後に判った。これまでの定説とは異なり、惑星ペトスコスの大気は塵や霧などで見通しが悪かったのではないかと考えられている。

　わたしたちは軽重力環にある環境室に土壌を敷き詰め、五億年前の惑星ペトスコスの大気組成を再現して満たした。天蓋全体にはその自転周期通りに空を描影し、恒星セベクのスペクトルを持つ照明を滑動させる。わたしたちには耐え難い暑さなので、中にいる間は知覚の標準値を調整して作業に取り組んだ。

　まず環境筒で育てることに成功した二十七種の青い植物たちをペトスコスの環境室に移し、根が張って安定してくると、二十種の昆虫や十二種の動物たちを放っていった。最初は衰弱する種が多く、気圧や大気組成などを随時念入りに調整しなければならなかった。菌根菌と思われていたものが突如半数の種を枯れさせはじめ、土壌を総取っ替えしたことも一度ではない。

惑星の大気の流れが擬現されはじめると、植物の生育もよくなった。ときおり生じる自然な風が、肌の記憶に織り込まれている丘の広がりにまで吹きわたって、心地よさに陶然とする。あの男は自分がどれだけ風に思い入れがあるのか、未だに気づいていないのではないか。

ある日、地面を掘って樹の根の生育状況を観察していると、柔らかい風が吹いてきた――とたんに腐敗臭を思わせる強烈な臭いに鼻を突かれる。動物を死なせてしまったのだろうかと探し歩くうち、環境室の片隅に生える蓬に似た草に辿り着いた。赤い海星そっくりの花が咲いて、生き物のごとく顫動している。誘われるように聴覚を可聴域外まで広げると、溜息めいた音が聞こえだして驚かされた。初めての花に感激し、第二研究班内にわたしの視聴覚を公開する。皆も喜んで、花のような溜息を漏らした。名前を決めかねていたが、皆は勝手に海星蓬と呼びはじめていた。

他の植物たちも、すこしずつ花を咲かせていった。植物と昆虫は、必ずしも生殖を媒介する組み合わせで再生できておらず、生態に応じて擬虫を作らねばならないこともある。順調に育っていても、一代限りで命が尽きてしまうことも多く、生態系が安定するまでには時間がかかりそうだった。

その間にも、豊かな生態系を持つ惑星ムーセオ・キルヒャリアーノ、極寒の惑星ウルティマトゥーレ、海の惑星イル・フィーロ・デル・オリゾンテなどの動植物群が他の研究室で再生され、三種の重力環が様々な惑星環境で混み合っていく。さらに現在第二次探査隊が滞在している惑星アトヴァタバールの動植物までもが再生された――ただし欠落部を補完しているせいか遺伝物質の配列には多少の相違があり、クエビコはクリプトプラズムにくくり続けている。

特定された惑星の座標からオーロラの辿ってきた航跡が炙り出されると、二百億年もの間太陽光や宇宙線を餌にしつつ様々な星系を漂い続け、広大な膜で星間に漂う生命の痕跡を掬い取ってきたことになる。さすがに鵜呑みにはできず、このデータから別の真相が導き出せないかと解析が続けられている。

惑星ペトスコスの環境室はむせるほどに濃密なテラリウムと化し、他の惑星や市街船から出資者たちが見学のために分岐識を転送してくるようになった。たいていの出資者は、地球環境とあまり大差ない景色に落胆を滲ませるか、それを悟らせまいと自動生成した紋切り型の表情を浮かべる。異星種と聞くと、どうしても突飛な姿を期待してしまうものらしい。

幸い惑星ペトスコスの植物はどれも青みがかかっているおかげで、彼らの興味を引いたようだった。さらに二頭竜たちが木陰から歩み出てくると、大きく身を乗り出す。

〝すごいね、頭がふたつあるのかね〟〝肌が血塗れみたいでぞっとするよ〟〝でも見て、子供の方はけっこうかわいいじゃない〟

幼体が成体に体を擦り付けたり、互いに追いかけあったり、海星蓬の実を食べたりしている。

わたしたちはそれが頭ではないこと、親子ではなく同じサンプルから再生されたこと、全身を覆う赤みのある瓦状鱗の下には、皮骨が鎖帷子のように広がっていること、海星蓬の実は二頭竜の体内を通らないと発芽しないこと、前足の中指だけが異様に長い理由は判っていないことなどを説明する。

ひとりが植物の化学成分について訊ね、駆け引きのうまいユエンが説明する。出資者たちは、惑星ごとのテラリウムを取引するだけでなく、自分たちを含む生来体の原理主義者たちのために、常に未知の薬や生体触媒を探し求めている。生来体を半永久的に維持し続けられるのは富裕層くらいだ。出資者たちに会うと、いつも生来体のまま生き続けている自分を思い出してしまい胸がざわめく。すでに彼は刑期を終えているはずだった。わたしたちが発見した植物を元に精製された薬が、彼の手に渡ることもあるのかもしれない。宇宙に隔てられていても、繋がりが完全に断たれるわけではないのだ。

オーロラの調査に赴いていたナダムとサリンスキーが、大量のサンプルを持ち帰り、第二研究班の全員が研究室に集まった。

サリンスキーから送られた視録を見る——大きく湾曲しながら広がるオーロラの、白く反射したなめらかな表膜に、ふたりの濃い影が落ちている。さらに視界の右端にオーロラの立体地図が表示されて一部が点滅した。

〝この座標に遺伝物質の反応が大量にあった。これまでで最大の規模かもしれない〟とナダムが言う。

〝ここはわたしが担当した座標じゃないか〟驚いて声が大きくなってしまう。〝あれだけ探ったのに、どうして見逃してしまったんだろう〟

〝どれも他のサンプル群と比べると著しく欠落箇所が多いから、検出が難しかったんでしょう。無理もないですよ。地球型の四塩基だから補完はしやすそうですが〟とサリンスキーがわたしを気遣うように言い、ナダムが続ける。〝ああ。これまでの調査で検知精度が上がったおかげだ。今回の調査でもすべては網羅できていないだろう〟

とはいえ、自分が杜撰な調査をしてしまったとしか思えず胃が重くなる。探査子の諸系を見直すべきなのかもしれない、などと考えていると、プラスタワーシャが腑に落ちない様子で呟いた。

〝どうして他の動植物群よりこうも欠落が多いんだろうね〟

その多さに拘わらず、クエビコによる遺伝配列の補完にはさほど時間がかからなかった。地球種の配列が参照できたためらしい。再生にまつわるどの行程も他の動植物群より円滑に進み——わたしたちも随分熟練したもんですね、とサリンスキーは笑った——カポックや茨に似た植物や、鼠や犬のような哺乳類と思しき小動物が生まれだした。ただし補完部の多さを示すように、どれも粘土像を作る途中のように曖昧な姿をしている。わたしたちはそれらを不明動植物群と呼んだ。生息していた惑星を特定できていないいためだ。

その日ペトスコスの環境室で動植物の世話を終えたわたしは、調査用具一式を収めたケースを手にし、背中にスラスターをかついで上面市街の二区に出た。ゴシック様式に変貌を終えた街並みの向こうに、惑星アトヴァタバールの緑青色の輝きが見える。

港に並ぶ端艇のひとつに乗り込み、数機卿の一部でもある操艇卓に行き先を伝える。機体が路面から浮上し、オーロラに向かって宙を進みだす。

オーロラの前部にある大きな湾曲部の上で端艇を停め、水を湛（たた）えたような表層膜の上に降りる。先日摘出された箇所はすでに塞がっていてほとんど判らない。わたしは弾力のあるその表面に触れ——なぜか何十年もの間こうやって探し続けてきたような錯覚に襲われる——掌の中心から調整した探査子を放つ。

オーロラの広がりを眺めながら待つうちに、丘の上で警察車輛がやってくるのを待つ自分の朧気な姿が思い浮かんできた。だがそれは元よりわたしが経験したはずのない事柄だ。おそらく当時の様々な報道から想像した光景なのだろう。

探査子が戻ってくると、わたしを中心とする直径二十米ほどの範囲のあちこちに該当箇所が赤く縁取られていく。ナダムが言ったとおりだ。

わたしはケースから採取筒を取り出すと、該当箇所にひとつずつ刺しては引き抜いていった。残された穴は、島の砂浜でよく目にした砂蟹の巣穴によく似ていたが、感知できないほどゆっくりと塞がっていく。

その後市街船の研究室に戻り、クエビコの主機を予約して筮算にかけてみたが、ほとんどはすでに発見されている種だったし、そうでないものは他の不明動植物群と比べても欠損率が高すぎてどういう生物なのかすら判らない。

落胆して研究室を後にし、通路を進んでいると、遠くの特別研究班の研究室になにかが入っていくのが見えた気がした。その瞬間だけ再視する——宙に小さなものが浮かんでいる——拡大する——光沢を浮かべたスカラベだった。

特別研究班は未だ他の班とは連携も情報共有もせずに独自の調査を続けていて、すでになにか摑んでいるのではないかとずっと気になっていた。数機卿がヌトに協力させているのかもしれない。

帰宅して二時間ほど経ってからヌトが帰ってきた。特別研究班で何をしていたんだ、と訊いたが、〝ああ、それわたしじゃないから〟とすげなく否定する。〝スカラベを眼体に使うひとはあまりいないと思うが〟〝特別研究班は何に関心を持ってるんだ〟などと質問を重ねたが、遮りもせずに微笑んでいる。蓉姿はすでに抜け殻だった。それとも抜け殻のふりをしているのだろうか。


欠損率の高かったサンプルのことは筭算にかけたきり忘れていたが、大幅な補完を終えてクエビコから提出されるなり、第二研究班は色めき立った。類人猿に近いというのだ。サリンスキーの喜びようときたら、あまり期待するとがっかりするよ、とプラスタワーシャに心配されるほどだった。

このサンプルの再生は、主にわたしとサリンスキーが担当することとなった。わたしの睡眠中にもサリンスキーが熱心に取り組んでいるので、毎朝研究室につくと何時間もかけて進捗を把握しなければならなかった。クリプトプラズムを培地にして育っていく細胞塊は、途中で崩れもせず早期に安定した。心臓大になると環境筒に移したが、そこでも拍子抜けするほど順調に成長していき、すこしずつ類人猿の成体の姿に近づきながら円筒いっぱいに膨張した。それだけでは終わらなかった。しだいに人間と見紛う姿になっていったのだ。クエビコの介入が大きすぎるのではないか、とユエンは慎重な態度を崩さなかった。確かに気がかりな部分ではあった。プラスタワーシャは、サリンスキーがなにか手を加えたのではないかと疑って彼を怒らせた。そうでないことはわたしがよく知っていた。

その生物は、人間としか呼びようのない姿に成長していった。ふたりが見守る前で瞼を痙攣させせながら目を開いたときには膝が震えた。その薄い瞳は、まっすぐにわたしを見据えていた。そのことでサリンスキーはしばらくのあいだ機嫌を損ねた。

すでにこの頃には、同じ属性を持つ不明動植物群が、まるで自然発生するかのごとく次々と再生されていき、中重力環の環境室に放たれていた。

不明惑星群の環境室の隣には、ベッドや机のある小部屋が作られ、異星知性体が運ばれて寝かされた。人間にしか見えないとは言っても、どこか焦点のぼやけたような曖昧な姿をしている。体には夥しい数の探査子を各所につけられ、生命補助装置につながれて横たわったまま、ふう、ふう、鼻から規則正しい呼吸を繰り返していた。その音を耳にするたび、昏睡状態になった父の記憶が蘇ってきて胸が締めつけられる。あの頃の多くの人と同じように、彼は脱体を拒んだ。

わたしたちは異星知性体を大使と呼ぶことにした。

最初こそ大使はベッドに寝ているだけで動けなかったが、わたしたちが体の各部の動かし方を練習させるうち、上体を起こしたり、コップを握ったり、とすこしずつ多様な動作ができるようになっていった。ただ、手を取って歩かせようとしても、すぐに膝を床についてしまうし、手を離すなり四つん這いになってしまう。それでも粘り強く繰り返すうちに、脚をぐらつかせながらなら歩けるようになった。大使は隣の環境室で、風を感じながら散歩するのを好んでいるようだった。ときおり最初の頃のように地面に四つん這いになって這い回ることがあり、本当は四足歩行動物なんじゃないか、とユエンはあやしんだ。

食事の仕方は、第二研究班の中で唯一質量食を摂取できるわたしが一緒に食べて教えた。久々に口にした質量食の情報解像度の低さには驚かされた。大使は何事に対しても飲み込みが早く、ずれた鏡のようにわたしの動きを真似した。動作はまだ滑らかとは言えず、コップをうまく摑めずに倒してしまうことも少なくなかった。その度にこぼれた液体に指を浸してなにかを探るような仕草をするので、サリンスキーは、それが異星知性体としての特徴行動ではないかと注目している。

積み木遊びを教えると、崩れてしまうのを悔しがった。わたしが崩したときには、声を上げて笑う。わたしは容識体に備わる声帯を震わせて久しぶりに声を発し、言葉を教えた。赤子とは比べ物にならない早さで覚えていく。あるとき大使はわたしの服を指差し、自分も着たい、と主張した。わたしは気がまわらなかったことを謝り、すぐに大使の体を採寸して服を出力した。服を着せながら、大使の成長を喜びつつも見て見ぬ振りをしてきたジレンマを改めて突きつけられた気分だった。

異星知性体とはいっても後天的な知性は持たないため、意思の疎通をはかるには我々の言葉や文化を教えざるをえない。それは果たして異星知性体と言えるのだろうか。

ユエンは、大使がまるで最初から我々の言葉や文化を知っていたかのようだと言い、プラスタワーシャも、新しいことを覚えているというよりも、忘れてしまった記憶を思い出しているように見えると言ってサリンスキーと口論になった。ふたりが疑いだしたのは、隣の環境室で育てられている不明動植物群の方も、しだいに地球種に似てきたせいでもあった。

まだ曖昧な種もいれば、象らしき動物のように、形になりかけては崩れるのを繰り返している種もいるが、鼠や栗鼠（りす）、犬や猫、豚や羊や馬に似た動物は、いまやそのものにしか見えなかった。クエビコの補完方法に因（よ）るものと推測されたが、自分たちが地球種の生物を研究しているにすぎないのではないか、条件の一致する惑星を特定できないのは、地球以外を探しているからではないか、と皆は疑いはじめていた。もしそうなら大使も免れず、地球のホモ・サピエンスということになる。むろんサリンスキーは、不明惑星は小惑星の衝突などで消失したのだと主張し続けている。救いはオーロラがこれまで通過してきたとされるルートに太陽系が含まれていないことだ。種の分岐の中でありえたかもしれない地球には存在しない生物——例えば一角獣（ユニコーン）の姿もあり、ひとまず結論は保留された。

惑星アトヴァタバールから、第三研究班の分岐識を載せた第二次探査隊が帰ってきた。軽重力環にあるオーロラ由来のアトヴァタバール環境室の隣に、現地で捕獲された動植物群を収めた環境室が鏡合わせのように作られた。

わたしたちの研究班も、アトヴァタバール環境室を見学させてもらうことになった。ただし入室には、視察用遠隔体への機換えを求められた。ここの生物たちは人型の容識体をひどく警戒するらしく、生態系に影響が出てしまうのだという。

控室で全員が横並びになって壁にもたれかかり、目を閉じた――環境室の一角に控える、茸形をした超分子系の視察用遠隔体に録印（ログイン）する――とたんに体を巨大な手で握りしめられたような拘束感に襲われた。これが生物たちに認識されにくいよう最適化された形なのだという。陽光の乏しい空気の冷たさがじわじわと肌に伝わってくる。

目を開くと、あたりが白っぽい霧に覆われたように見えたが、すぐに露出が補正されてコントラストが生まれ、M型のスペクトルを持つ太陽の褪せたような輝きや、紫がかった空の広がり、五十種を超える草樹が影絵のごとく繁茂する、黒に染まった豊穣な空間が見えてくる。普段より視界が広く周縁近くが湾曲しており落ち着かない。遠景には現地で実際に撮影された映像が使われているらしく、黒い植物の連なりが彼方まで続いている。

幾本もの峙亥樹（じがいじゅ）が硬質な鱗に覆われた太い幹を高々と伸ばし、全領域の光をあまさず吸収できる真っ黒な単子葉を大きく広げている。その下草の中ではマンデルブロ集合めいた黒い大葉を広げる丰茱草（ほうきゅうそう）が際立っていた。その上を、トルコ石を思わせる甲虫たちが這い回っている。これらの名称は、クエビコによって学名と共に体系的に導き出されたものだ。

茂みの奥には透明壁があり、再生された方の環境室が透けているが、木々や草花の少なさに、干魃（かんばつ）でも起きたあとのように荒廃して見える。わたしたちの環境室も多かれ少なかれ、実際の惑星とはこうした差異があるのだろう。

　窮屈な肉体感覚に慣れないまま、遠隔体の底の腹足をうねらせて進みだす。皆の遠隔体に重なる蓉姿の動きまでも緩慢になるのがおかしい。地面のそこかしこに峙亥樹から剝がれたと思しき硬い鱗が黒曜石の破片のごとく散らばっていたり、環形動物があちこちで体をくねらせていたりするので、それらを越えるたびに視界がぐらぐらと揺れる。

　丰茱草の影さながらの茂みが花粉を撒き散らして揺れたかと思うと、篦(へら)状の頭部を持つ、様々な色のマーブル縞模様に覆われた無毛の生き物が、しなやかな六本脚を交互に動かしてやってきた。貝拼(かいせ)りだ。その腹の下を、幼体たちが長い尻尾をくねらせて歩きまわる。オーロラから再生されたものとは、縞の太さや色味がだいぶ異なっていた。共生菌や摂取している食べ物の違いだろうか。ふたつの環境室の差異は、他の環境室の動植物群を育てるのに大きな示唆を与えてくれそうだった。

　貝拼りが篦頭を峙亥樹の幹にあてがい、大きな音をたてて鱗を一枚を剝がしたと思うと、背中から伸ばした触手で内臓のようなものを引きずりだして一気に吸い込み、殻を捨てた。

　〝この鱗は寄生貝だったのか〟と驚いていると、〝そうなんですよ〟と第三研究班のマルコヴナが声をかけてきた。蓉姿と遠隔体のどちらに視線を合わせたものか戸惑う。プラスタワーシャの息子で、この市街船の禮野(レイヤー)上で二十二年前に生まれた時からよく知っていた。

　〝峙亥樹は自重を支える力が弱く、鱗貝に覆われることでやっとここまで大きくなれるんです〟

　〝へえ、補強されているわけだ〟と感心し、惑星アトヴァタバールを探索した話を色々と聞かせてもらう。心なしか声に元気がないな、と思っていると、マルコヴナは口ごもり、他所から突然ここに意識を飛ばされたかのように周りを見回した。

　〝どうしたんだ〟

　マルコヴナは苦いものでも食べたような顔をした。

〝分岐識と魂接ぎしてからどうも妙な感じなんですよ。いまみたいに呆けたり、喩えようのないずれを自分に覚えることが増えて……実はペルナートさんの助言が欲しくて真っ先に声をかけたんです。あ、母さんに言うと色々煩いから黙っててください〟

〝かまわないけど、わたしは分岐識の方だったし、生来体とは七十年離れていたから、あまり役に立てないかもしれないよ〟

誰しも魂接ぎのあとはしばらく馴染めず離人感に悩まされるものだ。分岐していた期間が長くなるほどに差異は広がり、ときには双方が別人と言えるほどに変わってしまうこともある。

「惑星がなぜ自転するようになるか知ってるか」と言って立ち上がり、わたしを殴りだした過去のわたしのぼやけた姿が蘇る。どうしてあんなことをしたんだ、家族がどうなるのかは考えなかったのか、と言った直後のことだった。「訊いてるんだよ、惑星がなぜ自転するようになったかってな！」自分同士のことだからと看守は止めもしなかった。わたしはなぜか痛覚を消さず、ただ両手を掲げて攻撃を受けながら、「小惑星がぶつかりあったせいじゃないのか」と答えていた。「わかってんならじっとしてろよ。おまえにだってこうやって小惑星をあてりゃ、すこしは脳みそが回転するようになるだろうよ！」

わたしが生来識から独立した事情を詳しく知る者はあまりいない。

〝分岐識と離れていたのは半年ほどだろう。魂接ぎしてからは十五日ほどか。分岐識を作るのは——〟

〝今回が初めてです〟

〝それくらいならさほど大きな乖離は起きないはずだけどな。もしかしてアトヴァタバールでなにかあったとか〟

〝ああ、ええ……現地で事故があって、容識体が大きく破損したんです。三日ほどで再生されはしましたが〟

数宙生まれに笑われることがあるが、人間の精神は記憶の曖昧さや忘却を必要とする。

〝強い痛みほど忘却率が高くなるから、心理記憶と諸記録との繋がりに捻れが生じているのかもしれないね。他にはどんな症状が出ている？〟

〝例えば、左右を取り違えたり、扉をくぐったとたんになにをするつもりだったのかを忘れてしまったり、注文するものをいつまで経っても決められなかったり……〟

普段のわたしみたいじゃないか、と内心で苦笑いする。

〝だんだんひどくなって生活に支障が出てきたから、魂接ぎ前に戻った方がいいのかもしれない、と悩んでいて。得難い体験を失ってしまうのは残念なんですけど。マフムード先生には、あとしばらくで分離が難しくなると言われて〟

時代が変わったのだなとわたしは感慨深く思う。

分岐識は、生来識との魂接ぎを前提とし、それ相応の理由と手続きを経て作られる。あの当時から分岐識の消去は法的に許されていなかったが、かといって生来識からの独立は禁忌と言ってもよかった。

親族や友人や見ず知らずの人々から、おまえは裏切り者だとか自分の犯した罪から逃れられると思うのか、などとありとあらゆる理由で誹りを受けた。七十年を経て帰還したときまで、わたしは自分が裁判にかけられるようなことをしでかす人間だとは思ってもいなかった。自分の資質をろくに判っていなかったのだ。おまえだってわたしの立場だったなら絶対にそうしたはずだ、と生来識に言われ、出来うる限り経緯を調べたが、とてもそうは思えなかった。後からはなんだって言えることは判ってるし、そう罵られもした。

「おまえはわたしなしには存在しないんだぞ、しかも、わたしのできそこないでしかない、思い上がるな」という怒号がわたしの頭に反響する。間違いではない。分岐識は生来識の簡易版と言ってよく、裁判でも争点となった。

〝わたしが魂接ぎを繰り返してきた経験から言うと、まだ二我酔い(ふつが)の範疇で、分離が必要なほどの状況じゃないと思う。可能な限り様子を見た方がいいんじゃないかな〟

つまらぬ助言しかできない自分に苛立つ。マルコヴナはしばらくこちらを見つめていたが、〝ありがとう、すこし気が楽になりました。そうしてみます〟と言った。

わたしが独立したときには、生来体だけでなく分岐識の開発企業や国とも裁判となって長引いたが、生来識が囚人であることや、長期に及ぶ惑星探査任務の成果が有利に働き、名前を変えること、地球から離れること、指定の記憶を封印することなどを条件に、生来識からの永久分離と個人としての独立を勝ち取ることができた。ただし、指定の記憶と言っても、封じるには様々な関連記憶にまで及ぶため、未だ後遺症に悩まされ続けている。おそらく家族にまつわる記憶だろうと想像はつくが、実際的にはなにひとつ思い出せない。あの男がこう言ったのは覚えている——おまえが抱え込んでいるのはわたし自身だ。渡してたまるものか。空っぽになってどうして存在していられる——わたしは詩人の言葉を元にしてこう返した——あんたは知らないんだ。記憶のない希望の上に書ける名前を。宇宙で過ごしたとたんに詩人気取りか、とあの男は腹を抱えて笑った。

いつの間にか貝拵りがわたしの遠隔体に平坦な鼻面を押し当ててにおいを嗅いでいた。わたしは貝拵りには感じられない手で、その背中を撫でた。

その日は久しぶりにヌトと〈象の洞窟〉で朝食を共にしていた。このところ流星群の多さに排撃が追いつかないらしく、ヌトは頻繁に招集されて一緒に過ごす時間が少なくなっていた。

ヌトが豆のスープを掬って食べながら、ときおり規則的に口を動かすことにわたしは気づく。唇の形から照合して、二二、二三、二四、二五、と数を数えているのだと判った。

〝また鼓動でも数えてるのか？〟

〝同期させてるんだよ。いつの間にかペルナートの鼓動がずれていくから〟

〝ああ、心拍の間隔はけっこう変化するからな〟

〝おかしいよ。固定しといてよ〟

〝だ、だめだよ。時計じゃないんだから〟

わたしはデニッシュに齧りつく。何層も重なり合う薄い生地の食感を味わっていると、第三研究班からオーロラに携わる全ての研究班に集まって欲しいと連絡があった。わたしはヌトに謝って――意外にも快く送り出してくれる――〈象の洞窟〉を後にした。

第三研究班の研究室には、すでに第二班の仲間たちが来ていた。プラスタワーシャが顔を寄せ、口にパン屑ついてるよ、と教えてくれる。指で払いながら集まった顔ぶれを見まわすと、珍しく特別研究班の四脚遠隔体の姿まで混じっている。

別室からマルコヴナが、豚一頭ほどもある岩塊を運んできた。まるで黒い雨雲がそのまま固まったかのようだ。

〝赤鉄鉱（ヘマタイト）か？〟　〝縮尺が違うって〟背後で誰かが言う。

半球の連なる外殻には幾筋もの罅（ひび）割れが走って、その隙間は濡れたように光っている。

〝これは鉱物サンプルとして持ち帰ったものの一つですが……〟

〝隕石じゃないのか〟と誰かが言い、マルコヴナは岩塊を裏側に向けた。一部分が切断されており、硬い外殻から内部に向けて、瑪瑙（めのう）のように段階的に透明度が上がっている。

〝これは……〟　〝まさか〟

〝外殻はアトヴァタバールの大気圏を降下する際に熱変性したもので、中には細菌凝集体のようなものが詰まっています。クエビコに筮算させると――〟

〝クリプトプラズムなのか〟

マルコヴナがうなずく。

〝この岩塊を発見した地域の生物分布は、オーロラから採取したアトヴァタバール動植物群とほぼ一致します〟

しばらく沈黙が続いた。

〝ずっとおかしいと思ってたのよ〟とプラスタワーシャが言い、〝ならそのときに言ってください〟とサリンスキーが力なく返す。

わたしたちはオーロラについて再考を強いられる。オーロラは通過する惑星に、自らの一部を探査坊のように投下し、様々な情報を取得してきたのではないか。

〝だとしても、どうやって連絡を取り合っている。通信らしい挙動は見せていないぞ〟

皆はときおり特別研究班の四脚遠隔体を窺いながら話す。彼らはまだ誰ひとり言葉を発しておらず、ただそこにいる。

〝電磁波の吸収が関係しているのかもしれない〟〝素粒子通信の可能性は？〟〝それを観測するには、オルテリウス市街船にでも協力を仰がないと――〟〝仮になんらかの通信手段を有するとして、わたしたちが再生してきたのは、そうやって集められた遺伝情報のサンプルだったということか〟〝つまりオーロラは無人調査船……〟〝わたしたちは調査船どうしで探り合っていたというの？〟

話題はやがて不明動植物群に移っていく。もしも最初の調査で発見されなかったのではなく、その後に生じていたのだとしたら。遺伝配列が欠落していたのではなく、配列が揃っていく途中だったのだとしたら――

そのとき四脚遠隔体のひとつが背筋を伸ばし、感覚器群をこちらに向け、初めて言葉を発した。

〝第二班の者たち、不明動植物群の環境室を確認しろ。大使が語り続けている〟

〝なに勝手に覗いてるんだ！〟サリンスキーが声を荒らげる。わたしは環境室の眼体に三感を繋いだ。

確かに木々の間に、大使が立っている。曖昧な顔を宙に向け、全身で風を受けるように両腕を広げて――

「――そう……だったかもしれない。わたしはその頃、禮野上（レイヤー）のみで仕事をするようになっていて、家族以外とはほとんど会わなくなっていたから」

――語り続けている。これまでは途切れとぎれに話すのが精一杯だったというのにとめどなく。

〝誰に向かって喋っているの。独白？〟〝にしてもこの内容は……誰かの真似をしているのか〟

〝ともかく急いで戻ろう〟

わたしは背筋が粟立つのを感じながら駆け出す。

通路に出ると、背後から特別研究班のふたりまでついてくる。〝なんであんたたちまで来るんです。ナダム！〟サリンスキーは加勢を求めたが、ナダムは済ました顔で進んでいく。〝くそっ、勝手にしろ〟

「――いつも林の中の家にいたんだ。暖炉のある吹き抜けのリビングでは、いつも家族が思い思いの格好でくつろいでいたのを思い出す。焦げ茶色をした胡桃材の床にはいつもレネが寝転がって永久紙の絵本を開いていて――」

〝いったいどういうことなんだ。どこかの惑星の話か？〟〝大使に誰かの意識が流れ込んでいるとか〟〝けれど誰のをどうやって……〟

「――そのお腹を弟のキャスパーが飛び越え、妻のエミリーの叱る声が響く。奥の壁際のソファはデイジーのお気に入りで、よく遠方に住む何人もの友人を禮野上（レイヤー）に招いていた。駒の代わりに禮野（レイヤー）と紐づけた色んなおもちゃを床に並べて、わたしにはルールのよく判らない流行りのゲームばかりしていたものだ。なんのゲームかと訊いても決して教えてくれない。デイジーは友達の代わりに駒を並べ替えながら、わざと別のところに置いたりと悪戯をするんだ――」

わたしたちは環境室に入り、立ったまま語り続けている大使のまわりに集まった。だがその異様さに、環境筒のガラスに隔てられているかのごとく近づけない。

「――遊びが終わったあとはまるで戦火の跡だった。わたしやエミリーがどれだけ言っても、デイジーは片付けようとしない。夜中に不安のざわめきで目覚めると、わたしは寝室から抜け出して、窓の月明かりの中で娘がちらかしたおもちゃをひとりで片付けたものだった。そうすると不思議と心が鎮まるんだ。改めてこれらのおもちゃを見ると、自分が買ってもらえなかったようなものばかりだと気づく――」

〝そんな……人間みたいな話は〟サリンスキーが震える声で言って膝を落とし、手をついた。〝しないでくれ……〟

「――けれどあの日は片付けることができないまま、朝までずっと床の上を這い回り続けていたな。夕方、友達と遊んでいたデイジーの傍らをわたしが通ったとき、床に置かれていた大きなグラスを蹴ってしまい、ミルクをあたりにぶちまけてしまった。すぐさま拭き取ろうとした猫そっくりのクリーニーを、だめっ！　とデイジーは突き飛ばして、白いミルク溜まりを指で探り、掌で何度もすくって、ミルクまみれになって、ないー、と泣きだした。驚いた拍子にイヤリングが落ちてそこに浸ってしまったのだという。妻の母が誕生日に贈ったヘレンニウムの花を模したもので、秘密主義のデイジーは生まれてから蓄積されてきたすべての録をバックアップごと集約し、紐づけも解いてしまっていたらしい。わたしたちは彼女の過去を探し続けたが――」

〝君が以前床を這っていたのは……〟野草を握りしめながらサリンスキーが声を上擦らせる。〝その頃からすでに誰かだったというのか〟

〝ペルナート——どうして泣いてるのよ〟

突然ヌトの声がして、プラスタワーシャが特別研究班の四脚遠隔体とわたしとを見比べた。〝えっ、その遠隔体ってヌトなの？　えっ、ペルナートは泣いているの？〟

〝あ、このひと、感情の閾値を超えた表情はわたしにしか公開してないから〟

「どうしてあんなことをしでかしたんだ！」わたしは喉が張り詰めるのを感じながら、自分の大声を聞いた。「その生活を続けることもできたはずだ」

ずっと宙を見据えていた大使の顎が下がり、不明瞭な顔がこちらに向く。

〝いったいどういうこと、なにが起きてるの〟〝まさか、これはペルナートの記憶なのか？〟

皆が混乱した様子でこちらを見ているが、わたしは自分を抑えられない。

〝どうしてあんな罪を犯した〟

〝どうしてあんな罪を犯した〟

言葉を教えはじめた頃のように大使が鸚鵡返しをして、ようやくわたしは気づく。彼に答えられるわけがない。目の前にいるのはわたしの生来識ではなく、記憶の制限措置を受ける前のわたしだ。

〝あんたは家族を——家族……〟わたしはすでに彼が話したばかりの内容を思い出せなくなっていることに気づく。聞いたばかりの話にも、ウェブスター制限が働いているのだ。わたしが蒼白になっているのを、ヌトだけが目にしている。

〝ちょっと、このひと限界みたい。連れて帰るね〟

ヌトは四本脚の遠隔体からわたしに飛び移って重なり合い、わたしを歩かせて自宅まで連れ帰ってくれた。

大使が決定打となって、不明動植物群は地球種であるという結論になり、研究に入れ込んでいたサリンスキーは茫然自失となった。

オーロラはわたしたちが持ち帰ったサンプル自体を端末として、研究室内の様々な実験動物を精査し、オーロラに送信したのではないかと見られている。だが、すべての研究室で飼われていた実験動物を合わせても、再生された種の数には足りない。データベースにアクセスできるのでは、と考える者もいたが、不明動植物群が発見されていった経緯を洗い直すと、実験動物を起点として種分化を行っていった様子が窺えた。もちろんまだ説明のつかないことは多い。

大使がわたしそのものだったのは、わたしの容識体のロンベルヒ義脳が、生来脳と変わらない皮質脳波を発しているからだろう。

わたしはその後も、大使から異星の存在らしいなにかを少しでも引き出せないかと対話を繰り返したが、望みは叶わなかった。彼の体を構成するクリプトプラズムはいわば容識体であり、大使はわたしの分岐識にすぎない、ということなのだろう。ただ、彼にはウェブスター制限が働いていない。わたしは自分には思い出せない様々な思い出を聞かされては、そのすべてをすぐさま忘却した。

やりきれず悄然とさせられるが、そういう時は惑星ペトスコスの環境室にこもって動植物の世話をした。二頭竜たちが海星蓬の花を食べるのを見ていると、心が安らいだ。そしてとうとう二頭竜の一頭が卵を産み、あの長い爪の用途が明らかになった。

二頭竜は、劇毒を持つ放散雲丹（ウニ）に長い爪を刺し込んで小さな器官を抉り取る。すると放散雲丹は珪酸質の網状外殻を展開して、内部から体腔嚢を飛び出させる。二頭竜はそこに卵を産みつけるのだ。やがて網状外殻を戻した放散雲丹は、二頭竜の卵を守りながら地を這って生きていく。

わたしは卵が孵（かえ）るのを心待ちにし、毎日環境室に立ち寄っては網状外殻を覗き込み、体腔嚢に透ける卵を観察した。

だがある頃から、二頭竜たちが落ち着きを無くしはじめた。最初は産卵したせいで過敏になっているのかと思ったが、両肩の瘤を空に向けて全身を大きく伸ばしたまま哀しげな鳴き声を延々と上げ続けたり、体を壁に繰り返しぶつける興奮状態に陥ったりするほどになった。二頭竜だけでなく、他の生物たちにも伝染するように広がっていく。甲虫は天蓋に体をこすりつけながらぐるりぐるりと巡り、環形動物は幹を登っては落下し、木々は枝葉をむやみに伸ばし、野草についた蕾は種子になる。

他の環境室の動植物も似たような振る舞いを見せていた。アトヴァタバール環境室では、一匹の貝拵りが壁にぶつけたときに背骨を折って死亡した。

オーロラの方でも異変が起きていた。各所からガスが噴出し、膜がそれぞれにゆっくりと曲率を変えはじめたのだ。再び航行を始めるつもりなのかと観測していると、全体を巻き取ろうとするかのように、すこしずつ膜と膜との間隔を狭めながら回転しているのだと判った。

数日をかけて、オーロラは直径三粁の花の蕾に変容した。市街船を見下ろす巨大な眼球のようでもあった。すぐさま優先調査権を持つ特別研究班が変容オーロラに派遣された。

〝すまない。いますぐ港に来れるか〟

ナダムの声で目が醒めた。わたしは普段着のままで宙に浮かんでいる自分に気づく。ベッドに行かずに寝てしまったのだ。

〝オーロラから高エネルギー反応が出ている〟

〝特別研究班に独占されていたんじゃないのか〟

〝急に興味を失ったらしい。調査が許可された〟

すぐに行くと返事をして体を回転させる。ベッドにはヌトの姿がない。録(ログ)を見てみるが、昨日は戻ってきていない。

そのままの服にスラスターを背負って家を出る。抽赴(チューブ)で港に向かうと、すでに全員が端艇に乗って待っていた。

各班の端艇が動き出し、ゆっくりと回転を続けるオーロラ球体に向かっていく。

表層膜に降り立つと、すぐにその変化に気づいた。透明度を失って硬化しており、様々なスペクトルの電磁波を発している。

散開してそれぞれに探査子を放つ。この変容がなにを意味しているのか意見を交わしながら待っていたが、探査子はいっこうに戻ってこない。

指先にかすかな痺れを感じ、可視域を大きく広げてみる。オーロラの表層がぼんやりとした繭に包まれていた。すこしずつその見えない繭は膨張しつつあるようだった。

〝このエネルギー反応の高まりは――〟唐突にナダムの声が途切れた。どうした、と呼びかけたはずの自分の声もしない。互いの声が聞こえなくなっていた。周囲を見まわすと、皆の蓉姿が消えて容識体が剝き出しになっている。禮野(レイヤー)じたいが顕示されていないのだ。体の動きもやけに鈍い。

わたしたちは身振りで集まったが、ナダムだけが同じ場所で腰を曲げた姿勢のまま動かない。よく見れば表層膜から足が離れている。

わたしは急いでスラスターを噴射させてナダムの元に向かい、その硬質な体を抱えると折り返して端艇を目指した。ナダムの機系遠隔体は抜け殻だ。すこし遅れて禿頭で裸になったプラスタワーシャとユエンが、機系容識体を剝き出しにしたサリンスキーを運んでくる。以前超分子系の容識体でひどい目にあったため機換えていたのだ。関節の各部が動作し難くなっているらしい。

プラスタワーシャが眉毛も睫毛もない目でわたしの全身を眺め、苦々しそうに口を動かした。あんただけ服を着ていてずるい、と言っているらしい。

端艇はユエンの手動操縦でグラヴィシュニク市街船に戻っていく。

市街では標識や看板や広告などがすべて消え、黄味がかった石積みでソリッドに構成された古代エジプトを思わせる街並みだけが露わになっていた。オベリスクらしきものまで聳えている。通りに人影が少ないのは、もともと半数が禮野(レイヤー)上にしかいなかったためだろう。歩いている者たちからは蓉姿が失せ、容識体が露わになっている。頭と両腕しかない者、棒を繋げただけのような姿、骸骨そのもの——動きを停めた機系の体もちらほら目につく。

港に戻ったわたしたちは、端艇からオーロラを見上げ続けた。白い繭は市街船の船首を包むほど膨張していたが、なんの前触れもなく薄れだしたと思うと、唐突に眩い電波束が宇宙空間を貫き——一瞬で消えた。もし普段の可視域で見ていたら、なにも起こっていないように見えただろう。

視界には鋭い切れ込みのような残像が残っている。その向こうで、オーロラの球面に罅が網目状に広がりだし、とめどなく広がっていくのが見えた。夥(おびただ)しい罅で干魃の大地さながらに分けられた部分部分がぐつぐつと煮立ったように揺れ、薄片となってばらけていく。それらの薄片もまた細切れになっていき、オーロラ全体が巨大な飛沫となったように全方向へと拡散していく。雪のように市街船に降ってくる。

呆然としているうちに、わたしたちは元の蓉姿を取り戻し、視界に様々な表示が現れ、市街のざわめきが聞こえだした。ナダムも接続を取り戻し、オーロラがあったはずの虚空を見つめている。

第三研究班のマルコヴナから、慌てた声で連絡があった。

わたしたちは重力環へ急ぎ、ふたつの環境室に分かれる。

わたしとサリンスキーが入った地球の環境室では、犬も猫も、アヒルも馬も一角獣も、草花も木々も、すべての動植物たちが塵灰と化していた。曖昧ながら形を残しているものもあれば、頭や脚など各部が欠けているものもある。地面には元が何だったのか判らないほどに崩れた山が連なっている。

〝マルコヴナが言った通り、アトヴァタバール環境室と同じね……どれも灰になってる〟

〝こちらも……全部です〟とサリンスキーが答える。

わたしは喉を詰まらせたまま、動物や植物だったものの間を通って進んでいった。歩く振動で塊が埃を立てて崩れていく。

奥にある小部屋に入ると、大使は極端に左肩を傾けてはいたが、椅子の上に坐っていた。口元から顎にかけては崩れて形を失っており、途方に暮れているように見える。後で知ったことだが、彼は自らの思い出を口述しているところだった。


三区の自室に戻ると、ヌトが待っていた。

環境室で育てていた二頭竜が、その卵が、動植物群が、大使が――すべてが塵芥になったことをわたしは告げた。

ヌトは教えてくれた。オーロラの電波束の行き着く座標を特定するために、特別研究班が複数のクエビコに筮算させていることを。

言葉を詰まらせながら、オーロラの消失にまつわる話をするうち、ヌトの雰囲気がいつもと異なることにわたしは気づいた。最初は体を留守にしているのかと思ったがそうじゃない。話せば話すほどに違和感が募ってくる。

とうとうわたしは抑えきれずに言った。

〝もしかして君は、ヌトの分岐識なんじゃないか〟

ヌトは濃い片眉を上げ、〝なに言ってんの〟と笑う。

わたしは彼女の腹の中にすばやく識手を伸ばし、自分の予備識に録印（ログイン）する。パッケージだけで、中身がない。

ヌトは両手を上げてソファに深くもたれかかり、編み込んだ髪を指でいじりながら言った。

〝すぐには気づかない、ってわたしは言ってたんだけどな。どうして判ったの〟

〝彼女はどこにいるんだ〟

〝クエビコの筮算結果が出ればね〟

その言葉にわたしは立ち上がって、ありもしない息を呑んだ。

〝まさか、オーロラと一緒に……〟

ヌトは特別研究班に、自らの生来識をオーロラの混沌に注ぎ込ませたのだという。

〝つまり密航したわけか〟

いや、彼女だけじゃない――

ようやくわたしは気づく。ヌトの中にはわたしの予備識も収まっている。

わたしは自分が怒っているのか、悲しんでいるのか、それとも愉快になっているのかが判らなかった。もし怒っているのだとして、目の前のヌトにぶつけていいのかどうかも。

わたしはただ願うしかなかった。ふたりを読む者の存在を。


――七二、七三、七四、七五、七六、七七、七八、七九――

解説

翻訳家・書評家
大森 望

本書『オクトローグ　酉島伝法作品集成』は、『皆勤の徒』（二〇一三年）、『宿借りの星』（二〇一九年）に続く酉島伝法の三冊目の著書にして（連作を除く）初の短篇集。二〇一四年から二〇一七年にかけて発表された短篇七篇に書き下ろしの新作一篇を加え、発表順に収録している。タイトルのオクトローグ（octo-logue）は、〝八話〟くらいの意味。〝作品集成〟のサブタイトルがついているのは、さまざまな媒体にばらばらに発表された単発の短篇をひとつにまとめたことからか（推定）。

思い起こせば、第2回創元ＳＦ短編賞を受賞した「皆勤の徒」で酉島伝法が作家デビューを飾ったのは二〇一一年七月のこと。そこから数えると、現在までの作家歴は、まる九年になる。九年間に著書が三冊というのは、（テッド・チャンや飛浩隆ほどではないにしろ）相当に寡作の部類だが、量産できない理由は一目瞭然。おそろしく手間のかかる方法で書かれているからだ。これが工芸品なら、手間をかけた分だけ高い値段をつけられるわけだが、小説はそうはいかない。書くためにかかった労力は、本の値段にまったく反映されない。十倍の時間をかけて書いても原稿料は変わらないし、十倍の労力を投入したからといって十倍売れるわけでも、国から補助金が出るわけでもない。

まったくもって引き合わない作風ですが、ではまったく報われないかというとそうでもなくて、過去の二作、連作短篇集『皆勤の徒』と第一長篇『宿借りの星』は、ともに日本ＳＦ大賞を受賞している（第34回と第40回。後者は小川一水『天冥の標』全十巻と同時受賞）。『皆勤の徒』は、「ベストSF2013」国内篇でダントツの1位に選ばれたばかりか、翻訳SFまで含めた「2010年代SFベスト」でも1位となり、酉島伝法は二一世紀の日本SFを代表する作家のひとりと目されている。

評価は国内だけにとどまらない。〝翻訳不可能な傑作〟などと評されがちだった『皆勤の徒』は、めでたく英訳されて、二〇一八年三月、〝extreme science と high weirdness のモザイクノベル〟というキャッチコピーのもと、著者自身の描いたイラストをカバーにあしらい、*Sisyphean* のタイトルでアメリカ版が刊行された（ダニエル・ハドルストン訳）。『全滅領域』の著者として知られる作家兼批評家のジェフ・ヴァンダーミアは、この英訳版について、「いやもう、最高の小説」「この本の前では他のほとんどの先鋭的な試みが凡庸に見えてしまう」などと熱狂的にツイート。自身のフェイスブックでは、「わお。酉島伝法の『皆勤の徒』はすごいぞ。画期的な作品だ。おそらく、この十年で初めての、百パーセント独創的なSFだろう」と絶賛し、以下のように評している。「『流刑地』と『変身』のカフカが、フィリップ・K・ディックとスティパン・チャップマンとレオノーラ・キャリントンの霊を呼び出して、不気味な地球生物学と遠未来とブラザーズ・クエイをミックスしたコンテクストに放り込んだら？（中略）アンジェラ・カーターがシュールリアリズムに手綱をつけて、プロットのあるストーリーをぎりぎり語れるようにしたのと同様、酉島は、異形の未来に移植されたこの地球で、人間の奇天烈な生態と有機体の奇天烈なライフサイクルをどうにか物語として成立させている。つまり、おそろしく風変わりで先鋭的ではあっても、本書は実験的ではない。実験的な部分があるとすれば、それは、ライフサイクルや生物組織をプロットに組み込む、そのやりかたにある」

この評は、本書収録作の半分くらいにもだいたいあてはまる。もっとも、こういう絶賛の一方で、酉島作品と言えば、人間がほとんど出てこないかわりに、なんかグロテスクな生きものがいっぱい出てきて、造語（見たこともないような漢字を含む）が山のようにちりばめられてるせいでやたら読みにくく、なにが起きているかよくわからない小説でしょ——と思っている読者も多いかもしれない。なぜこんな読みにくいものが一部でもてはやされるのか理解できない。そもそもどうしてこんなに造語を使うのか？

著者は、*Weird Fiction Review* に掲載されたディヴィッド・ディヴィスによるインタビューでその理由を訊かれて、想像上の異世界を描くとき、既成の名詞を使うとしっくり馴染まない、自分にとって造語は、映画におけるセットや小道具、特殊メイクのようなものだと答えている。

それでも納得できないという人のために、『宿借りの星』に対する日本SF大賞選考委員の選評をいくつか抜粋して紹介しよう。

「読み進めていくうちに、人間である自分の視点が異種族と同化し、世界を全く違った風に見始め、そしてさらに二転三転翻される」（池澤春菜）

「西島氏独特の漢字表現が異様にハードルが高く、1ページ目で何度もはねかえされる。だが辛抱して読んでいると、異星の種族の視点がインストールされ、異星の種族の存在のまま人類の姿を見て、その気色悪さに戦慄するという希有な体験ができる」（白井弓子）

「不気味なはずの異星生物たちが、物語を読み進むにつれて愛すべき存在として身近に感じられるようになり、自らも彼らの一員であるかのような錯覚に陥る、そのような読者の意識が変容する体験は、優れたSF作品ならではの魅力だと思います」（三雲岳斗）

ここで異口同音に語られている特徴は、本書収録作のいくつかでも遺憾なく発揮されている。たとえば——というわけで、ここから各篇について簡単に見ていくが、その構造がとりわけわかりやすいのは、巻頭の**「環刑錮」**だろう。これは、SFマガジン二〇一四年四月号のベストSF国内篇上位作家競作特集（ベストSF投票で高い評価を得た作品の著者の新作／新訳を掲載する四月号の恒例企画）に寄稿された作品。翌年出た『年刊日本ＳＦ傑作選　折り紙衛星の伝説』に再録された。

　環形動物と禁錮刑をミックスしたような題名からなんとなく想像がつくとおり、この短篇は、受刑者が巨大ミミズ（みたいな生きもの）にされてしまう刑罰の話で、〝異形の存在になった気分を味わう〟ということそのものが題材になっている。最初から異生物が登場する『皆勤の徒』や『宿借りの星』にくらべると、人間から出発する分、圧倒的に読みやすい。

　これでも造語が多すぎてちょっと……という人に、西島伝法入門篇として広くおすすめしたいのが、二番めに置かれている**「金星の蟲」**。こちらは、ファン出版ながら、山田正紀、堀晃、飛浩隆、瀬名秀明、円城塔、宮内悠介、藤井太洋などプロ作家十七人が寄稿した巨大オリジナルアンソロジー、『夏色の想像力　第53回日本ＳＦ大会なつこん記念アンソロジー』（今岡正治編／草原ＳＦ文庫）のために書き下ろされた作品。現代日本の小さな刷版工場に勤めている主人公のリアルな日常が、ほとんどお仕事小説のように語られてゆく。登場人物のひとりが「しとしとぴっちゃんやな」と言っているくらいだから、舞台はテレビドラマ版「子連れ狼」が放送されていたことのある日本（たぶん大阪）だろうし、ＣＴＰの刷版出力機と現像機が使われているから、時代はおおむね二〇〇〇年代前後……と想像がつく。

　ちなみに著者は、実際に刷版工場で働いていたことがあり、そのときのつらい経験を描いたのが「皆勤の徒」だという。朝日新聞の読書サイト「好書好日」掲載の記事「造語だらけのポストヒューマン小説はいかに生まれたか　「宿借りの星」西島伝法さん８０００字インタビュー」（山崎聡）の中で、著者いわく、

「……定時で終わることにつられて刷版工場に入りました。印刷の前段階の刷版を作る仕事なんですが、ほとんど一人でこなさないといけないし、ひっきりなしにトラブルが起きるしで、人生最大ぐらいの過酷さでした。同じ時期に複数の知り合いから職場のひどい待遇の話もよく聞かされて、現代の

『蟹工船』を書かないといけないという気持ちが生まれたんです。でも、現実に起きているままを書いても、この無慈悲さを実感できるように表現しきれない。あるとき仕事中に、まるで得体の知れない宇宙人にわけのわからない言葉でわけのわからない仕事を強いられているような錯覚に陥ったことがあって、SFの手法なら、極限労働の表現が可能になるんじゃないかと気づいたんです。人間という種族自体が、労働のための生物につくりかえられて、生物学的に奴隷になっている、という感じで」

この経験を（異境SFに変換せずに）そのまま書いたのが「金星の蟲」ということか。面白いのは、刷版工場の専門用語を説明なしに使うことで、造語に近い効果が生まれていること。「菊全八丁で裏表ありますけど、ドン天やから四版。クワエは外五十。大特急」というような謎めいた台詞が異化効果をもたらす――というのは話が逆で、これらの見慣れない用語にひとつひとつ意味がある（ネットで検索すればすぐにわかる）のと同じように、『皆勤の徒』に出てくる膨大な造語にもそれぞれはっきりした意味や背景がある。ウソだと思う人は、電子書籍で刊行された「隔世遺傳（かくりよいでん）『皆勤の徒』設定資料集」に目を通せば、作品の背景にどれだけ緻密かつ膨大な世界があるかを知って茫然とするはずだ。奇怪すぎるあの世界も、酉島伝法にとっては、この世界と変わらないくらいクリアな現実なのである（逆に言えば、著者の目にはこの現実もあの世界と同じくらい異様でわけがわからなく見えているのかも）。

「隔世遺傳」巻末に、『皆勤の徒』担当編集者である東京創元社編集部の小浜徹也が寄せた文章によれば、作中のここはいったいどういう意味なのかと著者に質問すると、たちどころに明晰な答えが返ってくることに驚いたという。いわく、「酉島さんの目には、作品内の光景のみならず、その背景を支える事物の歴史さえもが、すでに驚くほどの明瞭さで『見えて』いたのだ」。

酉島文体の（漢字の）字面が与える効果には目をつぶり、意味を伝えることを優先させた『皆勤の徒』の英訳がものすごくわかりやすくなっているのもそのためで、「もともと酉島さんの言葉が持っていた論理性が、そしてそれが支える想像力の強固さが浮かび上がった結果だと思う」と小浜氏は書いている。

「金星の蟲」では、特殊な業界用語（および特殊な病気に関連する用語）を使って書かれていた前半部分から、現実が徐々に変容するにつれて、見慣れない単語や造語が少しずつ増えてくるのだが、そのおかげで著者の手の内（現実がどのような操作を経て異界化されるか）が非常に見えやすくなっている。

同じことは、〝企画もの〟として書かれた二作、「痕の祀り」と「堕天の塔」についても言える。

「痕の祀り」は、SFマガジン二〇一五年六月号に掲載されたのち、『多々良島ふたたび　ウルトラ怪獣アンソロジー』に収録された。このアンソロジーは、二〇一六年にウルトラマンシリーズ放送開始五十年を迎えた円谷プロダクションと、創立七十周年を迎えた早川書房がコラボレートする特別企画として誕生した特撮小説シリーズ「TSUBURAYA × HAYAKAWA UNIVERSE」の第一弾。初代「ウルトラマン」を下敷きにした小説なので、原典を知っている読者なら、科学特捜隊（科学特別捜査隊、略して科特隊）が〝加賀特掃隊〟に置き換えられて、怪獣の死骸を処理する業務に従事する人たちの話になっていることはすぐに見当がつく。なるほど、この世界では、ウルトラマンは〝斉一顕現体〟で、怪獣は〝万状顕現体〟か――と頭の中で翻訳できるのでわかりやすい。読者の頭の中に、あらかじめ（「隔世遺傳」のような）設定データベースがインストールされているわけだ。

対する**「堕天の塔」**は、ハヤカワ文庫JAから二〇一七年五月に出たオリジナル・アンソロジー『BLAME!　THE ANTHOLOGY』に書き下ろされた作品。こちらは、日本を代表するSF漫画のひとつ、弐瓶勉『BLAME!』の世界が下敷きになっている。漫画の舞台は、はるかな未来、太陽系を呑み込むほど果てしなく増殖を続ける巨大な積層都市。人類は、都市を管理するネットスフィアへのアクセス権を失い、正規の端末遺伝子を持たない人間を排除しようとするセーフガードや、人類とは別の種に変貌した珪素生物などと敵対している。主人公の霧亥(キリイ)は、彼らと戦いつつ、ネットスフィアの支配レベルである統治局への再アクセスに必要なネット端末遺伝子を探し求め、孤独な旅を続けている。

原典のこの設定や用語をそのまま使いながら、著者は独創的な物語を紡ぎ出す。こちらの主役は、統治局の命令で月の発掘作業に従事していたホミサルガ。あるときとつぜん「大いなる光」が積層都市を貫き、巨大な穴(大陥穽)を開ける。ホミサルガたちが暮らしていた塔の残骸は、彼らを閉じ込めたまま、穴の中をどこまでも落下しはじめる……。

先に引用した「隔世遺傳」巻末のエッセイで、小浜徹也は、「酉島さんの小説は『上下運動』ないし『立体的な移動』を含むものがすごく多い」と指摘しているが、本編はまさにその典型。積層都市のとてつもないスケールを十全に生かし、壮大なメガストラクチャー本格SFに仕上げている。

本書には、一般の小説誌に発表された作品も収められているが、SF専門媒体でないからといって、著者はまったくアクセルをゆるめていない。二〇一六年四月刊の〈別冊文藝春秋　電子版7号〉に掲載された**「ブロッコリー神殿」**は、著者十八番の異生物SFの植物バージョン。翌年の『年刊日本SF傑作選　行き先は特異点』再録時に寄せられた「著者のことば」によれば、『世界で一番美しい花粉図鑑』(マデリン・ハーレー、ロブ・ケスラー著、武井摩利訳、奥山雄大監修/創元社)に魅せられて、「ただ花粉が飛ぶだけの生態系SF詩のようなものを書きたくなった。植物の気持ちになろうとすると動けなくなるので難航したが、なんとか華の精と共に風にのることができた」という。セリフ部分は、異星に赴いた人類の探査チームのあいだのやりとりだが、地の文は、彼らの活動を観察している惑星生物側の視点から書かれていて、独特の効果をあげている。

「彗星狩り」は、小惑星帯に住む生命体の日常のひとコマを切りとった、異生物版の少年小説。〈小説すばる〉二〇一七年六月号の「宇宙と星空と小説と」特集に、著者自身の挿画とともに掲載された。『年刊日本SF傑作選　プロジェクト・シャーロック』再録時の「著者のことば」によれば、「これまで肉々しい作品が多かったので硬質な世界を書いてみたくなり、宇宙に暮らす機械生命の部族の話をぼんやりと温めていたところ、〈小説すばる〉から宇宙テーマの依頼を頂いたので、すばるにちなんで散開星団を舞台にして書いた」とのこと。

「**橡**」は〈現代詩手帖〉二〇一五年五月号の特集「SF×詩」に寄稿された作品。月面の〝幽霊〟（デジタル人格）たちが地球に帰還して、汎用材料でつくられた人工身体に宿る。プルースト『失われた時を求めて』で、紅茶に浸したプティット・マドレーヌの味から幼少時の体験が甦るように、本篇ではコーヒーの香り（を題材にした一篇の〝詩〟）から言葉が紡がれ、世界を彩ってゆく。作中の詩は、木下杢太郎『食後の唄』収録の「珈琲」が出典。作中に引用されている冒頭部分のあとは、以下、〈残りゐるゆゑうら悲し。／曇つた空に／時々は雨さへけぶる五月の夜の冷こさに／黄いろくにじむ華電気、／酒宴あとの雑談のやや狂ほしき情操の／さりとて別にこれといふゆゑも無けれど、／うら懐しく／何となく古き戀など語らまほしく／寂としてゐるけだるさに／當もなく見入れば白き食卓の／磁の花瓶にほのぼのと薄紅の牡丹の花。／珈琲、珈琲、苦い珈琲〉と続く。題名の「橡」は、くぬぎ、および（くぬぎの実である）どんぐりの古名。本篇は『年刊日本SF傑作選　アステロイド・ツリーの彼方へ』に再録された。

巻末に置かれた「**クリプトプラズム**」は、最新の書き下ろし短篇。意識がもともとの体から切り離されてべつの体に宿るというのは、西島作品の多くに共通するモチーフだが、本篇もそのひとつ。もともとの意識（生来体）から分離したコピー人格（分岐識）だった〝わたし〟ことペルナートは、いまは独立した個人としての存在を許され、人工的な肉体（容識体）を得て、宇宙を航行する市街船で暮らしている。彼らの市街船は、宇宙空間に広がる膜状の謎めいた物体〝オーロラ〟と遭遇。研究班の一員として、オーロラから採取したサンプルの培養実験を試みるうち、思いがけない結果が……。

題名は、「隠れた」「秘密の」を意味するcrypt-に、「形質」を意味する「-plasm」をくっつけた合成語（推定）。作中では、コンピュータが解析できない分類不能の物質の呼び名だと説明される。グレッグ・イーガン『シルトの梯子』を思わせる実験SFだが、アイデンティティの問題につながってくるところが酉島伝法らしい。本書収録作の中ではもっともストレートなSFかもしれない。

以上八篇を通して読むと、濃淡に差はあるものの、小説のテーマやモチーフや手法が重なり合い、まさしく〝作品集成〟的な奥行きと広がりを感じさせる。酉島伝法の変わらなさと変わり具合を同時に味わえるオクトローグ。十年後にまた読み返したい。

オクトローグ　酉島伝法作品集成

二〇二〇年七月十日　印刷
二〇二〇年七月十五日　発行

著者　酉島伝法
発行者　早川浩
発行所　株式会社早川書房
郵便番号　一〇一 - 〇〇四六
東京都千代田区神田多町二ノ二
電話　〇三 - 三二五二 - 三一一一
振替　〇〇一六〇 - 三 - 四七七九九
https://www.hayakawa-online.co.jp
定価はカバーに表示してあります

印刷・三松堂印刷株式会社　製本・大口製本印刷株式会社
ISBN978-4-15-209952-5 C0093